HANS VEIGL (HG.)

Wir sind so frei ...

Hans Veigl (Hg.)

Wir sind so frei ...

Texte aus Kabarett und Kleinkunst

zwischen WIEDERAUFBAU *und* WIRTSCHAFTSWUNDER

NP Buchverlag

Umschlagbild: Vier Große des österreichischen Kabaretts:
Helmut Qualtinger, Gerhard Bronner, Carl Merz
und Georg Kreisler (von rechts nach links)
© IMAGNO/Barbara Pflaum

Bibliografische Information der Deutschen Bibliothek
Die Deutsche Bibliothek verzeichnet diese Publikation
in der Deutschen Nationalbibliografie; detaillierte bibliografische Daten
sind im Internet über http://dnb.ddb.de abrufbar.

NP BUCHVERLAG
St. Pölten – Salzburg

www.np-buch.at
verlag@np-buch.at

Umschlaggestaltung, typografische Gestaltung
des Innenteils, Satz: wolf, www.typic.at

Gesamtherstellung:
Ueberreuter Buchbinderei und
Buchproduktion Gesellschaft m. b. H.
A-2100 Korneuburg, Industriestraße 1

ISBN 3-85326-392-5

Inhaltsverzeichnis

Wien 1945: Der tausendjährige Winter weicht einem neuen Frühling. Hunger, Angst und allgemeine Not beherrschen die Ruinenstadt, doch in der Hauptallee im Prater blühen neben den zerstörten Spielhallen wieder die Kastanienbäume. Da er doch nicht unterging, beginnt der Wiener jetzt rasch, sich fürs tägliche Überleben einzurichten. Plötzlich ertönt auch wieder Lachen im Keller: Am 18. Mai wird der als Luftschutzraum verwendete *Simpl* in der Wollzeile erneut seiner ursprünglichen Bestimmung zugeführt. Auf Anweisung der sowjetischen Besatzungsmacht haben Theater und Kabaretts ab sofort wieder zu spielen, wenn auch in notdürftig instand gesetzten Häusern und Ausweichquartieren. Burg-, Akademie- und Raimundtheater beginnen damit bereits im April, Josefstadt und Staatsoper folgen im Mai. Im Juni nimmt das *Wiener Werkel*, nunmehr unter dem Namen *Literatur im Moulin Rouge*, seinen Betrieb auf, Fritz Eckhardt eröffnet den wieder erstandenen *Lieben Augustin*, und Rolf Olsen startet sein *Kleines Brettl*. Lachen vernimmt man nunmehr auch in den Bundesländern. In Graz etabliert Franz Paul im November 1945 die Kleinkunstbühne *Der Igel – Das kleine Zeittheater*, in Innsbruck gründen J. C. Knaflitsch und Robert Horky das *KWT (Kleines Welttheater)*, und in Linz ist es Peter Hey, der jetzt mit Maxi Böhm den *Eulenspiegel* eröffnet.

Bekannte Kabarettisten der zwanziger und dreißiger Jahre, wie Karl Farkas, Armin Berg, Hugo Wiener oder Hermann Leopoldi, kehren aus dem Exil heim und auf die Bühne zurück. Die Nachwuchskräfte heißen um 1950 Heinz Conrads, Peter Wehle, Fritz Muliar, Peter Alexander, Louise Martini, Kurt Sobotka oder Gunther Philipp; der jugendliche Helmut Qualtinger wiederum ist gemeinsam mit Michael Kehlmann in diesem Jahr im Wiener »Studio der Hochschulen« zu sehen. Derartige Studentenkabaretts, wie *Der Rote Hund* oder das gleichaltrige *Studentenbrettl des Grazer Hochschulstudios*, sind es vor allem, die jetzt versuchen, kritischen Zeitgeist zu vermitteln.

Wenig später übernimmt Kehlmann die künstlerische Leitung des *Kleinen Theaters im Konzerthaus*. Mit ihm ziehen Carl Merz, Helmut Qualtinger und die aus dem Exil heimgekehrten

Künstler Gerhard Bronner und später Georg Kreisler ein. Zusammen bilden sie ein Ensemble, das sich zwar niemals einen Namen gibt, aber dennoch eine neue Ära einleitet. Spätestens mit dem Programm »Brettl vorm Kopf« im Herbst 1952 beginnt eine ungebrochene Erfolgsserie, die bis ins Frühjahr 1961 anhält.

Auch der traditionsreiche *Simpl* erlebt jetzt einen Aufbruch. Karl Farkas beginnt ab Oktober 1950 gemeinsam mit Hugo Wiener Revuen zu schreiben und steht auch an der Spitze der Besetzungsliste, in der etwa Cissy Kraner, Ernst Waldbrunn oder Peter Wehle aufscheinen. Radiokabaretts werden in den folgenden Jahren gesendet, erste Fernsehprogramme bald ausgestrahlt. Auch die Schallplattenindustrie macht sich lautstark bemerkbar; sie beginnt mit Bronner-Chansons und den die Tücken der Moderne feiernden Liedern von Pirron & Knapp den Markt zu überschwemmen.

Fernab von dem allem agieren Ende der fünfziger Jahre in Wien experimentierfreudige junge Literaten, die sich »Wiener Gruppe« nennen, zu der anfangs auch H. C. Artmann zählt. Im Dezember 1958 findet ihr erstes »literarisches cabaret« statt und im Jahr darauf, im April, erfolgreich ein weiteres.

Als im Frühjahr 1961 das Ensemble um Qualtinger zerfällt, holt Gerhard Bronner ein Studentenkabarett aus Graz nach Wien, den 1958 entstandenen *Würfel*. Eine Gruppe, die Jahre hindurch mit Erfolg die Programme »Arsen und Spitzelhäubchen«, »Ihr Aufschnitt, bitte«, »Nerz beiseite« und in der Spielzeit 1965 »Verschlampt in alle Ewigkeit« aufführt. Rund zwanzig Jahre sind es her, da fanden sich die Kabarettprogramme »Wir lachen wieder« und »Wir sind so frei« am Beginn einer hoffnungsvollen Entwicklung des Landes. Am Höhepunkt der Proporz-Koalition 1965 sollte schließlich die bange Frage des *Würfels* lauten: »Wer befreit uns wieder?«

»Auf einmal bricht der Frieden aus«

Kabarett zwischen 1945 und 1950

Ich bin die Freiheit dieses Landes,
Schon zweimal rief man mich ins Leb'n.
Das erste Mal wurd' ich verraten –
Und was wird's diesmal wieder geb'n?
Franz Paul

In den ersten Nachkriegsjahren, in denen Trümmerfrauen das Stadtbild beherrschen und Wiens Ruinenlandschaft den Hintergrund abgibt für den »Dritten Mann«, stellen sich viele die bange Frage, wohin der Weg künftig führen soll. Ob Restauration oder Neubeginn, das ist bis Anfang der fünfziger Jahre nicht eindeutig entschieden. Wohin die Zukunft weisen soll, fragt sich in diesen Zeiten auch so manches Standbild, das vom gestürzten Regime von seinem gewohnten Platz entfernt worden war. Das Denkmal des josephinischen Aufklärers Sonnenfels zum Beispiel, das bis 1939 vor dem Rathaus stand, hatten die Nazis abtransportiert und durch jenes von Christoph Willibald Gluck ersetzt. Jetzt wird es wieder am alten Ort aufgestellt, und der Komponist findet sich in einem versteckten Winkel neben der Karlskirche wieder. – Ein Akt der Wiedergutmachung auf eben diese Weise?

Dokumente benötigen die Menschen, um überleben zu können. Papiere für Lebensmittelkarten, Wohnungszuweisungen, Bezugsscheine, Reiseerlaubnisse über die Demarkationslinien hinweg. Mag auch die Welt für einige Tage stillstehen, danach setzt verlässlich wieder der Kampf mit der Bürokratie ein, und die Hausvertrauensfrau steht oftmals dort ihren Mann, wo der alte Blockwart seine Herrschaft beenden musste. Als Zahlungsmittel dienen häufig soeben gerettete Wertsachen oder Erinnerungsstücke, die dann auf dem Schwarzmarkt gegen Nahrungsmittel eingetauscht werden. Und auch jene Wiener schreiten mutig in die neuen Zeiten, denen als gewohnheitsmäßige Querulanten jede Gegenwart ohnedies zuwider ist, um – vorsichtig, wie sie nun einmal sind – der Vergangenheit und ihren wechselnden Machthabern sentimentale Glorie zukommen zu lassen.

Neben Nahrungssuche, Wohnungsnot, Kinderelend und der Sorge um die vermissten Väter, zwischen Besatzung, ausbrechendem Kalten Krieg und Lohn-Preis-Abkommen keimt aber auch leise Hoffnung auf ein neues Österreich auf, das aus den Fehlern seiner Vergangenheit zu lernen weiß. So wie die Denkmäler Kontinuität und Identität beinhalten und zu Symbolen des Wiederaufbaues werden, vom Stephansdom, dem brennenden Wahrzeichen Wiens des Jahres 1945, bis hin zu Staatsoper und Burgtheater, eint auch das Ringen um staatsvertraglich garantierte Selbstständigkeit rasch das Volk.

Dank des vordem millionenfach produzierten Volksempfängers bestimmt nach Kriegsende vor allem der Rundfunk das karge kulturelle Alltagsleben in Stadt und Land. Neben Vermisstenmeldungen und Propagandasendungen der Alliierten, zwischen Weltnachrichten, Kirchenglocken und sonntäglichen Blasmusikkonzerten hält bald auch die von Sorgen ablenkende Unterhaltung Einzug in den Sendebetrieb. Und der ist mehrfach geteilt, wie das Land selbst. »Versuche dein Glück« nennt sich die erste österreichische Quizsendung nach amerikanischem Vorbild. Die Gewinne hierzulande bestehen allerdings, zumeist abseits der Lebensmittelkarten, aus Naturalien, wie Kohle, Waschpulver oder Obst. Dementsprechend lauten in diesen Tagen auch Maxi Böhms Conférencetexte: »Die Lebensmittelpunkte stehen im Lebensmittelpunkte.«

Zum Rate-Onkel im US-Sender »Rot-Weiß-Rot« aufgestiegen, wird ihm ein Schreiben des Lehrmädchens eines Stockerauer Delikatessenladens zum Verhängnis. Vielleicht von der Hand des Geschäftsinhabers ein wenig geleitet, verspricht es darin Maxi Böhm, ihm einige Deka Schinken zu schenken. Böhm erwähnt dies unvorsichtigerweise in der Sendung, denn danach gleicht der stille Ort dem Heerlager einer sich auflösenden, demoralisierten Armee. Ein einziger wilder Aufschrei aus tausenden Kehlen ist in Stockerau zu hören: »Wir wollen auch Schinken haben.«

Rudolf Weys

Texte für die Literatur im Moulin Rouge, den Lieben Augustin und das Kleine Brettl

Wiedergutmachung ist nicht leicht

Über Höhe und Art ihrer Durchführung wird bekanntlich sogar in Staatsvertragsverhandlungen gestritten.

Ich ging im Dezember 1945 so vor mich hin, quer durch den Rathauspark, und nichts zu schreiben war mein Sinn. Als ich aber plötzlich aufsah, stand ich dem Ritter von Gluck gegenüber, der seinerseits wiederum mir zuzublinzeln schien.

Ein Aggressor, fiel mir ein! Ein Okkupant jenes Platzerls an der Sonne, das einst Ritter von Sonnenfels gehörte.

Wie wird hier wiedergutgemacht werden? Und schon fing meine Phantasie kleinkunstgerichtet zu arbeiten an.

(Rezept: so einfach entstehen manchmal Kleinkunstszenen.)

Gluck und Sonnenfels

1.

SONNENFELS *(steht vor dem Denkmalsockel Glucks)*
Sie wern mich net gleich kennen,
Ich bin ein »Ritter von«,
Ich bin vom alten Sonnenfels
Der Juniorchef und Sohn.

Ich war einst der Berater
Von einer Kaiserin.
Doch im Ahnenpaß vom Vater,
War, scheints, ka Arier drin.

GLUCK
Na schön, lieber Freund, doch was geht mich das an?
Ich hab einem Juden doch nie was getan.
Ich trat auch politisch niemandem nah,
Und »Ritter von«, sehn S', des bin i a.

BEIDE *(à part)*
Wann i mi net täusch,
Da entsteht ein Gewirx
Unter die Ritter des ersten Bezirks!
Wann i nur wüßt, was er will, mit die Schmäh
In der Rathaussiegesallee!

II.
GLUCK Sie spielten mit der Wolter?
SONNENFELS Na, des war der Sonnenthal.
Ich war mehr gegen die Folter
Schon anno dazumal.

Drum hams mei Fundamenterl *(zeigt auf den Sockel)*

Im März gleich konfisziert,
Und ham mas Postamenterl,
Unter d' Füaß weg, arisiert.
Doch jetzt war ich im Rathaus, bekam einen Schein:
»Politisches Opfer, Nummer 'zigtausendneun!«

GLUCK Sagn S', was kümmert das mich? Es geht mir zwar nah –
SONNENFELS No, ich bin wegn der Wiedergutmachung da!

BEIDE *(à part)*
Wann i mi net täusch,
Da entsteht ein Gewirx
Unter die Ritter des ersten Bezirks.
Denn wie immer ich auch die Sache beseh,
I c h ghör in die Rathausallee!

III.

SONNENFELS
Sie dürfen mir nicht bös sein,
Ich möcht jetzt da hinauf! *(Zeigt auf den Sockel)*

GLUCK *(beschwichtigend)*
Wir wolln nicht gleich nervös sein,
Hörn S' zua und passen S' auf:

Ich bin kein Arisierer,
Obwohl ich zwar ein Christ.
Ich bin ganz unpolitisch,
Ich bin ein Komponist!

SONNENFELS
Sagn S', wie heißen Sie denn? Was sind das für Dreh?
Sie warn doch bestimmt bei der NSDAP?

GLUCK
Mein Name ist Gluck, ich kann nix dafür,
Die ham mich ganz einfach hergstellt dahier!

BEIDE
Wann ich mich net täusch, da entsteht ein Gewirx
Unter die Ritter des ersten Bezirks!
Jetzt brauchert ma beide a guate Idee:
Wer ghört in die Rathausallee?!

IV.

GLUCK *(will Sonnenfels seinen Platz anbieten)* Sie ham den größern Anspruch –
SONNENFELS *(wehrt ab)* Und Sie stehn schuldlos hier –
GLUCK *(wie oben)* Sie warn schon v o r dem Umbruch!
SONNENFELS Sie können nix dafür!

GLUCK Wann wir zu zweit uns herstelln,
Wie Lanner mit dem Strauß??

SONNENFELS Herr Gluck, da dank ich sehr schön,
Ich wander lieber aus.

GLUCK *(steigt herab)*
Hörn S', das mach ma zu zweit! Das wär gar net so blöd,
Wenn ma im New-Yorker Baedeker steht!
Herr Sonnenfels Arm in Arm mit Herrn Gluck!
SONNENFELS *(in Denkmalpose)*
Am Broadway, da setzt uns ka Mensch unter Druck!

BEIDE So löst sich ganz gentlemanlike das Gewirx
Unter die Ritter des ersten Bezirks!
Moral: Ihr verdankts der NSDAP
Einen leeren Sockel – in der Siegesallee!

(Arm in Arm ab)

(Anmerkung: Um die Mitte des Jahres 1946, ein halbes Jahr nachdem ich diese Szene geschrieben hatte, las ich in der Zeitung, man habe Gluck abgetragen, Herr Sonnenfels käme zur Wiederaufstellung. Was mit dem ersteren geschähe, sei noch nicht bekannt. Kann man in der Kleinkunst utopisch träumen, ohne von der Wirklichkeit überholt zu werden? Ich resigniere. Die Denkmal-Festspielreihe ist ohnehin beendet.)

Der Blockwart ist tot, es lebe der Hausvertrauensmann ...!

Auch ich war ein solcher und durfte deshalb in Befreiungstagen, eingekeilt zwischen zweihundert fluchenden Griechen, für meine 24 Hausparteien in einer Pferdedecke Brot fassen. Ich mußte Listen schreiben und Auskunft geben und die Möbel reichsdeutscher Wohnungen abzählen und den Hausbesorger-Parteianwärter vom Schuttschaufeln losreißen und wieder Listen schreiben und Auskunft geben und junge Herren von der alten Staatspolizei empfangen und danach erst recht wieder Listen schreiben und Auskunft geben und dann endlich – nach zwei Jahren! – nahm mir die Besatzungsmacht erst recht meine Wohnung, aber damit auch Gott sei Dank das Ehrenamt, das sie mir verliehen hatte. Nun erst war ich wirklich von allem »befreit«.
Ich weiß aber, wies zuging. Ich kenne manche Hausvertrauens-Kollegen, die ihr Ehrenamterl auch ohne Amtskapperl zu einem veritablen Amt ausbauten und vertieften. Ei potz, da stellte in mancher Zone gar manches Weib seinen Mann! Einem solchen Cerberus und Hausmeister honoris causa wurde das nachstehende Solo gewidmet. Der Rundfunk hat es bereits gesendet. Nur die Richtstrahler nach Spanien und Südamerika fehlten. Das war wohlüberlegt. Vielleicht wäre sonst mancher von dort wieder heimgekehrt, hätte er vernommen, welch neue Chancen in Diktaturbelangen man hierzulande wieder zu bieten hat.

Die Hausvertrauensfrau

1.

Ich war seit je für die Republik und net erst wie d' Leut über
Nacht.
Und dafür hat auch die Republik als Dank mich zum Manne
gemacht.
Sie schuf ein neues Amt, das hat man mir verliehn,
Obwohls vom Blockwart stammt, regiern ma jetzt in Wien.
Als Hausvertrauensmann, als Hausvertrauensfrau,
Sein mir jetzt kompetent und nehmens sehr genau.
Als Hausvertrauensfrau, als Hausvertrauensmann,
Da greifen wir jetzt durch, ma tuat halt, was man kann!

Wann einer zum Beispiel a Glas soll kriagn,
Da kralt er zu mir über d' Hinterstiagn.
Im Vorzimmer wart er seine anahalb Stund,
Dann frag ich ihn erst nach dem Grund.
Doch wehe wann er noch net sechzig Jahr,
Net blinddarmbeschädigt oder sonst was war,
Oder wann er net sagt: »Küß die Hände –« zu mir,
Schmeiß i ihn aussi glei bei der Tür.

II.

Doch leider hat uns die Republik mit dem Amt auch Sorgen gebracht.
Denn eins hat leider die Republik den Nazis getreu nachgemacht:
Das ist der Fragebogen, das ist das Listenschreibn,
Da kann man sich die Zeit jetzt wunderschön vertreibn.
Als Hausvertrauensmann, als Hausvertrauensfrau,
Geh ich die Listen an, schön pünktlich und genau.
Als Hausvertrauensfrau, als Hausvertrauensmann,
Hör ich mit einer auf und fang die nächste an.

Das Bezirkswohnungsamt braucht für seine Kartei
Von jeder Listn zumindesten gleich drei.
Und weils hundertmal mich dasselbe fragn,
Muaß i dreihundert Listen austragn.
Dann mischt sich das Rathaus auch noch hinein,
Und wieder kriegt jede Partei einen Schein.
Net minder ist unsere Hilfspolizei
Beim Amtsschimmel a mit dabei.

III.

Ich war seit je für die Republik, ich bin es auch heute noch sehr,
Denn Gott sei Dank gibt die Republik an Abwechslung doch sehr viel her.
A jeder ausn Haus kommt heute grennt zu mir,
Z'erst jammert er sich aus, dann schimpft er noch als wia.
Der Hausvertrauensmann, die Hausvertrauensfrau,

Die sind an allem schuld, das weiß er ganz genau.
Als Hausvertrauensfrau, als Hausvertrauensmann,
Verliert man die Geduld, so weinens ein heut an.

A Plakat möcht der eine vom Roten Kreuz
Für die Wohnungstür habn, mit an Stempel der Schweiz.
Die Maltschi fragt nach da Geburtstagsschoklad,
Und wo ein Tommy wär, der eine hat.
Der dritte kommt wegn sein zerbombten Klavier,
Dabei möcht er sich nur grad wärmen bei mir.
So weint sich a jeder aus ohne Grund,
Und i komm dabei noch am Hund.

IV.
So ist das Geschenk von der Republik keine wilde Mezzie, oh nein.
Ich krieg ka Pension von der Republik, doch drei Beamte sparts ein.
Wobei die Kartenstell sich an Lehrer noch erspart,
Das ist doch, meiner Seel, für unserein zu hart!
Als Hausvertrauensmann, als Hausvertrauensweib
Weiß ich schon nimmermehr, was i alls unterschreib!
Als Hausvertrauensweib, als Hausvertrauensmann,
Fang i bestimmt am End an Hausfaschismus an:

Ich verordne zum Beispiel, ganz ohne Dekret,
Daß mei beste Freundin Mist schaufeln geht.
Fürs Listenschreibn muaß a Schmattes her,
Sonst schreib i des Zeugs nimmermehr.
Ich bring euch Republikaner in Schuß,
Weil die Blockwartabstammung aussa muß,
Und hab ich euch alle erst richtig im Trab –
Schaffts mich, bitte, möglichst rasch ab!

Rudolf Weys

Der Roßknödel

Vier Kapitel aus der Kultur- und Sittengeschichte Wiens 1920–1950

CHRONOS *(ein phäakischer Fiaker, mit Stundenglas und steifem Hut vor dem Vorhang)*

Ihr sehts heut den Chronos als echts Weanerkind,
Ich zag euch die Stadt, wie's net jeder find,
Barock und Paläste stehn im Baedecker drin,
Ich zag euch a ganz andres Wien.

Doch leider kann, was folgt, nun nicht ganz fein sein,
Kulturgeschichte is oft ordinär.
Der Autor muß deswegen noch kein Schwein sein,
Nimmt er für an Konflikt an Roßknödl her.

Denn liegt das Requisit vor dem Palaste,
Wird solche Diskrepanz nur ein Gewinn,
Dann dient der Roßknödl einfach dem Kontraste,
Um darzustellen einen höhern Sinn.

Bevor ich geh, will ich noch eins verraten:
Das erste Bild spielt vor a zwanzig Jahr,
Wo wir noch viele Pferd – und Äpfel hatten,
Ihr werds glei sehgn, wie des damals war! *(Ab)*

(Vorhang auf)

1920

Szenerie: Heldenplatz. Die Denkmäler Prinz Eugens und Erzherzog Karls zu einem Drittel rechts und links sichtbar. Im Hintergrund die alte Burg

DER BETRUNKENE Man hats net leicht! Wein gaberts ja gnua! Aber die Gesellschaft! Nix wie Überläufer! Alle sind sie heute Sozi! Alle!! Nur ich bleib kaisertreu. *(Schaut)* Was liegt denn da? Ein Roßknödel? Vor unserer Hofburg? Es ist eine Schande! Dort is die Hofburg, und da san die Roßknödln! So was hätts unterm Franz Joseph net gebn. Gott hab ihn selig. Da hätten sich allan schon die Pferde geniert! An all dem ist nur der Breitner schuld und die Steuern! Und der Genosse Seitz, der siecht ja nix. Der schaut ja net her, auf die Hofburg. Und erst recht net auf die Roßknödeln! Aber 's hat ja so kommen müaßn! Nix wie Überläufer! Alle!! Und sie merkens net amal, daß – dort die Hofburg is, und da san die Roßknödln! Hoch Kaiser Franz Joseph! Mi könnens alle, die Überläufer! *(Torkelt ab)*

EIN SPIESSERPAAR *(in den »besten Jahren«, zieht vorüber, singt)*

Das ist mein Wien, die Stadt der Wienerlieder!
Guat schaust du aus, du liabe Vaterstadt.
Die alten Zeiten kehren niemals wieder,
Mir san a Kaiserstadt, die keinen Kaiser hat.

Heut sag ma Freundschaft und san Rote Falken,
Und unsre größte Sorg, das ist die nächste Wahl!
»Ho-ruck nach links!« tans umeinandertalken,
Und wo der Otto bleibt, is denen ganz egal.

Das ist mein Wien, die Stadt der Wienerlieder,
A rote Nelken ziag ma niemals an!
Weil diese Sozi reißen alles nieder,
Das was ma brauchen, wär – ein heimattreuer Mann. *(Ab)*

(Vorhang)

1935
CHRONOS *(wie vorhin)*

Die Hofburg steht akrat am selben Eckerl,
Nurs Rad der Zeit, des hat sich etwas draht,
Ganz Wien singt jetzt das Lied vom Schinkenfleckerl,
Weils noch die Fleckerln und an Schinken hat.

Der Hahnenschwanz ist gleichfalls stark in Mode.
Der Ständestaat, der hat sich etabliert.
Regiern tans – nach römischer Methode,
Die Wiener schimpfen weiter ungeniert.

Auch unser Spiel wird noch nicht eleganter,
Die Szene aber, sie gewinnt an Reiz.
Doch scheint sie etwa manchem gar genanter,
Bedenke man: das macht das Kruckenkreuz! *(Ab)*

(Vorhang auf)
(Szenerie unverändert)

DER BETRUNKENE *(wie vorhin)* Heil Österreich! Wein hätt ma gnua! Fässer voll! Ganze Berge! Aber Leut gibts, umadum nur Starhemberg-Anhänger! Nix wie Überläufer! Das war unter die Roten ganz anders. Bei denen hat ma gsehgen, wo das Geld hinkommen is! Da steht was da! Paläste! Paläste der Arbeit!!! Hoch Breitner! Hoch Seitz! Aber heute? Heut ham ma net amal eine Straßenreinigung! *(Mit Blick auf den Boden)* Sonst liegert ka Roßknödl da, aufn Heldenplatz! Ich sag nichts als: VF! Und das sagt alles. Aber 's hat ja so kommen müssen. D' Leut hams ja net anders wolln. Mit die Trachten hats angfangen und mit die Hendelfedern. Und was is jetzt? Dort is die Hofburg –, und da san die Roßknödel! Mitten aufn Heldenplatz! *(Fast weinerlich)* Aber unsern guaten Bürgermeister Seitz, mit Gewalt hams ihn hinweggeschleift ausn Rathaus! Mit Gewalt!! Dabei ham die gschaut auf eine Straßenreinigung, die Kinderfreunde! Aber heute? Heut merkens es net amal, daß da die Roßknödln liegen, mitten aufn Heldenplatz! Pfui Teufel! Hoch Seitz! Mi könnens alle ... *(Ab)*

DAS PAAR *(wie vorhin)*

Das ist mein Wien, die Stadt der Wienerlieder!
Uns gfallts heut net, mir tragn kan Hahnenschwanz.
Mir wolln den Seitz, den Breitner wolln ma wieder,
Dann hätt ma Wien im neuchen alten Glanz.

I bin ka Sozi, doch des muaß ma lassen,
Es war a Zund in unserm Rathaus drin!
Da kann der Ständestaat vor Neid erblassen,
Wanns lang so weitergeht, is alles hin.

Guat schau ma aus, die Stadt der Wienerlieder,
Das, was ma brauchen, wär a Disziplin!
Vielleicht, wann d' Nazi kommen, hätt mas wieder,
Des was ma wolln, ein sozieules Wien!? *(Ab)*

(Vorhang)

1944

CHRONOS *(wie vorhin)*

Inzwischen ging der Anschluß glatt vorüber,
Pg. zu sein, verschwieg man nicht, wie heut.
Stramm arisch waren plötzlich alle Schieber,
Noch hat der »Führer« sich aufs Frühjahr gfreut.

Doch leider ward das Leben immer schwerer,
Auch Bsoffene, sie wurden langsam rar,
Die Zeiten wurden immer ordinärer,
Na, Sie wissen ja noch selbst, wies gestern war.

A Roß war ausn Stadtbild fast verschwunden,
Auch Pferdeäpfel fielen – weit vom Stamm,
und unsern »Führer« hat ka Mensch mehr gfunden,
Weil er nicht mehr – ans Fensterbretterl kam. *(Ab)*

(Vorhang auf)

An Stelle der Denkmäler rechts und links Ziegelbetonklötze

DER BETRUNKENE *(wie vorhin)* Jetzt san ma bedient. Zu Wasser, zu Lande und in der Luft. Jetzt ham mas, die Nazi! Nix wie Überläufer!! Aber Ruah ham ma kane mehr. Keine Minute ohne Sammeltag!! Und Wein ham ma a kan mehr. Das heißt: I reiß ma schon noch an auf. Auch ohne Organisation! Zu dem brauch ich kan Hitler und a ka Disziplin, wias de uns beibringen wolln. Uns! A Disziplin!! War' ja zum lachen! Wo mir a so san, daß, wann ma aufs Häusel gehn, vergeß ma aufs –, in was bin i denn da einitreten? Natürlich in a Roßknödl! Und wo liegt derselbe? Vor dem Balkon, wo der Hitler seine Vollzugsmeldung an die Geschichte abgestattet hat! Des is die größte Schweinerei aller Zeiten! Dort – der Balkon, und da – der Roßknödel! Des hätts unterm Dollfuß net gebn und unterm Schuschnigg a net. Weil, die hätten sich den Prinz Eugen net verschandeln lassen! Die net! Die ham was ghalten auf a Tradition. Damals ham ma a no a Schmalz ghabt! Und Kipflererdäpfel! Und an Gumpoldskirchner! Heute? Heut ham ma an Scherben auf – und Roßknödeln! Mit Recht ham sich die Herren Heerführer eingemauert! Mit Recht! Hoch Schuschnigg! Heil Dollfuß! Pfui Teufel! *(Ab)*

DAS PAAR *(wie vorhin)*

Das ist mein Wien, die Stadt der Wienerlieder,
Der Blockwart lenkt und mir stehn alle stramm!
Ach hätt ma unsern guaten Schuschnigg wieder,
das war' da was! Wia Eisen hielt ma zsamm!

Der Ständestaat, des muaß ma sagen, Freunderl,
Der war human, da war a Gmüatlichkeit,
Und die VF war nix wia a Vereinderl.
Heut ham ma Nazi! Und was ham ma heut?

Das ist mein Wien, die Stadt der Wienerlieder,
Hörst, dieser Perle hams a Fassung gebn!
Ach hätt ma nur die Dollfuß-Freiheit wieder,
Da könnt ma fast wie unterm Breitner lebn! *(Ab)*

(Vorhang)

1950

CHRONOS *(wie vorhin)*

Die Gegenwart, die wolln ma uns ersparen,
Denn diese ist, fürwahr, schon gar net fein.
Und außerdem gibts heut vielleicht noch Narren,
Die aus Bestemm noch für die Nazi sein.

Drum geh ma gleich auf ein paar Jahrl weiter,
In eine – wia ma hoffen – bessre Zeit,
Da gibts schon Pferderln, Äpfel und so weiter,
Und bsoffen san ma alle, wenns uns gfreut.

Die Hofburg steht bestimmt am gleichen Fleckerl,
Was wern die Wiener anno Fünfzig schrein?!
Mir ham halt – leider – zu viel Dreck am Steckerl,
Drum könn ma reich wern, doch bestimmt net fein! *(Ab)*

(Vorhang auf)

Szenerie wie bei den ersten zwei Auftritten. Denkmäler wieder enthüllt

DER BETRUNKENE Zeiten san des! Jetzt hätt ma zwar wieder an Wein, aber die Lage? Die allgemeine Lage?! Nix wie Überläufer! Und von was kommt des? Weil ma jetzt die vollkommene Freiheit wieder ham. Bitte, da liegt der Beweis! Dort is die Hofburg, und da liegt a Roßknödel! Ghört sich das? Nein! Des hätts unter die Alliierten net geben. Die ham was ghalten auf Sauberkeit! Der Marschall Konjew, der Clark und der Mac Creery! Sogar mit Baggermaschinen sans daherkommen! Heute? Das Burgtheater bauns auf. Und die Oper. Das Rathaus hams müassen eindecken! Aber am schönsten Platz von Wien, direkt neben dem Flieder, liegen die Roßknödel! Wann ma nur wenigstens die Besatzungstruppen wieder hätten! Da war' des anders! Die Amerikaner! Die Engländer!! Die Franzosen!! Die Russen!!! Net amal unter die Albaner und Montenegriner gaberts Roßknödeln! Von mir aus sollens statt vier Zonen s e c h z e h n e machen!! Aber b e s e t z t ghör ma!!! Von oben bis unten!!! Weil, da is die Hofburg, und dort liegen die Roßknödeln! Und so was – h a t s n o c h n i a g e b n ! *(Ab)*

DAS PAAR Ja, so ist Wien, die Stadt der Wienerlieder.
Dem Teppn gfallt halt immer das, was war.
A jede Gegenwart is ihnen zwider,
Nur das, was gwesen is, war wunderbar!

CHRONOS *(hinzu)*

Da kann regieren, wer da will, er machts net richtig,
Weil des der Herr von Raunzer besser kann,
An jeden Roßknödl nehmens furchtbar wichtig,
Er wird zum Dorn im Aug für jedermann.

DER BETRUNKENE *(hinzu)*

Ja, Wien bleibt Wien, die Stadt der Wienerlieder,
Egal ob Seipel, Breitner, Schuschnigg oder Seitz!

ALLE VIER Mir reißen des, was is, auf alle Fälle nieder,
Und für an Roßknödel schlag ma sie ans Kreuz!

(Vorhang)

Franz Paul

Der Grazer Igel

Ist denn das ganze Land ein Amt?
DUETT

Ja verdammt, ja verdammt –
Wo man hinschaut, ist ein Amt!
Das Wohnungsamt, das Arbeitsamt,
Das Wirtschafts-, das Ernährungsamt,
Das Brennstoffamt, das Spinnstoffamt –
Verdammt, verdammt, verdammt, verdammt!
Das Meldeamt, das Steueramt,
Gewerbe- und Verwaltungsamt,
Das Strom- und Lichtabschaltungsamt –
Verdammt, verdammt, verdammt, verdammt!
Das Siedlungsamt, das Zuzugsamt,
Das Raucher- und Verbraucheramt,
Das Milchwirtschafts- und Wasseramt,
Das Taxamt, das Gebührenamt,
Das Treibstoff- und das Schmierölamt,
Zugleich auch das Registrierungsamt,
Geburten-, Tauf- und Sterbeamt,
Das Nachlaß- und das Erbeamt,
Das Aufbau- und das Abbauamt,
Das Waschmittel- und Seifenamt,
Das Fahrrad- und das Reifenamt,
Das Besen- und das Bürstelamt,
Das Knopfloch- und das Würstelamt,

Das Hunde- und das Katzenamt,
Das Mäuse- und das Ratzenamt,
Das Kletzen- und das Kaktusamt –
Ja, verdammt, ja verdammt,
Wo man hinschaut, nix als Amt,
Wenn man's z'samm'zählt insgesamt,
Kommt auf jeden bald ein Amt!

Franz Paul

Die österreichische Freiheit

Ich bin die Freiheit dieses Landes,
Schon zweimal rief man mich ins Leb'n.
Das erstemal wurd' ich verraten –
Und was wird's diesmal wieder geb'n?
Die ach so guten, braven Bürger,
Die schlafend auf dem Geldsack ruhn,
Die hofrätlichen Aktenwürger,
Die Aufsichtsräte, die nichts tun.
Das Pack der schleichenden Lemuren,
Die unsre Ämter korrumpier'n,
Soll'n die Panoptikumsfiguren
Am Ende wieder triumphier'n?
Muß wieder ich den Mund stets halten,
Ich kaum gebor'nes Freiheitskind,
Bis fremde Staats- und Geldgewalten
Uns aufdiktieren, was wir sind?!
Daran sind die schuld, ohne Zweifel,
Daß unsre Not so bitter-scharf.
Jagt das Panoptikum zum Teufel,
Auch die, die ich nicht nennen darf.
Wacht endlich auf, ihr Traumspazierer,
Sonst wecken andere euch auf.
Dann sind wir allesamt Verlierer –
Wach auf, o du mein Österreich, wach auf!

Die Termiten

Im Funkhaus. Der Beamte, eine Art Trümmerrest altösterreichischer Amtsdienertradition, Zwicker auf der Nase, stark böhmakelnde Aussprache, sitzt bei einem Tisch mit Telefon

BEAMTER *(hebt nach Signal ab)* Hallo, hier Funkhaus, Programmabteilung – wer ist am Rohr? Ah, servus, Piskatschek, grüß dich, grüß dich, wie gehts, wie stehts, was macht die Frau Gemahlin, die Kinderchen? Geht allen gut? Na, das freut mich – gut is immer gut! Und was hätt' ma sonst? Den Herrn Hofrat möchtest du sprechen – kann ma machen, kann ma machen, nur nicht gleich im Moment – er is nämlich gar nicht da! Das heißt, da is er schon im Sender, nur im Zimmer is er nicht da, er is auf ein paar Minuten ins Buffet gegangen – wennst vielleicht in ein, zwei Stunden wieder anrufst – – ah so, dringend – na, dann laß hören die Schreckenskünde, um was handelt sichs denn? – – – Ach so – ja ja – wissen ma bereits: neue Weisungen an die Sender – verschärfte Bestimmungen bezüglich der Selbstkontrolle – – – also, lieber Piskatschek, da kannst du ganz beruhigt sein, ich und der Hofrat passen auf wie die Schißhunde, damit uns nicht Gottbehüte einmal was auskommt und in den Äther geht, was Anstoß erregen täte – nein, nein, keine Sorge, wenn auch der Hofrat hie und da ein bissl schlummert, ich bin ja da, und ich laß keinen Ton hinaus, der nicht vorher genau geprüft und erwogen is! Schön – geht in Ordnung – ergebenste Empfehlung dem Herrn Sektionschef – servus Piskatschek! *(Legt ab)*

FRÄULEIN *(Intellektuelle mit Hornbrille, kommt schüchtern)* Verzeihung – bin ich hier richtig – Programmabteilung?

BEAMTER *(gemessen)* Ja – Programmabteilung is hier.

FRÄULEIN Ich komme nämlich wegen meines Vortrages in der »Stunde der Jugend«.

BEAMTER So so – no ja – und was für ein Anliegen führt Sie also da zu mir?

FRÄULEIN Ich möchte bitten – wenn Sie die Geneigtheit hätten, Herr ... Herr Hofrat – meinen Vortrag gütigst anzuhören.

BEAMTER *(geschmeichelt)* So so – na ja – ich bin zwar nicht … hm … ich bin also nicht … nicht abgeneigt – lassens schaun, wieviel Seiten sinds denn?

FRÄULEIN Oh, nur drei Seiten!

BEAMTER No, das geht ja noch grad …!

FRÄULEIN Ja bitte – wegen der Zensur!

BEAMTER Halt, Fräulein – das is ein mißverständlicher Irrtum! Eine Zensur haben wir hier in Österreich nicht, die Zensur is ein für allemal abgeschafft, wir üben nur eine sogenannte Kontrolle aus, eine Selbstkontrolle – das heißt, wir lassen alles durch die Zensur gehen, damit wir nur ja keine Zensur kriegen – Sie verstehen?

FRÄULEIN Nein.

BEAMTER Auch nicht nötig – Hauptsache, wir verstehns! Also bitte – nehmen Sie Platz! Und jetzt lesens mir halt einmal vor, was Sie da so zusammengedichtet haben als Kind Ihrer musischen Laune!

FRÄULEIN Bitte, es ist ein streng wissenschaftlicher Vortrag!

BEAMTER Schad't ja nix, schad't gar nix – im Gegenteil, je wissenschäftlicher, desto lieber! Weil bei sowas drehn die Hörer sowieso ab, ergo kriegen ma keine Beschwerdebriefe. Also bitte – fangens an!

FRÄULEIN »Die Termiten.«

BEAMTER *(bedenklich)* Hm … hm …!

FRÄULEIN Wie bitte?

BEAMTER Nicht ganz unbedenklich, Fräulein!

FRÄULEIN Verzeihung – wieso? Das ist doch erst der Titel: Die Termiten. Die Termiten sind bekanntlich eine Ameisenart.

BEAMTER Ist uns bekannt, Fräulein – aber maßgebend ist, was die andern sagen!! Schauen Sie: Die Termiten sagen Sie, und die Semiten kann man darunter verstehn, wenn man will – und man will, darauf können Ihnen verlassen! Wir habens ja jetzt nicht mehr mit der Kultusgemeinde allein zu tun, jetzt steht ja ein ganzer Staat dahinter – wollens dem Gruber da auch noch Schwierigkeiten verschaffen?! Aber lassen ma daweil das Problem des Titels noch offen – lesen Sie weiter!

FRÄULEIN Sie werden sehen, es ist wirklich ein rein wissenschaftlicher Vortrag!

BEAMTER *(überlegen lächelnd)* Das kenn' ma, Fräulein – über die verschiedenen Arten der Tarnung sind ma hinreichend orientiert! Lesens!

FRÄULEIN »Die Termiten. Die Termiten, eine zu den Ameisen zählende Insektenart, sind ein kleines, braunes Volkchen …«

BEAMTER Halt – da hammas schon!! Was heißt hier b r a u n e s Völkchen?!? Sie, Fräulein – das »braun« streichens – aber rasch! Wollen Sie uns nicht nur außenpolitisch, sondern auch innenpolitisch unmöglich machen, wo's im Alliierten Rat eh immer heißt, mir hamm nicht entnazifiziert?! Heraus mit der braunen G'schicht – keine Widerrede – streichen!

FRÄULEIN *(nachdem sie gestrichen hat)* »… sind ein kleines – Völkchen, das in einem geordneten Staatswesen lebt.«

BEAMTER Halt!! Sagen Sie, Fräulein – warum betonen Sie »geordneten Staatswesen«? Wollen Sie damit sagen, daß wir hier in einem u n g e o r d n e t e n … oder was?! Das geordnete Staatswesen muß heraus, das is ja eine Provokation unserer Gesamtregierung! Also streichen!

FRÄULEIN *(tut es)* »Die Termiten sind überaus fleißig und arbeitsam …«

BEAMTER *(unterbricht wieder)* Fräulein – Sie sind ein Schäker! »Überaus fleißig und arbeitsam« – wem wollens das einreden? Aber bitte, als Propaganda macht sichs ja ganz gut – laß ma's in Gottsnam' drin und gemma weiter!

FRÄULEIN »… fleißig und arbeitsam und wohnen zum Großteil in Löchern.«

BEAMTER Gestrichen, Fräulein – »wohnen in Löchern« ist gestrichen! Das Wohnungsproblem bei uns ist ein viel zu trauriges Kapitel, das wird hier nicht aufs Tapet gebracht!

FRÄULEIN Aber es handelt sich doch um die Wohnungen der Termiten!

BEAMTER Egal – wenn die Leute was vom Wohnen hören, noch dazu vom Wohnen in Löchern, denken Sie nicht an Termiten, sondern an die Mieten, die sie jetzt nach den

Zinserhöhungen für ihre Löcher zahlen müssen – ne rosumi?! Also streichen und weiter!

FRÄULEIN *(bereits völlig eingeschüchtert)* »Ihre Nahrung besteht aus Holz.«

BEAMTER Halt!! Die Nahrung besteht aus Holz? Soll das heißen, daß wir in Österreich sonst nix zu beißen haben?! »Holz« ist gestrichen – weiter!

FRÄULEIN »Man unterscheidet bei den Termiten Männchen und Weibchen ...«

BEAMTER Halt!! Sagen Sie, Fräulein – genieren Sie sich gar nicht?! Was bringen Sie hier mit Gewalt sozusagen intime Geschlechtsangelegenheiten hinein?! Glauben Sie, Sie können Ihre erotischen Komplexe ausgerechnet im Radio abreagieren? Gestrichen! Entweder sprechen Sie nur von Männchen oder nur von Weibchen – eines von beiden – denn beide zusammen ergeben naturgemäß eine Schweinerei!

FRÄULEIN Es ist doch aber erwiesen, daß die Termiten ...

BEAMTER Nix is erwiesen – oder hamm Sie ihnen schon einmal dabei zug'schaut, weil Sie das gar so interessiert? Streichen und weiter! Bin neugierig, was Sie sich noch alles ausgedacht haben!

FRÄULEIN »Im Staate der Termiten gibt es ferner auch Soldaten.«

BEAMTER Aha – jetzt kommen die Besatzungsmächte dran! Nur weiter!

FRÄULEIN »Diese Soldaten besitzen im Verhältnis zu ihrem Körperbau einen übermäßig großen, in Form eines Quadrates gebildeten Kopf mit langen, kräftigen Mandipeln ...«

BEAMTER *(der mit steigendem Entsetzen zugehört hat)* Halt!! Mandipeln?!? Fräulein, sind Sie des Wahnsinns Beute?! Soldaten mit Mandipeln?! Bei wem von unseren vier Befreiern haben Sie solche militärische Mißgeburten gesehen?! Wollen Sie behaupten, daß diese strammen Burschen unter ihren feschen Kapperln lauter Quadratschädel hamm?! Sie, wenn ma das im Rundfunk bringen, hat Österreich morgen in der Früh bereits an' neuen Krieg!! Und zwar an allen vier Fronten zugleich!! Den kennen ma ja nie gewinnen – selbst wenn's uns die Gummiknüppel zurückgeben!! – Wo san ma stehngeblieben?

FRÄULEIN Bei den Mandipeln!

BEAMTER Gestrichen! Der Quadratschädel naturgemäß auch! Weiter bitte – aber honem, honem!

FRÄULEIN »An der Spitze des Volkes steht die Königin. Ihr obliegt die Fortpflanzung.«

BEAMTER *(greift sich verzweiflungsvoll an den Kopf)* Sie laßt net nach – sie laßt net nach!!!

FRÄULEIN *(rasch, mit erhobener Stimme)* »Dazu dient ihr der auffallend stark entwickelte und kräftig behaarte Hinterleib, mit dessen Hilfe sie die Eier ausbrütet ...«

BEAMTER Halt, Fräulein – Schluß, Schluß!!! Ja sagen Sie, sind Sie denn ganz von Gott verlassen!? Glauben Sie, das Radio is ein Bordell?! Eine Königin mit auffallend stark entwickeltem – und behaart – behaart!!!!! Fräulein, Sie sind ja pervers!! Sie gehören in eine Ausstellung für entartete Brunst!! Sowas wollen Sie ganz öffentlich im Radio – noch dazu in der »Stunde der Jugend« – damit, wenn so ein unschuldsvolles Menschenkind mit seinen kleinen Mandipeln – ich meine, Händchen, aufdreht – und dann, dann erzählen Sie ihm was von an kräftig-behaarten!!! Geben Sie her, das Manuskript ist konfisziert – mitsamt die Mandipeln!! Und Sie kennen von Glück reden, daß Sie das nicht dem Herrn Hofrat persönlich vorgetragen haben ...

FRÄULEIN Was – Sie sind gar nicht der Hofrat?

BEAMTER Nein, ich bin der Kanzleigehilfe – aber das is schetzko jedno – Zensur is Zensur – und dem Herrn Hofrat sein Kopf is genau so quadratisch wie meiner – das heißt – also diese verflixten Termiten ham mich total verwirrt – ich steh ja nur mehr mit einem Fuß im Amt, mit dem andern nagt der Wahnsinn an mir! Gehens, Fräulein, gehens, bevor ich mich vergesse und Ihnen eine auf Ihren auffallend entwickelten ... *(Er hebt drohend die Hand)*

FRÄULEIN *(flüchtet mit einem unterdrückten Angstschrei ab)*

BEAMTER *(blickt ihr nach)* So ein Luder! Mandipeln ...! Und dabei weiß ich gar nicht, was das is ...!

Hugo Pepper

Der Rote Hund

Das Lohn-Preis-Ringelspiel

AUSRUFER Tretens ein, nur herein!
Größte Hetz für groß und klein!
Eine Reise voller Spaß,
ohne Reisepaß.
Eine Tour, eine Fuhr
kostet zwanzig Groschen nur.
Die Figuren frisch lackiert;
Kassa arrangiert.
Größte Hetz für jedermann!
Vorwärts, gehn mas an!

ALLE Schön ist so ein Ringelspiel,
nur kosts halt auf die Dauer viel.
Fragt sich, ob der kleine Mann
sich das noch lange leisten kann.
Immer wieder steigt der Preis,
unds Geld verrinnt als wie zu Fleiß.
Man kann sagen, was man will:
Das ist wie am Ringelspiel!

BÄUERIN Nahrungskrise? Und der Grund:
Die Bauernschaft ist auf dem Hund!
Liefert ab und produziert
und wird schikaniert.

Von Kittsee bis Tschagguns
san die Preise z' niedrig uns,
die man uns hat vorgedruckt
fürs Agrarprodukt.
Darum fordern wir seit je:
Preise in die Höh!

CHOR Schön ist so ein Ringelspiel …

ARBEITER Wochenend, nix in d' Händ,
fix, wie doch das Geld verrennt.
Auf der Wieden, in Hernals:
Sauteuer is alls!
Für den wochenlangen Tschoch
kriegt man kaum sein Maisbrot noch,
und beim Pferdefleisch, o Graus,
geht das Geld schon aus.
Lohnerhöhung fordern wir,
weil wir dauernd stier!

CHOR Schön ist so ein Ringelspiel …

UNTERNEHMER Hohe Löhne, kein Kredit,
wo man hinschaut, Defizit,
hohe Kosten, kein Gewinn:
Das ist mein Ruin.
Dieses Elend, diese Not –
man muß leben, großer Gott!
So kämpft man mit Vehemenz
um die Existenz.
Preiserhöhung, Schritt für Schritt,
sichert den Profit!

CHOR Schön ist so ein Ringelspiel …

AUSRUFER Was jetzt kommt, sieht jedermann:
Das Werkel geht von vorne an,

und wir warten alle schon
auf die Inflation.
Mein und Dein – ein Rechtsbegriff,
trotzdem geht es schief!
Freier Wirtschaft letzter Schrei,
morgen ists vorbei!

CHOR Das ist doch ein Trauerspiel,
denn auf die Dauer ists zuviel,
weil sich doch der kleine Mann
den Zirkus nicht mehr leisten kann!
Es hat wirklich keinen Zweck.
Der Karren steckt zu tief im Dreck.
Nennen wirs beim Namen gleich:
Mißwirtschaft in Österreich!

Der unheilige Bürokratius
FREIE BAHN DER KORRUPTION

Ein Büroraum, Sektionschef Hengst am Schreibtisch, Amtsdiener tritt ein

AMTSDIENER Ergebenen Guten Morgen!

HENGST A Menge Leut schon draußen, was? Unglaublich das, in aller Herrgottsfrüh! Wie spät hamma denn eigentlich?

AMTSDIENER Halb zehn, Herr Hofrat.

HENGST Das is ja zu blöd das: Auf der Amtsuhr ists seit die letzten Jahr in einer Tour fünf Minuten nach zwölf. Was bringen S' denn da?

AMTSDIENER Die Einstellungsansuchen vom Februar: Was sollen wir denn damit machen?

HENGST Die könnens einstweilen schubladieren bis nächsten Februar. Es ist nämlich nix so dringend, daß es net noch dringender wird, wenn mans a Weil liegen laßt. Sagn S', Pospischil, wo is denn mein »Völkischer Beobachter«? I mein die »Tageszeitung« und dann die »Volksstimm«, das »Neue Österreich« und die »Arbeiter-Zeitung«?

AMTSDIENER Wozu brauchen denn Herr Hofrat all die Zeitungen?

HENGST Ja, mein lieber Pospischil, als Beamter muß man überall dabei sein. Das war schon seit jeher so, und wann was andres kommt, dann muß ma schon zuvor dabei gwesen sein. Aber das verstehn S' net.

AMTSDIENER Nein, bitte, das versteh ich nicht.

HENGST Na eben. Da werden S' aber halt das nächste Mal auch wieder als Minderbelasteter registrierungspflichtig sein, netwahr. *(Horcht)* Was ist denn da für ein Wirbel draußen?

AMTSDIENER Die Leut werden halt schon ungeduldig. Die warten schon seit sieben Uhr.

HENGST Ja, was wolln denn die?

AMTSDIENER Das sind die Einstellungsansuchen vom vorigen Jänner …

HENGST Na, und da muß man die Leut jetzt schon herhetzen? Also, fang ma in Gottes Nam halt an. Herein mit dem ersten.

AMTSDIENER *(an der Tür)* Herr Franz Pomeisl, bitte!

HENGST Nur net so servil, bittschön!

POMEISL *(tritt ein)* Guten Morgen, Herr Hofrat.

HENGST Guten Morgen, nehmen S' Platz. Sie ham uns da vor anderthalb Jahr ein Aufnahmeansuchen gstellt, und ich hab Sie in diesem Zusammenhang vorladen lassen. Über welche Vorbildung verfügens denn?

POMEISL Vier Klassen Volks-, acht Klassen Mittelschule, acht Semester Universität, jetzt steh ich vor dem Doktorat der Rechte.

HENGST Hab ich richtig ghört, daß Sie beim CV wären?

POMEISL Nein. Bitte, was ist das?

HENGST Das ist die unpolitische Studentenvereinigung der Volkspartei. Ja, also mein lieber Herr Pomeisl, da muß ich Ihnen leider mitteilen, daß für Juristen leider gar keine Planstellen frei sind, nur für Wirtschaftswissenschaftler. Na, vielleicht im nächsten Jahr … *(Pomeisl ab)*

AMTSDIENER Herr Josef Meier!

MEIER *(tritt ein)* Guten Morgen!

HENGST Sie ham uns da vor anderthalb Jahr ein Aufnahmeansuchen gstellt, und ich hab Sie deshalb jetzt vorladen lassen. Sagen S', was hamma denn für eine Vorbildung?

MEIER *(abschnurrend)* Vierklassige Volksschule, Realgymnasium, acht Semester Hochschule für Welthandel, vergangene Woche habe ich promoviert …

HENGST No, sehr schön. Haben S' net gsagt, daß Sie beim CV wären, oder irr ich mich da?

MEIER Herr Hofrat belieben zu irren.

HENGST Ja, mein lieber Herr Meier, es is halt ein Kreuz, aber für Wirtschaftswissenschaftler ist keine Planstelle frei, nur für Juristen. Aber vielleicht in an Jahr, netwahr? *(Meier ab)*

AMTSDIENER Da ist ein kriegsversehrter Heimkehrer draußen, der sich nicht abweisen läßt. Er möcht Herrn Hofrat unbedingt sprechen.

HENGST Zu blöd, wo man ohnehin so gehetzt ist. Aber solche Leut kann man net abweisen, also herein mit ihm halt!

HEIMKEHRER Guten Morgen, Herr Hofrat!

HENGST Morgen. Mit wem hab ich das Vergnügen?

HEIMKEHRER Sie kennen mich nicht mehr? Schmidt, ihr ehemaliger Amtsdiener. 1938 eingestellt …

HENGST *(indigniert)* A ja. Wie gehts denn immer, auch glücklich heimgekommen? Bisserl blaß, was? Na, Arbeit wirds ja überall geben, es wird schon werden. Man muß halt die Augen offen halten, vielleicht als Hilfsarbeiter am Bau – frische Luft, Schreibmaschin wird ja net gehen, netwahr?

HEIMKEHRER Auf dem Bau, ja. Aber man wartet nirgends auf mich. Ich bin doch als Nazi bekannt, vom Umbruch 1938. Herr Hofrat erinnern sich? Sie haben doch damals verlangt, daß jeder im Dienst das Parteiabzeichen zu tragen hat, und Sie haben doch auch …

AMTSDIENER Herr Hofrat verzeihn, ich geh jetzt vielleicht essen …

HEIMKEHRER Ja, nehmen S' mich gleich mit, weil ich kenn mich nicht mehr aus in diesem Haus *(beide ab)*.

AMTSDIENER *(im Abgehen)* Herr Gottlieb Weimberl, bittschön!

WEIMBERL Habedieehre, Kompliment, Ergebenheit, Respekt, Grüß Gott, Herr Hofrat!

HENGST Grüß Ihnen. Bitte, Platz zu nehmen. Das ist aber erfreulich. Wie gehts dem Herrn Regierungsrat, wann ich fragen darf? Ja, alte Freundschaft verpflichtet. Er hat mir seinerzeit meinen Neffen im Außenamt unterbracht, und so ist es schließlich jetzt an mir, Sie da im Ministerium unterzbringen. Sie gestatten doch der Form halber die Frage nach ihrer Vorbildung?

WEIMBERL Ich hab vier Klassen Volksschule, drei Klassen Gymnasium, sieben Klassen Realgymnasium und vierzehn Semester Jus.

HENGST Haben S' absolviert, Herr Weimberl?

WEIMBERL No, naturgemäß leider nein …

HENGST *(am Telephon)* Herr Obersekretär, ich hab für den ausgeschriebenen Posten den rechten Mann … Wie? Sie ham schon jemand? *(Zu Weimberl)* Sind Sie belastet?

WEIMBERL Fast gar nicht: einfacher Pg. und SA-Sturmführer …

HENGST Alsdann, Herr Obersekretär, Sie stellen den von mir geschickten Herrn sofort ein … Was heißt hier, der hat drei Kinder, der andere! Das wär ja die schönste Protektionswirtschaft … Nein, nein, der Herr Weimberl bringt alle benötigten Eigenschaften für dieses Haus mit. Na, also (*legt auf*). Ich heiße Sie im Staatsdienst willkommen, Herr Weimberl. Empfehlen Sie mich dem Herrn Minister!

Maxi Böhm

»Was, in Stockerau gibt's Schinken?«

Stockerau ist ein liebliches Städtchen im Bezirke Korneuburg, 175 Meter über dem Meeresspiegel, in ruhiger, staubfreier Lage.

Im Delikatessengeschäft J. auf der Hauptstraße ist seit sechs Jahren *Fräulein Mitzerl S. als Verkäuferin angestellt.*

Nie passiert eigentlich etwas sonderlich Aufregendes in Stockerau, und trotzdem über der Auslage ein verheißungsvoll lockendes Firmenschild leuchtet: »Südfrüchte / Feinkost / Seefische«, verbringt Mitzerl ihre Tage mit Auffüllung von mageren Einkaufsnetzen durch Wirsingkohl und Trockenei. Markttaschen werden mit Polenta und Einheitsseife gemästet. Tagaus, tagein das gleichförmige Einerlei: Kunden beschwichtigen, Mehl abwiegen, Suppenwürfel sortieren.

Eines Abends nach Ladenschluß setzt sich Mitzerl in ihre Kammer und schreibt einen Brief an den Onkel Maxi. Alles mögliche, was ihr grad so in den Sinn kommt, und am Schluß: »... und dann frag doch mal, ob jemand weiß, welches der beste Schinken der Welt ist! Kannst auch ein Stückerl kriegen, wenn wir wieder haben und Du mich mal besuchen kommst im Geschäft ...«

Es vergeht fast ein halbes Jahr, und am 2. März paßt es irgendwie, daß ich einen Prüfling nach dem berühmten Prager Schinken frage. Mein Gedächtnis gibt Alarm: Halt! Da war doch was? Und schon rate ich dem erfreuten jungen Mann, wenn ihn einmal zufällig sein Weg nach Stockerau führte, soll er doch in das Geschäft Soundso gehen, Frl. Mitzerl einen schönen Gruß bestellen und sich ein Stückerl Schinken abholen. *Den gibt's jetzt dort in Stockerau!!!«* …

Ich hätte es nicht tun sollen!

Oh, was habe ich damit angerichtet! Jedes unschuldige Wörtlein will ich von nun ab auf die Goldwaage legen, jede Silbe, jeden Hauch!

Stockerau glich in jenen Tagen einem verstörten Ameisenhaufen!

Die Hauptstraße war schwarz von gestikulierenden, erregten Menschen. Mit Koffern, Aktentaschen, Pappkartons und Kisten waren sie erschienen. Auf Pferden, Fahrrädern, Leiterwägen, Möbelautos fanden sich die Bürger ein, um nicht zu spät zu kommen. Das wütende Knurren von Hunderten gereizten Mägen pochte drohend an die Tür des Delikatessenhändlers. Erschütternde Szenen spielten sich im Ladeninneren ab. Ein einziger wilder Aufschrei der Masse: »Wir wollen Schinken!«

Das Telephon ging unaufhörlich. Das Fräulein vom Fernamt begann zu rasen. Der Briefträger bekam einen Tobsuchtsanfall, eingeschriebene Briefe, Telegramme, Postkarten, Eilpost, Pakete mit Kompensationsvorschlägen.

Entfernte Verwandte, Jugendfreunde, halbvergessene Militärkumpane brachten sich in freundliche Erinnerung.

Und dann – wälzte sich die Posthydra, die dicke, feiste Briefpapierschlange, enttäuscht zur leidgewohnten Adresse: Radio Linz, Frageonkel.

Warum? Wieso? Wie konnten Sie nur?

Na so was!

Eine feine Bescherung …

Gedichte!

Jeder Reim fand prompt den Reimzufall: Stocker*au* … Schinken von der *Sau* …

Der betroffene Chef sandte ein Schreiben.

Mitzerl natürlich auch.

Sie baten flehentlich:

»Beruhigen Sie unsere Kunden!«

Die Klage der Verkäuferin gipfelte in der Feststellung:

»Sechs Jahre bin ich nun in Stockerau. So etwas hab ich noch nie mitgemacht! Und das alles verdanken wir Ihnen!« –

Das war die Geschichte vom Schinken, den es in Stockerau bei Wien *beinah* schon gegeben hätte …

Emil Breisach

Studentenbrettl des Grazer Hochschulstudios

Internationales Quodlibet

Wenn man die Völker so betracht', *(Hobellied)*
Ganz kritisch, nacheinand,
Es hat's noch keines weit gebracht
Mit sich im eignen Land.
Beim Westblock und beim Ostblock gar
Man viel vom Frieden spricht,
Doch hängt er nur an einem Haar,
Hört's zu, wie ich bericht.
In Budapest, in Budapest, *(Julitschka)*
da lebt man äußerst schwer,
Da gibt es seit Befreiungsfest
A Massa Militär.
Den Grundbesitz, den Grundbesitz,
Den hat man aufgeteilt,
Joi, joi, Mama,
Das wär dir ein Fest,
Was nicht war emigriert wie Blitz,
Das wandert in Arrest.
Wir in Rußland haben's nicht eilig *(Wolga, Wolga)*
Wir bauen langsam, aber gut –
Gromiko, dem is langweilig,
Wenn er nix vertagen tut.
Brauchen keine Staatsverträge,
Keine Opposition,

Kommt uns etwas in die Wege,
Schwupdiwup, – und hat ihn schon.
Drum bei der UNO, da mag man
uns nicht, *(… hast du dort droben)*
Doch haben wir das Veto als Gleichgewicht.
Unser Vertreter sagt: Das wollen wir nicht,
Das ist herrlich, mehr brauchen wir nicht.
In Korea-Land, Landl, *(Mariandl)*
Gibt's jetzt an Waffenhandel, handel,
Und die Chineser sind seit kurzem auch dabei.
Bei dem Kriegsgebrandl, brandl,
Beißt man sich aus die Zahndl, Zahndl,
Und alle sitzen drin im heißgekochten Brei.
Und die Koreaner *(Immer nur lächeln)*
Die lächeln nicht mehr,
Denn die Verpflegung
Braucht das Militär.
An allen Ecken die Befreier,
Das kommt ihnen teuer, ja teuer zu stehn.
Good, good, good, *(Good, good, good)*
Und kühles Blut,
Uns ist not
Sehr wohl zu Mut.
Fine, fine, fine,
O Marshall-Plane,
Wenn wir not
Mehr weiter sehn.
In London tagte oft schon eine Konferenz,
Wir reichten uns stets brüderlich dabei die Händs,
Doch leider kam dabei nie besonders viel heraus,
Die Delegierten fuhren dann wieder z'Haus.
Parlez nix d'amour, *(Parlez moi d'amour)*
Wir sind interessiert an der Ruhr,
In Vietnam, da geht's zua,
Da kommt bald die Diktatur.
Parlez nix Politik,
Auf die hab'n ma lang schon an Pick,

Mir wolln kan' Krieg,
Wir wolln nie mehr
A deutsches Heer,
Es is net besonders populär.
Die Hauptsach is der Marshallplan,
Die ganze Wirtschaft hängt daran.
Parlez nous de monnets,
Von Europa und Fraternitee,
Sonst san ma passee.
Nur hinter d' siebe Bergli driebe, *(Schneewittli)*
Gibt's a Ländli gar,
Wo ka Kriegli war.
Dort tun sich d' Mensche wirkli liebe,
Waren doch jedesmal
Sie neutral.
Die Schwiez is a Ländli, *(Nach Regen scheint Sonne)*
Bei allen beliebt,
Dulli, dulli, dulliöh!
Weil's dort no Gschäftli gibt.
Es steckt voller Fremdli,
Emigrantli mit Hemdli,
Und keiner will mehr Politik.
Denn d' Schwiez is a Ländli,
Bei allen beliebt,
Dulli, dulli, dulliöh,
Weil's dort no Gschäftli gibt.
Und unserm Österreich, oje, *(Donauwalzer)*
Dem tun schon alle Knochen weh,
Mancher nahm uns schon etwas weg,
Und wir haben ganz zum Schluß an – Schmarrn!
Wir sehn umsonst nach Freiheit um,
Denn wir waren deutsches Eigentum,
Wir haben die Ruabn und die Gruabn,
Und jedes Jahr a Geldrefurm.
Und vom Staatsvertrag
Red'ns jeden Tag,
Aber 's kommt nix, aber 's kommt nix.

Und das Zistersdorf,
Und das Zistersdorf,
Wann ma's hätt', wann ma's hätt',
Wann ma's hab'n taten tät.
Und die Bsatzungsleut,
Und die Bsatzungsleut,
Die san no da, die san no da,
Und die vier Partein, und die vier Partein,
Jede möcht, jede möcht,
Was der andern net recht.
Die Engländer, Amis, Franzosen,
Die Russen, die tan um uns losen,
Noch habn ma a Hemd und a Hosn,
Wann's so weiter geht, habn ma auch das net mehr lang.
Fünf Jahr, fünf Jahr, habn ma Frieden,
Doch ist uns nix besser's bschieden,
So laßt's uns doch endlich zufrieden,
Für so a Art Fremdenverkehr habn ma kan Hang.
Einmal, da wird's wieder werdn,
Mit unserm Österreich,
Lebn wird ma wieder in Wean,
Glücklich und engelsgleich.
Die Madln mit rosige Wangen,
Die nehmen uns dann wieder gfangen.
Ka Mensch wird ums Morgen mehr bangen,
Wir hoffen, 's wird sein,
Wenn's auch noch so weit.
Die Kinder werdn lachen und singen,
Im Walzertakt wird man sich schwingen,
Es muß uns doch wieder gelingen,
Und dann ist sie da, die goldene Zeit!

»Kinder, wir hab'n eine herrliche Zeit«

Kabarett von 1950 bis 1960

Es war a Zeit, wo der g'schupfte Ferdl
War bekannt als bedeutender Kerl.
Gerhard Bronner

Wenn Sie sich in einem Land befinden,
in dem eine Partei regiert,
während eine andere die Opposition stellt,
dann sind Sie in einer Demokratie.
Wenn Sie in einem Land sind,
in dem eine Partei regiert
und keine die Opposition macht,
dann ist das eine Diktatur.
Wenn Sie sich in einem Land befinden,
wo zwei Parteien regieren,
die sich zugleich die Opposition machen,
dann sind Sie in Österreich.
Carl Merz / Helmut Qualtinger

Wiedereröffnung, Wiederaufbau und Wohlstand lauten die Schlüsselbegriffe dieses Jahrzehnts, besonders nach Abschluss des Staatsvertrages und dem Abzug der alliierten Besatzungsmächte, denen kaum jemand nachtrauert, ausgenommen vielleicht jene Mädchen im Umkreis von Salzburgs Kasernen, die jetzt mit Cissy Kraner bedauernd einstimmen in den Ausruf »Ach, wie schön war's unter den Soldaten!« Eine nie zuvor gekannte Massenkonsumwelle läuft an, Motorisierung und Mobilisierung erreichen ein ungeahntes Ausmaß, und Stadt und Land beginnen sich radikal zu verändern.

In den fünfziger Jahren, vor allem an deren Beginn, werden Auslandsreisen vielfach noch mit abenteuerlichen Entdeckungsfahrten gleichgesetzt, wie sie die beschwerlichen, tollkühnen Expeditionen eines Heinrich Harrer, Herbert Tichy oder des Tiefseeforschers Hans Hass heraufbeschwören. Bald jedoch erscheinen Tourismusanzeigen in den Tageszeitungen, die an Italiens und Jugoslawiens sonnigen Küsten Erholung für jedermann versprechen. Zwar ist man im Allgemeinen von der Tatsache, dass wir Einheimische im Ausland Ausländer zu sein pflegen, negativ beeindruckt, doch auffallend eifersüchtig werden im beginnenden Wirtschaftswunder-Jahrzehnt allerlei prestigeträchtige Demonstrationsobjekte gelebter Weltbürgerlichkeit gehütet, wie geleerte Chiantiflaschen, das Großglockner-Abziehbild auf der Heckscheibe des Autos, die Mariazeller Basilika in der Schneekugel, die illuminierte venezianische Gondel über dem Fernsehapparat oder das hoteleigene Badetuch. Solch symbolträchtige Sehnsucht nach der Ferne paart sich mit Aussagen des deutschen Schlagers, der *Bambina oho* ohne Gewissensbisse auf *Titschina ohohoho* reimt, *Arrivederci, Roma* mit *Verona* eint, *Mandolinen und Mondschein* oder *Molto Amore* besingt.

Längst blüht im Zeichen neobiedermeierlicher Gemütlichkeit neues Leben aus den Ruinen, auch wenn eine avantgardistisch orientierte Kunst noch lange Jahre ihr Kellerdasein fristen wird. Konsensbildung um die Mitte mittels Großer Koalition und Aufbauleistungen als Erfolgsstory bilden die statisch notwendigen Fundamente für das Eigenheim Österreich, das freilich auch seine dunklen Ecken besitzt. Eine neue *Jeunesse dorée* entsteht im schützenden Schatten politischer Väterfiguren und trifft sich allabendlich etwa in der »Eden-Bar«. Der allerorts anzutreffende Parteibuch-Proporz gibt nicht immer dem Tüchtigen freie Bahn, leistet vielmehr autoritären wie obrigkeitshörigen Tendenzen gewissenhaft Vorschub.

Doch ohne Konsens und Kalten Krieg, Wiederaufbau und Marshallplan hätte es in diesen Zeiten Coca-Cola und Nylonstrümpfe nicht so bald gegeben, wären die Puch-Rollerfahrer ohne Traum vom »Wilden mit seiner Maschin'« auf der Straße gestanden, hätte das Fernsehen vielleicht noch lange auf seinen Siegeszug warten müssen, und in den Gemeindebauten jener Jahre wären Fernweh und Campingfieber ohne Freddy und Pirron & Knapp besungen worden. Der deutsche Schlager tritt ab zu jener Zeit, in der sich eine eigenständige, internationale Jugendkultur zu bilden beginnt, der wiederum viele ältere Mitbürger militant ablehnend gegenüberstehen. Dass Müßiggang aller Laster Anfang sei, wie nunmehr unter Hinweis auf die unverstandene Jugend verlautet wird, ist nicht so neu. Neu hingegen ist, dass diese sich daranmacht, ihre eigenen Lebenswelten zu schaffen. Die ersten großen Wintersportsieger sind es jetzt, die inmitten eines Aufbau-Arbeitsethos den »Teenagern« und »Halbstarken« als Vorbild entgegengehalten werden. Nicht immer, schon im Hinblick auf das geringe Preisgeld, mit Erfolg. Und dies alles zu einer Zeit, in der die Höhen des erreichten Lebensstandards vielen mental erst so richtig bewusst werden. *Ich steh' an der Bar und habe kein Geld* tönt es am Ende des Jahrzehnts aus tragbaren Radiogeräten und Wurlitzerautomaten, ein Schlager, der die Tragödie der entfalteten Konsumgesellschaft bereits erahnen lässt.

Hugo Wiener

Chansons für Cissy Kraner

Ich kann den Novotny nicht leiden

In unserem Haus, gleich die Tür nebenan,
Da wohnt der Novotny, ein lediger Mann.
Er ist ein' Kopf größer. Sie sag'n, das ist schön?
Ich glaube, da hab'n Sie den Kopf noch nicht g'sehn.
Er grüßt mich »Bonjour«, wenn wir manchmal uns seh'n.
Ich dank' nicht, ich muß ja nicht Englisch verstehn.
Ich möcht' die Bekanntschaft vermeiden –
Ich kann den Novotny nicht leiden.

Da einmal sprach er auf der Straße mich an,
Am folgenden Sonntag traf ich ihn sodann.
Am Abend ging er in ein Gasthaus mit mir,
Ich nahm eine Suppe und zwei Flaschen Bier,
Ein Gulasch, ein' Braten und zehn Bäckerei'n,
Ein' Roquefort mit Butter und drei Viertel Wein.
Dabei bin ich sonst so bescheiden,
Aber ich kann den Novotny nicht leiden.

Der Mann ist nicht schön, und er ist nicht gescheit,
Doch hab' ich an ihn mich gewöhnt mit der Zeit.
Wir war'n oft im Kino, das ist ja nicht schlimm –
Und heute, da hab' ich drei Kinder von ihm.
Den Hansl, den Franzl und die Katharin,
Doch wenn der jetzt denkt, desweg'n heirat' ich ihn,
Da wird sich der Blödian schneiden –
Ich kann den Novotny nicht leiden!

Hugo Wiener

Wir san besetzt!

I bin die Oberlechner Lies'
Aus Unterniederleiten,
Uns geht's jetzt wie im Paradies,
Das kann man nicht bestreiten.
Erst war der Krieg, da hab'n wir g'lebt
Von lauter Kraut und Ruab'n,
Ka Fleisch hat's geb'n, ka Fett hat's geb'n,
Ka Mehl und keine Buam.
Dann zogen die Befreier ein
Auf Jeeps, auf Tanks und Radeln,
Und seit der Zeit san wir besetzt,
Das Dorf und auch die Madeln.
I bin just g'wes'n im Kuhstall drinn
Und hab' grad g'melkt die Küah,
Auf einmal steht ein Mann vor mir –
Ein fescher Offizier.
Erst hat er »hallo« g'sagt – dann sagt er »hey!«
Dann sagt er »Kiss me, sister!« – und dann »o.k.«
Ich werd' das nicht vergessen in Ewigkeit,
's is' a Erinnerung an diese schöne Zeit.
All right!
Er war ein »boy« aus U.S.A.,
Hat g'heißen Billy Beyles,
Er war aus Santa Monica,
Das liegt in Los Angeles.
Er hat mir gleich auf Englisch g'sagt
Die größten Schmeichelei'n,
Zum Beispiel, daß ich »stupid« wär',
Ich glaube, das heißt »fein«.
Dann hat er mich sei' Sprache g'lehrt,
Das heißt auf Englisch »teachen«,
Und hat mich jeden Tag »geteacht«
A Stund' draußt in der »kitchen«.
Dann hab'n s' das Regiment versetzt,
Er hat mir g'sagt »good by!«

Und dann hab'n uns d' Franzosen b'setzt –
Da war einer dabei!
Der hat erst »Olàlà!« gesagt und dann »Voilà!«
Dann hat er g'sagt »Je t'aime!« und – etcetera!
Ich werd' das nicht vergessen in Ewigkeit,
's is' a Erinnerung an diese schöne Zeit.
All right!
Er war sehr jung – hieß Pierre Larette,
War in Paris geboren.
Er hat so schön durch d' Nasen g'red't,
Und da war ich verloren.
Er hat mir gleich Französisch g'lernt,
Er war so schön – ein »beau«,
Doch ich war lang auf meiner Hut,
Wie man sagt »sur mon chapeau«.
Da einmal hat er mich geküßt.
Ich sprach empört: »Comment!?
Ich kenn' Sie doch ganz flüchtig nur,
Wie man sagt – nur maupassant!«
Dann hab'n s' das Regiment versetzt,
Er sprach: »Adieu, chérie!«
Und dann hab'n uns die Russen b'setzt,
Da kam der Dimitri!
Der hat erst »Strastje« g'sagt, und i hab' g'sagt »Tovarisch!«
Dann hat er g'schaut auf mich – da war i glei' ganz narrisch!
Ich werd' das nicht vergessen in Ewigkeit,
's is' a Erinnerung an diese schöne Zeit.
All right!
Er war ein echter Donkosak,
Der fescheste von allen
Und hat er Balalaika g'spielt,
Dann war ich ihm verfallen.
Er hat so schöne Lieder g'kannt,
Doch traurig war'n s' – oh Gott!
Und in den letzten Strophen, da
War immer einer tot.
Da hab'n wir dann zusammen g'weint,

So schenkt' ich ihm mein Herz.
Was weiß denn a jung's Madel,
Was es tut in seinem Schmerz?
Dann hab'n s' das Regiment versetzt,
Man hat ihn g'schickt nach Wien.
Und dann hab'n uns die Briten b'setzt,
Da kam Mister MacLean.
Der hat erst »How do you do« gesagt – er war so fein!
I hab's glei' g'seh'n, der Mann muß ein Gentleman sein.
Ich werd' das nicht vergessen in Ewigkeit,
's is' a Erinnerung an diese schöne Zeit.
All right!
Er war – so hat er mir erzählt –
Ein Schotte und von Adel.
Er hat ein kurzes Rockerl trag'n
Und ausg'schaut wie a Madel.
A so a Flaschen Medizin
Im Tag getrunken hod a,
Geschmeckt hat's nach Petroleum
Und g'heißen »Scotch mit Soda«.
Das is' jetzt schon zehn Monat' her,
Ich hab' nichts mehr vernommen.
Soldaten gibt's jetzt keine mehr,
Doch is' was andres 'kommen:
Ich wurde Mutter – hab' kein' Mann –
Bin nicht amal a Braut –
Doch wie das Kind gekommen ist,
Da hab'n die Leute g'schaut:
Erst sagt es »hey!«, dann »olàlà!«, das kleine Ding,
Dann schreit's nach Wodka und hat g'sagt »God save the king!«
Wer da der Vater is', das weiß i net bis heut',
's is' a Erinnerung an diese schöne Zeit.
All right!

Ich wünsch' mir zum Geburtstag einen Vorderzahn

In vierzehn Tagen habe ich Geburtstag,
Und wieder wird es sein wie's immer war.
D'Mutter macht mir einen Braten,
D'Schwester kuaft mir was auf Raten,
Und der Vater sagt beim Essen:
»Ich hab' wieder dran vergessen!«
Eine wünscht sich zum Geburtstag ein Paar Nylon
Oder gar an echten Mantel aus Flanell!
Ich hätt' auch ein' Wunsch im stillen,
Doch der läßt sich nicht erfüllen,
Denn für solche Luxussachen
Müßt' ma' 'n Tototreffer machen!
Ich wünsch' mir zum Geburtstag einen Vorderzahn,
Den meinen schlug der Ferdinand mir ein!
Ich weiß bis heute nicht, warum er das getan,
Aus Liebe kann es nicht gewesen sein.
Es hat vorher nicht den kleinsten Streit gegeben,
Bis er grausam mich von seiner Seite stieß!
Und in meinem jungen, ihm geweihten Leben
Plötzlich diese große Lücke hinterließ!
Die Krankenkassa sagt mir, das geht sie nichts an,
Denn das ist schließlich meine Schuld allein!
Wenn sie das zahl'n möcht', käme ja ein jeder dann
Und hauert sich die Vorderzähne ein!

Ich weiß nicht, was ich ohne Zahn werd' machen,
Es geht mir Tag und Nacht nicht aus dem Kopf!
Ich möcht' alles darum geben,
Selbst ein Jahr von meinem Leben!
Und wenn's sein müßt' auch das Tascherl
Mit dem schwarzen Ledermascherl!
Heute nacht war ich im Traum in einem Garten,
Da erschien mir die Frau Krč als schöne Fee!

Und sie sprach, wenn ich was wolle,
Daß ich mir das wünschen solle:
Kleider oder sonst 'was Feines,
Doch ich sprach: »Ich möcht' nur eines!«
Ich wünsch' mir zum Geburtstag einen Vorderzahn,
Den meinen schlug der Ferdinand mir ein!
Ich weiß bis heute nicht, warum er das getan,
Aus Ärger kann es nicht gewesen sein.
Wir sind Sonntag abends noch beim Tanz gewesen,
Und er tanzte mit der Mizzi, die ich nicht mag!
Und ich sagte noch: »Du tanzt mit diesem Besen?«,
Als mein Vorderzahn auch schon am Boden lag!
Mein Bruder sah sich tags drauf die Bescherung an
Und sprach: »Das büßt die Mizzi, dieses Stück!
's heißt Aug' um Aug' und Vorderzahn um Vorderzahn!«
Doch damit krieg' ich meinen nicht zurück!

Wir haben einen Herrn, der unter uns wohnt,
Mit dem tu' ich seit gestern kokettier'n!
Ich war niemals eine Kirke,
Das weiß jeder im Bezirke!
Doch wenn der mich möchte fragen,
Dem könnt' ich mich nicht versagen!
Er ist lang zwar nicht so schön als wie der Ferdl,
Denn er hat zwei linke Füße, das ist wahr!
Doch wenn auch, nach meiner Meinung,
Seine äußere Erscheinung
Nicht von einem Tenorist ist,
Hauptsach', daß er ein Dentist ist!
Ich wünsch' mir zum Geburtstag einen Vorderzahn,
Den meinen schlug der Ferdinand mir ein!
Die Resi sagt, sie weiß, warum er das getan,
Es muß aus Liebe doch gewesen sein.
Was sich liebt, das schlägt sich,
Hört man oftmals sagen.
Bitte sehr, es ist vielleicht ja kein Genuß!
Doch wenn er mir gar den Zahn hat eingeschlagen,

Kann man vorstell'n sich, wie der mich lieben muß!
Vielleicht kommt er sogar an mein' Geburtstag an,
Und wenn mir der Dentist die Liebe tut,
Dann lächle ich mit meinem neuen Vorderzahn,
Damit er sieht, 's ist alles wieder gut!

Hugo Wiener

Der Nowak läßt mich nicht verkommen

Ich habe einen Mann, den viele möchten,
Der immer mich bewahrt von allem Schlechten.
Ein jeder kennt ihn, *Nowak* ist sein Name,
Ihm dank' ich es, daß heut' ich eine Dame.
Ob angezogen oder als ein Nackter,
Der Nowak hat am ganzen Leib Charakter.
Ich hätte längst ein böses End' genommen,
Aber der Nowak läßt mich nicht verkommen.

Ich hätt' an vielen Dingen mein Vergnügen,
Ich möcht' so gerne in der Gosse liegen,
Ich möchte einmal sinnlos mich besaufen,
Ich möcht' mit einem Freudenmädchen raufen,
Ich möchte einmal Männer toll verbrauchen,
Ich möcht' statt »Memphis« Marihuana rauchen,
Ich hätt' auch längst schon Morphium genommen,
Aber der Nowak läßt mich nicht verkommen.

Ich möcht' einmal bei Vollmond ein Vampir sein,
Ich möcht' Geliebte von einem Fakir sein,
Damit mich, wenn ich lieg' ohne Matratzen,
Von hinten noch die Nagelspitzen kratzen!
Ich möchte Austern mit der Schale essen,
Ich möcht' mit einem Walfisch mich vergessen,
Ich hab' mir das schon alles vorgenommen –
Aber der Nowak läßt mich nicht verkommen.

Der Nowak ist zwar einerseits ein Segen,
Doch andrerseits läßt er mich nicht bewegen.
Da stand ein Inserat in einer Zeitung:
Es sucht von einem Nachtlokal die Leitung
Ein junges Mädchen, brav, mit nettem Wesen,
Das nackert tanzt vor Negern und Chinesen.
Den Posten hätt' sofort ich angenommen –
Aber der Nowak läßt mich nicht verkommen.

Ach, wie schön war's unter den Soldaten!

Ich heiße Mizzi Drahodnik
Und hätte nie gedacht,
Daß mir einmal die Politik
So Kopfzerbrechen macht.
Ich lebt' in Salzburg ideal
Als Ami-Mägdelein,
Da plötzlich brach mit einem Mal
Der Staatsvertrag herein.
Ich dachte nie an diesen Zoff,
Ich hätt' gedacht an alles –
Ich hoffte auf den Molotov
Und jetzt hab' ich den Dulles.
Ja, übers deutsche Eigentum,
Da wurde debattiert,
Doch welcher Staatsmann schert sich drum,
Was jetzt mit uns passiert?

Ach, wie schön war's unter den Soldaten!
Ach, wie herrlich war's beim Militär!
Zwei, drei!
Solche Zeiten, wie wir sie hier hatten,
Kommen wohl im Leben nimmermehr.
Zwei, drei.
Keine brauchte lange erst zu wandern,
Nur die Mundreklame hat's gemacht,
Zwei, drei!
Denn der eine sagte es dem andern,
Und zum Schluß, da kamen jede Nacht
Zwei, drei!
Hat man einen sich gekapert,
Gee! Da war das Leben schön!
Wenn's auch mit der Language hapert,
Konnte man sich doch versteh'n!
Wußte man nur ein paar Brocken,
Gee! Da war'n die Soldiers froh!

»Yes« – das wußte jede Nocken,
Und wer sagte denn schon »no«?
Ach, wie schön war's unter den Soldaten!
Doch nun gingen sie nach Germany away.
Auf nach Deutschland drum und auf zu neuen Taten!
Lieb Heimatland, ade!

Es war für uns ein harter Schlag,
Doch jammern steht uns schlecht.
Wir Opfer von dem Staatsvertrag
Verlangen unser Recht.
Wir sind für Freiheit, wo es geht,
Weil sich das so gehört –
Und auch für die Neutralität,
Solang s' das G'schäft nicht stört.
Das aber schadet allen da,
Das weiß ein jedes Kind.
Auch dem Finanzamt, weil wir ja
Devisenbringer sind.
Wir woll'n, daß alles wieder wird,
So wie es war zuletzt.
Wir brauchen keinen Krieg, wir woll'n nur,
Daß man uns besetzt!

Ach, wie schön war's unter den Soldaten!
Ach, wie herrlich war's beim Militär!
Zwei, drei!
Solche Zeiten, wie wir sie hier hatten,
Kommen für uns Mädchen nimmermehr.
Zwei, drei.
Selbst die Lou, die kalt ist wie ein Gletscher,
Wo man dachte, daß die nie ein' find't,
Zwei, drei,
Kriegte unter anderm einen »Mädscher«
Und noch heute zahlen für ihr Kind
Zwei, drei.

Ja, sogar die dicke Ada,
Die schon etwas übertrag'n,
Fand sich einen aus Nevada,
Der hat dort ein' eig'nen Wag'n!
Und die Fanni, die schon Oma,
Geht mit'm Enkelkind spazier'n,
Schnappt s' ein Guy aus Oklahoma –
Na, das soll s' in Wien probier'n!
Ach, wie schön war's unter den Soldaten!
Hört's mir auf jetzt mit dem Zivilistenschmäh!
Zwei, drei!
Erst tut man ein' schön – dann zahlt er noch auf Raten!
Lieb Heimatland, ade!

Vorm Krieg liebt' ich ein' Mischling hier,
Ein' g'wissen Doktor Reif,
Dann schenkt' ich einem Offizier
The best years of my life.
Doch d'Wehrmacht, der ich so vertraut,
Die warf ins Korn die Flinten,
So wurde ich zur Ami-Braut –
Der Dolchstoß kam von hinten.
Wenn ich mich so erinnere
Zurück vom ersten Tag,
Da trifft's mich bis ins Innere,
Was alles auf mir lag.
Statt daß der Staat das schätzen möcht',
Ist er voll Arroganz.
Da sieht man wieder einmal recht
Den Dank des Vaterlands!

Ach, wie schön war's unter den Soldaten!
Ach, wie herrlich war's beim Militär!
Zwei, drei!
Solche Zeiten, wie wir sie hier hatten,
Kommen wohl im Leben nimmermehr.
Zwei, drei.

Wo ich Whisky trank einst aus der Flaschen,
Boogie-Woogie tanzte früh und spät,
Zwei, drei,
Sitz' ich jetzt und trink' mit leeren Taschen
Nur ein Bier – und manchmal, wenn es geht,
Zwei, drei.
Ach, wie kahl ist jetzt mein Zimmer
Und so traurig, öd und leer,
Bitte sehr, man tröst' mich immer
Mit dem neuen Bundesheer.
Doch das wäre Selbstbelügung,
Was fang' ich mit dem schon an?
Da steh'n mir doch zur Verfügung
Höchstens 50000 Mann!
Und da müßte ich mich doch genieren!
Wo ich zählte einst zur USA-Armee,
Soll ich jetzt vielleicht Rekruten instruieren?
Lieb Heimatland, ade!

Karl Farkas

Also sprach Karl Farkas ...

Ich mache mir ernstliche Sorgen um die Zukunft der österreichischen Literatur. Schauen Sie, Grillparzer ist tot, Nestroy ist tot – und ich bin auch nicht mehr der Jüngste ... Mit der deutschen Literatur ist es etwas anderes. Aber wir Österreicher unterscheiden uns doch von den Deutschen durch so mancherlei, besonders durch die gleiche Sprache. Zum Glück ändert die Literatur ihre Richtung nicht so oft wie andere Sparten der Kunst, zum Beispiel die Malerei. Was haben wir diesbezüglich schon alles erlebt! Ich rede da gar nicht von all den abstrakten Schöpfungen oder auch nur von gewissen surrealistischen Porträts, deren Modellen man nur tröstend zurufen kann: »Erschrecken Sie nicht – man darf ein Bild nicht nach seinem Äußeren beurteilen! Die Menschen sind nicht so schlecht, wie sie gemalt werden ...« Nein, so weit muß ich gar nicht gehen, denn der Unfug begann schon in der Zeit nach dem Ersten Weltkrieg. Da tauchten plötzlich die ausgefallensten Richtungen der Malerei auf: Kubismus, Futurismus, Expressionismus, Kreti ... kurz, man hat Dinge gemalt, die es gar nicht gibt. Zum Beispiel »Brennender Eisberg« oder »Maurer bei der Arbeit«. Und man tat dies in grellster Farbgebung. Ich kannte da den Vertreter einer damals ganz modernen Richtung der Malerei. Er war ein Konkubist. Er hat nämlich mit seinem Modell in gemeinsamem Haushalt gelebt. Der zeigte mir einmal eine Landschaft – da war der Himmel gelb – die Wiese blau – die Bäume rot. Und als ich ihn fragte: »Wie heißt das Bild?«, antwortete er: »Im Grünen.« Na ja, er hat eben die Dinge so gemalt, wie er sie gesehen hat. Wie er nachher gesehen hat, was er gemalt hat – da war es leider schon zu spät. Und heute, bei der extrem surrealistischen Richtung, ist es oft überhaupt nicht möglich, zu erkennen, was so ein Bild überhaupt vorstellen soll! Ob es ein Porträt ist oder ein Stilleben oder ein Genrebild oder eine Landschaft? Der Künstler müßte das darunterschreiben – aber das nützt nur in den seltensten Fällen.

So habe ich da unlängst in der allermodernsten Ausstellung einer Kunstgalerie ein undefinierbares Farbengemenge in achteckigem Rahmen an der Wand hängen gesehen, darunter stand: Rosenberg. Jetzt wußte ich erst recht nicht, ist das eine Landschaft oder ein Porträt? Ich begreife ja, daß der Künstler das so gesehen hat, ich begreife auch, daß er es deshalb so gemalt hat – ich begreife nur nicht, warum man das Bild aufgehängt hat? Vielleicht – weil man den Maler nicht erwischen konnte ...

Eine besondere Abart bilden die Karikaturisten. Was ist ein Karikaturist? Sagen wir, eine Dame hat ein Doppelkinn. Da kommt ein Herr zu ihr und sagt: »Das nennen Sie ein Doppelkinn? Das ist bei mir ein Kropf!« Wie nennt man so einen Mann? Einen Grobian? Nein, das ist ein Karikaturist. Er hat nämlich recht. Die Dame hat tatsächlich einen Kropf. Sie hat ihn nur bei sich selbst auf Doppelkinn heruntergehandelt! Und deshalb ist der Karikaturist unbeliebt. Weil's wahr ist.

Aber warum produziert ein Künstler Dinge, die ihn bei seinen Nebenmenschen unbeliebt machen? Ganz einfach: um zu verdienen. Ein Mensch kann nämlich im allgemeinen noch so nett und rücksichtsvoll sein – sowie materielle Interessen zu sprechen beginnen, wenn Banknoten oder Edelmetalle im Spiel sind, wird er sofort egoistisch. Sagen wir, Sie sitzen am Fenster und blicken durch die Glasscheiben auf die Straße – dann sehen Sie Menschen. Schmieren Sie aber auf die Rückseite von dem Fensterglas ein bißchen Silber, dann wird es sofort zum Spiegel und reflektiert nunmehr Ihr eigenes Bild. Das ist nämlich immer so: Ein bißchen Silber – und man hört gleich auf, die anderen zu sehen, und sieht nur mehr sich selbst ...

Es gibt aber bekanntlich auch Ewigkeitswerte der Malerei, die stets und unwandelbar, ungeachtet aller modernen Richtungen, ihre Geltung bewahren. Zum Beispiel die Mona Lisa von Leonardo da Vinci, die Erfinderin des Keep-smiling, die ewig Lächelnde. Sie hängt im Pariser Louvre. Der Louvre ist das renommierte Kunsthistorische Museum Frankreichs, berühmt wegen der vielen kostbaren Gemälde, die dort schon gestohlen worden sind. Die Mona Lisa ist ja seinerzeit auch gestohlen worden. Aber jetzt hängt sie wieder an der Wand und lächelt. Und wenn man ihr Privatleben kennt, muß man sich eigentlich darüber wundern, daß sie immer gelächelt hat. Denn sie war nicht sehr glücklich verheiratet. In der Kunstgeschichte steht nichts darüber – aber ich erfahr' ja alles. Ihr Mann – dieser Herr Lisa, oder wie er geheißen hat – hat nämlich einen sehr unregelmäßigen Lebenswandel geführt. Das heißt – immer besoffen ist ja auch regelmäßig gelebt. Aber das ist ja kein Grund für eine Frau, immer zu lächeln. Aber sie hat trotz seines Benehmens immer ein Lächeln auf den Lippen gehabt. Und da muß man sich eigentlich wundern, warum er nicht netter zu seiner Frau war. Das heißt – ich kann es mir schon einigermaßen erklären. Ich glaube, es muß einen Mann auf die Dauer wahnsinnig nervös machen, wenn seine Frau immer lächelt – zu allem, was er tut oder sagt – immer lächelt. Sagen wir, der Mann kommt am Abend müde und hungrig aus dem Geschäft heim, will essen – seine Frau ist nicht zu Haus! Auf dem Küchentisch findet er nur einen Zettel: »Bin im Kino. Dein Nachtmahl steht im Kochbuch auf Seite 17 …« Natürlich ist er außer sich vor Zorn. Dann kommt die Gattin heim – er macht ihr Vorwürfe – überschüttet sie mit Fragen – aber sie antwortet nicht, sondern steht nur ruhig da, blickt ihn an – und lächelt … Also – da muß ein Mann doch aus der Haut fahren! Aber die Mona Lisa hat es darauf ankommen lassen. Sie hat gelächelt zu allem, was ihr Mann gesagt hat, was er gefragt hat, was er getan hat – sie hat sich den Leonardo da Vinci angelächelt – sie hat gelächelt, während er sie gemalt hat – sie hat gelächelt, als sie im Louvre aufgehängt wurde – gelächelt, als sie gestohlen wurde! Und jetzt werden Sie verstehen, daß, wenn ein Mann seiner Frau sagt: »Du bist meine Mona Lisa!« – er vielleicht damit gar nicht meint, daß sie so schön ist – sondern daß sie ihm gestohlen werden kann!

Karl Farkas

Bilanz des Monats

Musik setzt ein: Introduktion zum Themen-Song. Die Kamera wandert am hinaufgeschraubten Bein eines Bürodrehstuhles empor und zeigt Farkas mit dem Rücken zum Publikum sitzend. Indessen und während des Vorspannes schon der mehrstimmige Gesang

Man zieht die Bilanz des Monats
Und zieht die Lehre daraus …
Man zieht die Bilanz des Monats –
Dann kennt man erst richtig sich aus!
Man zieht zwischen Soll und Haben
Bilanz nach Monatsfrist.
Ist der Saldo auch mortale,
Weiß man doch von Mal zu Male,
Woran man ist!

FARKAS Guten Abend, meine Damen und Herren – verzeihen Sie, daß ich Ihnen den Rücken zukehre, aber ich bin gerade mit der Bilanz beschäftigt. Nicht nur mit meiner, sondern auch mit Ihrer, mit unser aller Bilanz: Mit der Bilanz dieses Monats. Heute ist doch Ultimo. Und es genügt ja nicht, nur zu arbeiten, man muß nachher auch sehen, was dabei herausgeschaut hat. Die meisten Leute heutzutage arbeiten nämlich so viel, daß ihnen kaum Zeit bleibt, Geld zu verdienen; geschweige denn, sich etwas für später zurückzulegen. Andere hinwiederum verlassen sich punkto Versorgung ganz auf den Staat, ohne zu bedenken, daß einem der Staat nichts geben kann, was er einem nicht schon vorher weggenommen hat! Es ist also sehr zu empfehlen, über das Verhältnis seiner Aktiva und Passiva stets im klaren zu sein. Die trüben, wirren Zeiten der ersten Nachkriegsjahre sind ja vorbei, wo man von jedem seriösen Kaufmann auf die Frage: »Wie geht es Ihnen?« – die Antwort bekam: »Wenn ich sagen wollte, ‚miserabel' – das wäre noch geprotzt!« Und zu jedem, der noch nicht in Konkurs war, sagte man: »Du Trotzkopf!« Aber auch heute gibt es noch Vereinzelte, die eine Pleite auf die leichte

Schulter nehmen. Wenn so einer in Konkurs geht, mietet er ein Taxi, fährt damit vor dem Konkursgericht vor und nimmt den Chauffeur gleich als Gläubiger mit. Es gab und gibt zu allen Zeiten kommerziellen Leichtsinn. Manche Leute können nicht anders. Schon Luther sagte seinerzeit: »Hier stehe ich – ich kann nicht anders!« Und bei uns gibt es heutzutage eben auch viele, die nicht anders können und noch immer stehen – obwohl sie längst sitzen müßten ... Dabei wären die krummen Wege zum ersehnten Erfolg gar nicht nötig, denn momentan geht es uns ja gut. Also scheint das Schicksal noch auf Urlaub zu sein ... Das ist ja das Schöne am September: Die Sorgen der vorigen Saison sind durch die Sommerferien abgeschnitten und die der neuen sind noch nicht so recht in Schwung. Und dennoch – Insolvenz-Gedanken lassen sich nicht von der Hand weisen. Was ist der Unterschied zwischen Solvenz und Insolvenz? Zwei Monate. Oft genügt auch nur einer. Und deshalb sollten wir eben allmonatlich Bilanz machen. Nicht nur kommerziell, sondern auch ideell. Auf die Soll-Seite buchten wir alles, wodurch wir uns belastet fühlten, also alle Passivposten, auf die Haben-Seite das, was wir uns in diesem Monat gutschreiben durften, alles, woran man uns erkennen konnte – wenn sich jemand die Mühe nähme, uns zu erkennen ... Also alle Aktivposten. Ich beginne mit einer Post, die wir zweiseitig verbuchen konnten, mit der Wiener Herbst-Messe. Das Aktive daran war der überaus starke Besuch. Im Gegensatz zu einigen vorhergegangenen spärlicher frequentierten Messen haben wir diesmal keine Messen-Massen missen müssen ... *(Bild: Messegelände, lebhaftes Getriebe der Besucher, darüber weiter Farkas' Stimme als Kommentar)* Die Beteiligung war äußerst lebhaft, besonders an den Lebensmittelständen *(Bild: Wurstbude)* – wo es sich aber erwies, daß den meisten Messegästen alles Wurst war. Und das gehört wieder auf die Passivseite. Nämlich, was die Abschlüsse anbelangt, konnte man konstatieren: Das Geschäft war lustig! Jeder, dem man was zum Kaufen anbot, hat gelacht! Es scheint, daß auch den Zugereisten das Geld nicht immer locker in der Tasche sitzt. Früher war es mit den Käufen ja auch nicht unbedingt allzu üppig – aber jetzt kaufen ja nicht einmal diejenigen etwas, die nicht im entferntesten daran denken, zu zahlen! – Also, die allgemeine Tendenz und das Wetter waren vorwiegend heiter, das Interesse – vorwiegend Euter! Ja – Sie haben ganz richtig verstanden: Euter. Denn es wurde an Hand einer Musterkuh die allerneueste Melkmaschine österreichischen Ursprungs vorgeführt. *(Bild: Kuh)* Dichtgedrängt umstand die Menge dieses Schauspiel. Besonders ein kleiner Mann starrte unentwegt auf die findigen Saugvorrichtungen, die immer neue Milchmassen produzierten. Die übrigen Umstehenden wechselten. Er aber blieb unerschütterlich stehen, mit leuchtenden Augen. Da näherte ich mich ihm und fragte: »Gefällt Ihnen das?«

DER KLEINE MANN Kolossal! Wie da der letzte Tropfen herausgepreßt wird, ohne jede Anstrengung! Ich bin nämlich Fachmann.

FARKAS Viehzüchter?

DER KLEINE MANN Nein.

FARKAS Landwirt.

DER KLEINE MANN *(kopfschüttelnd)* Nein!

FARKAS Was denn?

DER KLEINE MANN Steuerreferent …

Hugo Wiener

Doppelconférencen für Karl Farkas und Ernst Waldbrunn im Simpl

Zwei Gescheite!

KARL FARKAS *(kommt vor den Vorhang)* Wir sind nun wieder einmal an jener Stelle im Programm, an der, nach unserem bewährten Simpl-Revue-Rezept, die Doppelconférence zu kommen hat. Was eine Doppelconférence ist, wissen Sie ja – das ist eine Szene, die auf zwei Witzeerzähler aufgeteilt wird ... was Witzeerzähler sind, wissen Sie ja auch – Witzeerzähler sind Menschen, die glauben, daß sie die einzigen sind, die ein gutes Gedächtnis haben. Leicht hatte es ja in dieser Beziehung nur der Adam. Wenn der einen dummen Witz erzählte, konnte die Eva nicht sagen: »Den habe ich schon gehört!« Deshalb behaupten ja alle Conférenciers, daß Adam im Paradies gelebt hat ... Mit Witzen ist es ja überhaupt nicht schwer. Ein guter Witz hat eine kurze Jugend, erreicht aber ein hohes Alter. Wenn Sie deshalb vielleicht im Laufe eines Abends einen Witz bei uns hören, den Sie schon anderswo gehört haben, dann sagen Sie nicht gleich, daß er alt ist. Er hat vielleicht nur, wie manche Menschen in der heutigen Zeit, eine kurze Jugend gehabt.
Wir wollen ja aber von der Doppelconférence sprechen. Die Doppelconférence ist, wie ich bereits sagte, eine Szene, die auf zwei Witzeerzähler oder Conférenciers aufgeteilt wird – und zwar deshalb auf zwei, weil einer allein gar nicht imstande wäre, soviel Blödsinn zu sprechen, in der kurzen Zeit, die für die Doppelconférence zur Verfügung steht. Von den bei-

den Doppelconférenciers – das brauche ich Ihnen ja gar nicht mehr zu sagen – ist der eine immer der Gescheite und der andere der Blöde. Bei uns im Simpl sind diese Rollen individuell besetzt – der Gescheite bin ich … der Blöde mein Kollege Ernst Waldbrunn. Ernst Waldbrunn ist ein Spezialist auf diesem Gebiet. Er ist als Blöder von einer solch unheimlichen Natürlichkeit, daß man oft nicht weiß, wo das Spiel aufhört und die Wirklichkeit beginnt. Sie werden das sofort sehen. Ernst Waldbrunn wird im nächsten Moment mit ein paar ganz dummen Worten vor Ihnen erscheinen – und zwar wird er sagen …

ERNST WALDBRUNN *(tritt a tempo auf)* Sei nicht bös', Karl – aber ich mache es nicht.

FARKAS Was heißt, du machst es nicht?

WALDBRUNN Ich mache es nicht.

FARKAS Was machst du nicht?

WALDBRUNN Den Blöden. Ich habe mich den ganzen Sommer dagegen gewehrt, du hast mich überredet, ich habe w i e d e r mit dem Simpl abgeschlossen, heute ist die Premiere – ich mache es nicht!

FARKAS Warum nicht?

WALDBRUNN *(immer erregter)* Weil der Blöde beginnt, mir privat unangenehm zu werden. Überall lachen mich die Leute an, als ob ich ein Idiot wäre! In der Straßenbahn sagen sie mir: »Gestern waren Sie wieder blöd!« Die Hausmeisterin lacht mich aus … der Delikatessenhändler … meine eigene Frau! So glücklich haben wir gelebt … wie in den Flitterwochen … immer haben wir gelacht … wenn wir einmal weinen wollten, mußten wir ins Kino gehen – und was ist heute? Unser Baby beginnt zu sprechen. Es sagt »Mama«, »Omama«, »Opapa« – nur »Papa« sagt es nicht! Und warum nicht? Weil meine Frau ihm gar nicht sagt, wer ich bin! Weil sie warten will, bis es stärker ist! Bis es den Schock ertragen kann! *(Weint)* Weil sie sich schämt! Weil ich immer der Blöde bin!

FARKAS *(begütigend)* Reg dich nicht auf … ich werde dich etwas fragen. Ja?

WALDBRUNN *(schluchzend)* Ja …

FARKAS Was bist du?

WALDBRUNN *(immer mit den Tränen kämpfend)* Römisch-katholisch …

FARKAS Das ist dein Glaube. Ich meine deinen Beruf. Ich zum Beispiel bin Schauspieler.

WALDBRUNN Das ist d e i n Glaube.

FARKAS Schweig! Als Schauspieler hast du einen Vertrag unterschrieben. Was steht in dem Vertrag, als was du dem Simpl zur Verfügung zu stehen hast?

WALDBRUNN Als Blöder.

FARKAS Die Sache ist also klar. Du mußt den Blöden spielen oder den Vertrag lösen. In diesem Fall verlierst du natürlich die Gage. Was willst du also?

WALDBRUNN *(die Tränen schluckend)* Den Blöden spielen.

FARKAS Dann geh jetzt und komm auf dein Stichwort wieder heraus.

WALDBRUNN Bitte. Aber sei menschlich, Karl – sei menschlich …

FARKAS Da kannst dich auf mich verlassen.

WALDBRUNN *(ab).*

FARKAS *(allein zum Publikum)* Entschuldigen Sie diesen kleinen Zwischenfall … meinem Kollegen Waldbrunn sind die Nerven durchgegangen … das kann vorkommen. Wir beginnen also unsere Doppelconférence. Der Gescheite bin, wie ich Ihnen bereits gesagt habe, ich – der Blöde Ernst Waldbrunn. Ernst Waldbrunn, der sich ja inzwischen beruhigt haben wird, wird im nächsten Moment mit ein paar ganz dummen Worten vor Ihnen erscheinen – und zwar wird er sagen …

WALDBRUNN *(tritt auf mit heiserer Stimme)* Servus, Karl …

FARKAS Servus, Ernst. Du bist ja ganz heiser …

WALDBRUNN Leider. Ich habe einen Emmentaler gegessen, und da hat es so durch die Löcher gezogen. *(Wieder aus der Rolle fallend, unglücklich)* Ich kann nicht!

FARKAS *(wütend)* Spiel!

WALDBRUNN Es geht nicht, Karl! Sei menschlich! Laß mich einmal den Gescheiten spielen, und spiel du den Blöden!

FARKAS Das haben wir voriges Jahr versucht – das war nicht gut. Die Leute glauben dir den Gescheiten nicht, wie sie mir den Blöden nicht glauben.

WALDBRUNN Dann machen wir zwei Gescheite, Karl! Wir haben doch ein gutes Publikum. Die Leute werden sich freuen, wenn zwei intelligente Menschen wie wir –

FARKAS Ein intelligenter Mensch.

WALDBRUNN Ein intelligenter Mensch und du klug miteinander konversieren.

FARKAS Das kannst du doch nicht.

WALDBRUNN Versuchen wir's, Karl! Bitte! Sei menschlich!

FARKAS Schön! Obwohl es natürlich keinen Humor hergeben wird …

WALDBRUNN Das mit dem Blöden ist auch kein Humor, Karl …

FARKAS Das ist amerikanischer Humor.

WALDBRUNN Mein Freund hat gesagt nein.

FARKAS War dein Freund in der USA?

WALDBRUNN In der U nicht. In der SA.

FARKAS Schweig!

WALDBRUNN Sei menschlich, Karl …

FARKAS *(ungeduldig)* Ja! Worüber reden wir?

WALDBRUNN Ich weiß es nicht.

FARKAS Worüber kannst du reden? Hast du kein Steckenpferd?

WALDBRUNN Nein. Hast du eines?

FARKAS Ja.

WALDBRUNN So ein großer Bub? Wo reitest du da herum? Im Zimmer?

FARKAS Ich reite nicht! Wenn ich sage ein Steckenpferd, meine ich ein Hobby, eine Lieblingsbeschäftigung! Die haben größere Menschen! Schau den Ike an! Du weißt doch, wer der Ike ist?

WALDBRUNN Natürlich! Der brave Soldat Ike.

FARKAS Schwejk!

WALDBRUNN Erst fragst du mich – dann sagst du, schweig …

FARKAS Ich hab' nicht gesagt »schweig« – ich hab' gesagt

Schwejk! »Der brave Soldat Schwejk« ist ein Roman von Jaroslav Hašek, und Ike ist Präsident Eisenhower.

WALDBRUNN Na, ist doch auch ein braver Soldat …

FARKAS Das schon …

WALDBRUNN Und der hat ein Steckenpferd?

FARKAS Ja. Er angelt.

WALDBRUNN Auf dem Steckenpferd?

FARKAS Am Ufer sitzend.

WALDBRUNN Wo ist dann das Steckenpferd?

FARKAS *(wütend)* Hör schon mit dem Steckenpferd auf, du Nilpferd. Ich habe dir schon gesagt, daß das eine Lieblingsbeschäftigung ist! Er angelt, wenn ihm seine Besprechungen Zeit dazu lassen.

WALDBRUNN Mit wem hat er Besprechungen?

FARKAS Mit verschiedenen Leuten. Zum Beispiel … mit dem Außenminister.

WALDBRUNN Er hat einen Außenminister?

FARKAS Jede Regierung hat einen Außenminister. Die Amerikaner haben den Dulles.

WALDBRUNN Die auch schon?

FARKAS Er h e i ß t Dulles!!

WALDBRUNN Der wird aber nicht lang bleiben.

FARKAS Warum nicht?

WALDBRUNN Ich hab' einmal gehört: Es geht Dulles vorüber – es geht Dulles vorbei …

FARKAS *(verzweifelt)* Ich kann mit dir nicht reden!

WALDBRUNN Sei menschlich, Karl! Sei menschlich!

FARKAS Gut. Gehen wir weiter. Der Eisenhower angelt also, und das tu' auch ich.

WALDBRUNN Du angelst?

FARKAS Ja.

WALDBRUNN Was angelst du?

FARKAS Hechte.

WALDBRUNN Wie viele hast du schon gefangen?

FARKAS Keinen.

WALDBRUNN Wenn du noch keinen gefangen hast, wieso weißt du dann, daß du Hechte angelst?

FARKAS *(sieht ihn mitleidig an)* Du hast das Schießpulver nicht erfunden.

WALDBRUNN Nein. Hat es jemand gesagt?

FARKAS *(wütend)* Nein!!

WALDBRUNN Ich hab' nicht einmal das Kopfwehpulver erfunden …

FARKAS Ich weiß!! Der Eisenhower angelt also, die Königin Elisabeth sammelt Briefmarken, der Truman spielt Klavier, der Churchill malt …

WALDBRUNN Der Churchill ist doch Politiker …

FARKAS Ja! Und sein Steckenpferd ist die Malerei. Er ist ein malender Politiker.

WALDBRUNN Ist besser als ein politischer Maler. Haben wir auch schon gehabt. Ich glaube aber nicht, daß der Churchill malt.

FARKAS Ich habe ihn doch selbst gesehen. Auf den Bermudainseln.

WALDBRUNN Du warst auf den Bermudainseln?

FARKAS Ich nicht. Der Churchill. Dort hat man ihn, vor der Staffelei sitzend, aufgenommen, und am nächsten Tag war das Bild bei uns in der Zeitung.

WALDBRUNN So schnell? Das gibt es nicht.

FARKAS Warum nicht? Man kann doch heute Bilder telegrafisch übermitteln.

WALDBRUNN Mit Rahmen?

FARKAS Ohne Rahmen, du Depp! Von Technik hast du überhaupt keine Ahnung …

WALDBRUNN Sag das nicht, Karl – ich hör' sehr gern Radio.

FARKAS »Alt – aber gut!«

WALDBRUNN O nein, Karl! Sei menschlich! Meine Lieblingssendung ist »Meisterwerke der Tonkunst«.

FARKAS Warum grad die?

WALDBRUNN Weil danach die Fußballreportage kommt.

FARKAS Das sieht dir ähnlich! Fußball … Boxen … was Kultur ist, weißt du natürlich nicht.

WALDBRUNN Das stimmt. Sie kann aber nichts Feines sein – die Kultur.

FARKAS Warum nicht?

WALDBRUNN Etwas, das alles beleckt ... Weißt du, was Kultur ist?

FARKAS Natürlich weiß ich es. Kultur ist, einem Volk, das nackt und sorglos in der Wüste gelebt hat, Kleider anzuziehen und ihm dafür das Petroleum wegzunehmen. Allerdings waren diese Völker glücklicher ohne Kultur. Denn was hat sie ihnen schon gebracht? Vor allem das Geld ...

WALDBRUNN Und die Geldentwertung – die ich immer so fürchte.

FARKAS Warum fürchtest du sie?

WALDBRUNN Weil es kein Mittel dagegen gibt. Wie kann man sich gegen Geldentwertung schützen?

FARKAS Am besten durch Sparen. Wenn du dir jedes Jahr 10 000 Schilling ersparst, hast du in zehn Jahren 100 000 Schilling – wenn dann eine Geldentwertung kommt, hast du noch immer genug zum Leben.

WALDBRUNN Das tu' ich aber nicht.

FARKAS Warum nicht?

WALDBRUNN Bei meinem Pech kommt keine Geldentwertung, und ich steh' da mit 100 000 Schilling!

FARKAS Wenn man die Klugheit hören würde – würde von dir eine göttliche Stille ausgehen. Sprechen wir weiter von Kultur. Was hat sie den Wilden noch gebracht? Kriege ... Streiks ...

WALDBRUNN Das stimmt. Ich habe heute gelesen, daß in der Türkei sogar schon die Eunuchen streiken ...

FARKAS Warum?

WALDBRUNN Sie wollen ihre Sachen zurück.

FARKAS So etwas Blödes ...

WALDBRUNN Das ist gar nicht so blöd! Alle wollen ihre Sachen zurück. Die Deutschen die Saar, Österreich Südtirol, Tito Triest –

FARKAS Deshalb gibt es ja dauernd Kriege. Überall wird aufgerüstet. Sogar Deutschland bekommt wieder eine Wehrmacht. Ehemalige Parteimitglieder werden ihr allerdings nicht beitreten dürfen.

WALDBRUNN Da werden sie eine Fremdenlegion gründen müssen. Warum führt man denn immer Krieg?

FARKAS Wegen des Öls. Wer das Öl hat, hat alles. Der Kohlenvorrat der Welt reicht doch nur mehr für 2000 Jahre.

WALDBRUNN Das macht mir nichts. Ich heize mit Koks.

FARKAS Der liebe Gott muß dumme Menschen gern haben, sonst hätte er nicht dulden können, daß so etwas gezeugt wird! *(Schreit)* Ich rede doch nicht von dir – ich rede doch von der Menschheit! Jede Macht will das Öl haben, und deshalb werden unter allerlei Vorwänden Kriege geführt! Der eine will uns vom Kapitalismus befreien, der andere vom Ultramontanismus – der dritte vom Kommunismus und der vierte vom Anarchismus –

WALDBRUNN Wenn sie schon dabei sind, können sie den Rheumatismus auch gleich mitnehmen …

FARKAS *(fortsetzend)* Und die Völker müssen es büßen. Es werden noch und noch Waffen erzeugt … das führt zu einer Kapitalanlage, die sich nicht bezahlt macht – du weißt doch, was das ist, eine Kapitalanlage, die sich nicht bezahlt macht?

WALDBRUNN Wenn man die eigene Schwester ins Kino führt.

FARKAS *(wütend)* Wenn man Waffen erzeugt, ohne sie zu verwenden! Deshalb wird der Krieg künstlich herbeigeführt. Ich bin ein friedliebender Mensch, und so wie ich sind Millionen. Ich bin im Allgemeinen Krankenhaus zur Welt gekommen –

WALDBRUNN Was hat dir gefehlt?

FARKAS Meine Mutter ist dort gelegen, du Ochs! Ich bin zur Schule gegangen – habe einen Beruf ergriffen –

WALDBRUNN Ich bin auch zu ihr gegangen – zur Schule … ich habe ihn auch ergriffen – den Beruf … ich habe an mir gearbeitet, bis ich das wurde, was ich heute bin –

FARKAS Da scheinst du zu früh zum Arbeiten aufgehört zu haben.

WALDBRUNN Und wenn auch mein Verstand mein einziges Vermögen ist –

FARKAS Mach dir nichts draus – Armut ist keine Schande.

WALDBRUNN *(fortfahrend)* – betrachte ich mein Glück mit den Augen meiner Mitmenschen und bin zufrieden.

FARKAS Das ist sehr schön gesagt.

WALDBRUNN Ist nicht von mir. Also sprach Zahnarzt Thustra.

FARKAS Zarathustra! Die Weisen erfinden die Zitate – die Dummen plappern sie nach.

WALDBRUNN Das ist auch gut. Wem hast du das nachgeplappert?

FARKAS Du regst mich derart auf! Aber ich versprech' dir eines: Wenn ich an dir zugrunde gehe, erscheine ich dir jede Nacht als Gespenst.

WALDBRUNN Das macht mir nichts. In unserer Familie hat man keine Angst vor Gespenstern. Meinem Bruder ist da einmal etwas passiert …

FARKAS Was?

WALDBRUNN Der hat in einem alten Schloß in einem Zimmer übernachtet, von dem man ihm gesagt hat, daß ein Gespenst drinnen umgeht. Mein Bruder legt sich ins Bett, läßt ein mattes Licht brennen – legt seinen Revolver neben sich hin – auf einmal, knapp vorm Einschlafen, bemerkt er fünf kleine Finger, die sich am unteren Ende des Bettes bewegen. Mein Bruder nimmt seinen ganzen Mut zusammen und sagt »Lassen Sie diese dummen Scherze, oder ich schieße!« Die kleinen Hände bewegen sich bittend – aber kein Gesicht erscheint. Mein Bruder nimmt den Revolver und sagt: »Ich warte nicht länger – bei drei schieße ich!« Die kleinen Hände bleiben starr und rühren sich nicht. Mein Bruder sagt: »Ich warne Sie noch einmal – stehen Sie auf, oder ich schieße!« Die zehn Finger fangen an zu zittern. Mein Bruder zählt »Eins, zwei – drei!« – schießt –

FARKAS *(der atemlos der Schilderung gefolgt ist)* Und was war?

WALDBRUNN Seitdem hinkt er auf dem linken Fuß!

FARKAS *(sieht ihn erst lang wütend an, dann)* Du hast uns blamiert! Wir haben dem Publikum versprochen, daß wir zwei Gescheite sein werden, und was waren wir? Wieder ein Gescheiter und ein Blöder!

WALDBRUNN Waren wir ja gar nicht, Karl …

FARKAS Was denn waren wir?
WALDBRUNN Wirst du menschlich sein, wenn ich dir's sage?
FARKAS Ja.
WALDBRUNN Zwei Blöde!!

Zwei Jahre später

KARL FARKAS *(kommt vor den Vorhang)* Ich weiß nicht, ob es Ihnen aufgefallen ist, daß in den letzten zwei Jahren in unseren Revuen ein Programmpunkt gefehlt hat – und zwar die Doppelconférence. Was eine Doppelconférence ist, werden Sie ja, als gewiegte Simplbesucher, wissen ... Eine Doppelconférence ist eine Szene zwischen zwei Darstellern, von denen der eine den Blöden und der andere den Gescheiten spielt. Diese beiden Rollen waren bei uns immer individuell besetzt. Wir machen es da so wie beim Film. Wenn man beim Film zum Beispiel einen älteren Herrn braucht, der aussehen soll ... sagen wir ... wie ein Generaldirektor oder ein Minister, dann nimmt man keinen jungen und richtet ihn auf alt her – sondern man sucht einen richtigen älteren Herrn, der eben wirklich aussieht wie ein Generaldirektor oder ein Minister. Man besetzt die Rolle typmäßig. Und das haben wir auch immer gemacht: typmäßig besetzt und mit dem besten Vertreter des Typs. Deshalb habe in der Doppelconférence den Gescheiten immer ich gespielt – und den Blöden Ernst Waldbrunn. Ernst Waldbrunn war dann durch verschiedene andere Verpflichtungen verhindert, bei uns aufzutreten, und bevor wir einen anderen genommen haben, haben wir lieber auf die Doppelconférence verzichtet. Denn wo gab es noch so einen Blöden wie den Ernst Waldbrunn? Jetzt ist er aber zu uns zurückgekehrt, und so bin ich heute in der angenehmen Lage, Ihnen nach längerer Zeit wieder einmal eine Doppelconférence ankündigen zu können. Ernst Waldbrunn und seine Art kennen Sie ja. Er wird sich jetzt natürlich wieder weigern, den Blöden zu spielen ... wird erzählen, daß das keine Rolle für ihn ist ... daß er überhaupt keine Doppelconférence mehr machen wird usw. – Er wird gleich mit verdrossenem Gesicht da unten zur Tür hereinkommen und wird sagen –

ERNST WALDBRUNN *(kommt a tempo zur Tür herein; strahlend)* Ich freu' mich!

KARL FARKAS Was?

WALDBRUNN Ich freu' mich!

FARKAS Worauf?

WALDBRUNN Auf die Doppelconférence. Ich hab' schon so lange keine gespielt! Ich freu' mich!!!

FARKAS Du scheinst nicht zu wissen, daß du den Blöden spielen mußt ...

WALDBRUNN Doch. Darauf freu' ich mich ja! Ich freu' mich!!

FARKAS *(wütend)* Wir haben doch besprochen gehabt, daß du dich weigern wirst! Wie wir es immer gemacht haben!

WALDBRUNN Das kann ich nicht.

FARKAS Warum nicht?

WALDBRUNN Weil ich mich freu'! Ich freu' mich!!

FARKAS Dann geh noch einmal zurück – ich muß deinen Auftritt anders vorbereiten.

WALDBRUNN *(ängstlich)* Wir machen aber die Doppelconférence ...

FARKAS Ja.

WALDBRUNN Und ich darf den Blöden spielen ...

FARKAS *(wütend)* Ja!!!

WALDBRUNN *(glücklich)* Karl ...

FARKAS Was?

WALDBRUNN Ich freu' mich!! *(Ab)*

FARKAS *(allein)* Das ist Ernst Waldbrunn! Immer war er gegen den Blöden – heute freut er sich! *(Ansagend)* Ernst Waldbrunn wird also sofort mit strahlendem Gesicht da unten zur Tür hereinkommen und glücklich lächelnd sagen –

WALDBRUNN *(kommt a tempo mit verdrossener Miene)* Ich mach's doch nicht.

FARKAS Was machst du nicht?

WALDBRUNN Die Doppelconférence.

FARKAS Du hast doch eben gesagt, daß du dich freust ...

WALDBRUNN Ich hab' mir's überlegt. Immer soll ich den Blöden spielen – ich mach's nicht.

FARKAS *(wütend)* Es war doch besprochen –

WALDBRUNN Ich kann nicht, Karl – ich kann's nicht! Nicht, daß ich eingebildet wäre – wenn ich eine Dummheit mache, bin ich der erste, der darüber lacht –

FARKAS Da mußt du ein sehr lustiges Leben führen ...

WALDBRUNN *(fortsetzend)* Aber es ist meiner nicht würdig. Ich habe maturiert ... ich spreche Fremdsprachen ...

FARKAS Was für Fremdsprachen sprichst du?

WALDBRUNN Französisch ...

FARKAS *(ungläubig)* Du sprichst Französisch?

WALDBRUNN Oui.

FARKAS Dann sag mir, wie auf französisch »Guten Tag« heißt.

WALDBRUNN Das weiß ich nicht.

FARKAS Wieso nicht?

WALDBRUNN Ich hab' einen Abendkurs besucht – wir haben immer nur »Gute Nacht« gesagt.

FARKAS Mit Französisch kannst du mir auch nicht imponieren. Wenn du noch Esperanto könntest ...

WALDBRUNN Was ist das?

FARKAS Eine Weltsprache.

WALDBRUNN Wo spricht man die?

FARKAS Nirgends. Aber Französisch? Das ist nicht schwer.

WALDBRUNN Sag das nicht, Karl – Französisch ist sehr schwer. Meiner Cousine, die voriges Jahr in Paris war, sind dort die Männer nachgelaufen ... Bevor ihnen die sagen konnte, daß sie nicht das ist, was sie glauben – war sie es schon! Außerdem will auch meine Braut nicht, daß ich den Blöden spiele.

FARKAS Du hast eine Braut?

WALDBRUNN Hab' ich dir sie noch nicht vorgestellt? Mein Schneckerl!

FARKAS Warum heißt sie »Schneckerl«?

WALDBRUNN Weil sie ein Häuschen hat.

FARKAS Ist sie aus so reicher Familie?

WALDBRUNN Immens. Ihr Bruder hat sich heuer ein neues Segelboot gekauft – nur, weil das alte naß geworden ist.

FARKAS Ich war auch schon einmal mit einem reichen Mädel verlobt.

WALDBRUNN War sie schön?

FARKAS *(überlegend)* Als Silhouette ist sie gegangen. Ich kann mich noch erinnern, wie ich sie kennengelernt habe. Ihre Eltern haben ein Geschäft für elektrische Artikel gehabt. Sie hat damals ein weißes Kleid getragen. Zuerst ist sie mir durch das Schaufenster aufgefallen. Ich bin hineingegangen ... hab' sie von vorn angesehen ... hab' sie von hinten angesehen ... bin um sie herumgegangen ... hab' sie noch einmal angesehen ...

WALDBRUNN Warum hast du sie so lang angesehen?

FARKAS Ich hab' geglaubt, es ist eine Waschmaschine.

WALDBRUNN Das ist lustig, Karl! Mein Schneckerl ist schön!

FARKAS Wo hast du die kennengelernt?

WALDBRUNN In Velden. Ich habe sie zum Tanz aufgefordert ... habe charmant mit ihr geplaudert ...

FARKAS *(belustigt)* Was sagst du so, wenn du charmant plauderst?

WALDBRUNN Ich habe gesagt »Merken Sie, Gnädigste? Ich hab' den Tanz im Blut!«

FARKAS Und was hat s i e darauf gesagt?

WALDBRUNN Ich scheine eine schlechte Blutzirkulation zu haben – in die Füße ist er noch nicht gekommen. *(Fortsetzend)* Wir haben Ping-Pong gespielt ...

FARKAS Schrecklich!

WALDBRUNN Eine neue Art von Ping-Pong. Wo der Ball unter den Tisch fallen muß.

FARKAS Wo ist da das Vergnügen?

WALDBRUNN Unter dem Tisch. Sie ist aus erstklassigem Haus ... ihr Vater ist Gefängnisdirektor.

FARKAS Weißt du das bestimmt?

WALDBRUNN Oder Inspektor ... auf jeden Fall ist er im Landesgericht angestellt.

FARKAS Sitzt er nicht vielleicht?

WALDBRUNN Was fällt dir ein? Und wenn – höchstens wegen einer Kleinigkeit.

FARKAS Und die ist dagegen, daß du den Blöden spielst ...

WALDBRUNN Ja. Sie sagt, der Farkas will immer gescheiter sein als du –

FARKAS Das ist doch gewiß ein bescheidener Wunsch ...

WALDBRUNN Es paßt ihr aber nicht. Wenn sie erzählt, der

Ernst Waldbrunn ist ihr Verlobter, sagt jeder »Das ist doch der Blöde aus dem Simpl!«

FARKAS Was willst du also?

WALDBRUNN Den Gescheiten spielen.

FARKAS Das geht nicht. Das haben wir schon einmal versucht – das hat nicht resultiert.

WALDBRUNN Vielleicht resultiert es heute.

FARKAS Bestimmt nicht.

WALDBRUNN *(bittend)* O Karl ...

FARKAS Sag nicht »O Karl« zu mir – es nützt dir nichts! Ich verstehe deinen Wunsch nicht. Der Blöde hat doch viel mehr Möglichkeiten ...

WALDBRUNN Ich will sie nicht.

FARKAS Also schön. Spiel heute den Gescheiten!

WALDBRUNN *(erfreut)* Ist das dein Ernst?

FARKAS Ja.

WALDBRUNN Ich darf wirklich ...?

FARKAS Ja!!!

WALDBRUNN O, mein Karl ...

FARKAS *(wütend)* Sag nicht »O, mein Karl« zu mir! Geh noch einmal hinaus – ich muß wieder von vorn anfangen!

WALDBRUNN Wir machen aber die Doppelconférence ...

FARKAS Ja.

WALDBRUNN Und ich spiel' den Gescheiten ...

FARKAS Ja!!

WALDBRUNN *(ganz ernst)* Ich freu' mich. *(Ab)*

FARKAS *(allein)* Ich bitte um Entschuldigung – Sie haben ja gesehen, was er aufführt. Ernst Waldbrunn wird also sofort mit intelligent sein wollendem Gesicht da unten zur Tür hereinkommen und sagen –

WALDBRUNN *(kommt)* Ich spiel' d o c h den Blöden!

FARKAS Was???

WALDBRUNN Ich hab' mir's überlegt – der hat wirklich mehr Möglichkeiten.

FARKAS *(wütend)* Dann fang schon an!

WALDBRUNN Wie?

FARKAS Indem du etwas sagst!

WALDBRUNN Was?

FARKAS Etwas Blödes!

WALDBRUNN Warst du im Ersten Weltkrieg?

FARKAS Nein.

WALDBRUNN Da solltest du einmal hingehen.

FARKAS *(außer sich)* Du …

WALDBRUNN *(entschuldigend)* Blöder geht's nicht mehr …

FARKAS Das ist nicht blöd – das ist vertrottelt!

WALDBRUNN Ich freu' mich, o Karl. Aber apropos vertrottelt – was macht dein Bruder?

FARKAS Welcher? Ich habe acht Brüder.

WALDBRUNN Acht Brüder?

FARKAS Was staunst du? Wir waren fünfzehn Kinder.

WALDBRUNN Das ist nicht möglich!

FARKAS Warum nicht möglich, du Hornochs? Der Maharadscha von Radapur hat 432 Kinder!

WALDBRUNN Arme Frau!

FARKAS Was heißt »arme Frau«? Der hat doch dreihundert Frauen!

WALDBRUNN Armer Mann! – Und ihr wart fünfzehn Kinder?

FARKAS Ja. Neun Buben und sechs Mädel. Die eine hat jetzt geheiratet.

WALDBRUNN Wen?

FARKAS Einen Motorführer von der Straßenbahn.

WALDBRUNN Das muß eine fade Ehe sein …

FARKAS Warum?

WALDBRUNN Es ist doch verboten, mit dem Motorführer zu sprechen.

FARKAS *(hält sich den Kopf)* Das halt' ich nicht aus!

WALDBRUNN Wenn ihr fünfzehn Kinder wart, o Karl – ei, das wievielte warst du?

FARKAS Das letzte.

WALDBRUNN Nach dir haben deine Eltern die Courage verloren.

FARKAS *(wütend)* Meine Eltern haben nicht die Courage verloren – meine Eltern haben mich sehr gern gehabt! Mein Vater hat immer zu mir gesagt: »Karli!« hat er gesagt –

WALDBRUNN *(belustigt)* »Karli« hat er gesagt?

FARKAS Ja. Haben deine Eltern nie »Ernsti« zu dir gesagt?

WALDBRUNN Nein.

FARKAS Wie denn?

WALDBRUNN Flocki.

FARKAS Warum »Flocki«?

WALDBRUNN Sie hätten lieber einen Hund gehabt. In unserer Familie waren überhaupt sehr komische Namen. Mein Bruder z. B. hat »Rinso« geheißen.

FARKAS Warum »Rinso«?

WALDBRUNN Er wurde an einem Waschtag geboren.

FARKAS So etwas Blödes!

WALDBRUNN Ich bin am 24. Dezember geboren worden.

FARKAS Ausgerechnet?

WALDBRUNN Ich wollte Weihnachten zu Haus' sein.

FARKAS Wie ein Mensch in ein paar Minuten so viel Blödsinn reden kann …

WALDBRUNN Ich red' sehr schnell.

FARKAS Das ist wahr.

WALDBRUNN Mir ist vieles an einem 24. Dezember zugestoßen. Der 24. Dezember ist sozusagen mein Schicksalstag. Als Büblein klein hat mein Großvater einmal zu mir gesagt … *(unterbricht sich und zieht ein Foto aus der Tasche)* … das ist er übrigens … mein Großvater.

FARKAS *(das Bild betrachtend)* Väterlicherseits oder mütterlicherseits?

WALDBRUNN Väterlicherseits. Du siehst doch, daß er einen Schnurrbart hat. Ich trage das Bild bei mir, weil ich es vergrößern lassen will …

FARKAS Da kann ich dir einen ausgezeichneten Fotografen empfehlen.

WALDBRUNN Ich möchte aber, daß er den lächerlichen Hut wegretuschiert.

FARKAS Macht er. Du mußt ihm nur sagen, was für eine Frisur dein Großvater getragen hat.

WALDBRUNN Das sieht er ja, wenn der Hut weg ist.

FARKAS Es ist eigenartig, daß es für jeden Menschen ein Sprichwort gibt, das zu ihm paßt.

WALDBRUNN Für mich auch?

FARKAS Natürlich. »Wem Gott ein Amt gibt, dem gibt er auch den Verstand dazu!«

WALDBRUNN Ich hab' doch gar kein Amt …

FARKAS Eben.

WALDBRUNN Ich freu' mich!

FARKAS Du wolltest vom 24. Dezember erzählen und von deinem Großvater …

WALDBRUNN Stimmt. Als Büblein klein hat mein Großvater einmal zu mir gesagt, er wird prüfen, ob ich intelligent bin. Er hat die flache Hand auf einen spitzigen Gartenzaun gelegt und gesagt, ich soll mit der Faust draufschlagen … er hat die Hand zurückgezogen … und ich … mit der Faust auf den Gartenzaun!

FARKAS Du warst nicht intelligent …

WALDBRUNN Nein. Am 24. Dezember, am Weihnachtsabend, wollte ich das mit meinem großen Bruder ausprobieren. Ich habe aber keinen Gartenzaun gehabt … habe ich meine flache Hand auf mein linkes Auge gelegt … *(legt die Hand auf das Auge, zieht sie weg und markiert den Faustschlag)*.

FARKAS *(belustigt)* Er war auch nicht intelligent.

WALDBRUNN Nein. Voriges Jahr habe ich mir am 24. Dezember den Fuß gebrochen.

FARKAS Wieso das?

WALDBRUNN Ich war im Jahre 49 auf der Rax und habe dort in einem Hotel übernachtet. Vor dem Schlafengehen kommt das Stubenmädchen – eine junge, hübsche Person – und fragt, ob ich nicht noch einen Wunsch habe. Ich sagte: »Nein.« Fragt sie kokett: »Gar keinen?« Sage ich: »Nein.« Sagt sie: »Wenn Sie vielleicht doch etwas wünschen sollten – dort ist die Glocke.« Und ist gegangen. Fünf Jahre später, voriges Jahr am 24. Dezember, stehe ich auf einer Leiter und will ein Bild aufhängen. Auf einmal fällt mir ein, was das Stubenmädel damals gewollt hat – bin ich von der Leiter gefallen und hab' mir den Fuß gebrochen!

FARKAS Das sieht dir ähnlich!

WALDBRUNN Es hat mir nichts gemacht. Der Fuß ist heute besser, als er war! Einmal habe ich mir die Hand gebrochen – die ist auch heute besser, als sie war!

FARKAS Wenn bei dir nach einer Krankheit alles besser wird, als es war, solltest du dir einmal eine Gehirnerschütterung besorgen.

WALDBRUNN Hab' ich schon gehabt! Auch am 24. Dezember! Beim Militär.

FARKAS Du warst beim Militär? Du mußt gut ausgesehen haben in Uniform!

WALDBRUNN Sehr gut! Nur der Stahlhelm war mir zu groß! Und schwer war er – der Stahlhelm!

FARKAS Hast du den am Marsch getragen?

WALDBRUNN Am Kopf!

FARKAS *(wütend)* Ich weiß, am Kopf! Ich meine, ob du ihn während des Marsches getragen hast!

WALDBRUNN Auch. Jetzt kriegen wir ja wieder ein Bundesheer – seit Österreich die Anatomie bekommen hat.

FARKAS Österreich hat nicht die Anatomie bekommen, sondern die Autonomie!

WALDBRUNN Du bringst das durcheinander, o Karl! Autonomie ist, wenn einer eine Vorliebe für Autos hat.

FARKAS Das ist eine Auto-Manie!

WALDBRUNN Automanie ist etwas in der Türkei. Auf einen Türken sagt man auch: Automane.

FARKAS *(immer wütender)* Auf einen Türken sagt man: Ottomane!

WALDBRUNN Ottomane ist was zum drauf Sitzen!

FARKAS Das ist eine Ottomane! Wie wir sagen: ein Sofa!

WALDBRUNN Sofa ist die Hauptstadt von Bulgarien.

FARKAS Das ist Sofia!!!

WALDBRUNN Sofia heißt meine Tante in Leitmeritz.

FARKAS Die heißt Sophie!!!

WALDBRUNN Sophie ist eine Entschuldigung. Wenn du dich auf englisch bei jemanden entschuldigen willst, sagst du »I am sophie!«

FARKAS I am sorry!!!

WALDBRUNN Das kannst du mir nicht erzählen – ich kenne nämlich einen Amerikaner. Noch dazu einen Verwandten von dem Präsidenten der Vereinigten Staaten – von dem Schopenhauer.

FARKAS Der Präsident der Vereinigten Staaten heißt Eisenhower!!

WALDBRUNN Eisenhower ist der Obmann von der deutschen Opposition.

FARKAS Das ist der Ollenhauer!!

WALDBRUNN Ollenhauer ist der, der das Militär will.

FARKAS Das ist der Adenauer!!! Wenn man dich reden hört, glaubt man beim ersten Satz, daß du ein Trottel bist –

WALDBRUNN Und beim zweiten?

FARKAS Merkt man, daß man sich nicht getäuscht hat! Du solltest mehr lesen.

WALDBRUNN Ich lese ohnehin …

FARKAS Was du schon lesen wirst …

WALDBRUNN Oho, o Karl! Momentan lese ich den »Faust« von Goethe. Jede Nacht im Bett – und vor dem Einschlafen lege ich ihn mir noch unter den Kopfpolster.

FARKAS Faust im Nacken.

WALDBRUNN Ja, ich verehre Goethe, und es freut mich, daß ich neulich gelesen habe, daß ich nur ein halbes Kilo weniger wiege, als e r in meinem Alter gewogen hat.

FARKAS Das wird dir beim Hirn fehlen …

WALDBRUNN Ich bin nicht so dumm – sonst könnte ich nie so ein Hobby haben, wie ich es habe.

FARKAS Was hast du für ein Hobby?

WALDBRUNN Erfindungen! Ich habe eine Bremse für Autos erfunden – wenn du da im Hundertkilometertempo fährst, kannst du mit einem Ruck stehenbleiben.

FARKAS Das ist fantastisch! Wann übergibst du die der Öffentlichkeit?

WALDBRUNN Bis ich etwas erfunden habe, was verhindert, daß der Fahrer durch die Windschutzscheibe fliegt. – Ich habe aber noch etwas erfunden: Tabletten, die den Durst löschen.

FARKAS Wozu braucht man die?

WALDBRUNN Auf Ausflügen … beim Campieren … in der Wüste … du hast Durst … weit und breit gibt es kein Wasser … du nimmst eine Tablette – und der Durst ist weg!

FARKAS Das ist wunderbar!

WALDBRUNN Es hat nur einen Nachteil …

FARKAS Was?

WALDBRUNN Die Tabletten müssen in Wasser aufgelöst werden … Ich habe noch etwas erfunden … ein Fleckputzmittel …

FARKAS Fleckputzmittel gibt es genug …

WALDBRUNN Ich habe aber ein Fleckputzmittel erfunden, das die Flecken putzt, die durch die Fleckputzmittel entstehen.

FARKAS Das ist nicht schlecht!

WALDBRUNN *(ganz unvermittelt)* Ich habe meine erste Frau an einem 24. Dezember geheiratet.

FARKAS *(wütend)* Fängst du schon wieder mit dem 24. Dezember an?

WALDBRUNN Wann hast du geheiratet, o Karl?

FARKAS Am 21. Juni.

WALDBRUNN Ist das nicht der Tag mit der kürzesten Nacht?

FARKAS Ja.

WALDBRUNN Du bist ein Feigling! – Wir haben eine Doppelhochzeit gemacht. Mein Freund und ich haben zwei Schwestern geheiratet … am selben Tag … zur selben Stunde … haben die Hochzeitsreise zusammen gemacht … beide Paare nach Venedig … beide in dasselbe Hotel … wie wir vor der Brautnacht, nach dem Abendessen, auf unsere Zimmer gehen wollen – plötzlich, im Korridor ein Kurzschluß! Ich nehme meine Frau bei der Hand … taste mich nach der Tür … meine Frau legt sich im Finstern ins Bett … ich bete noch … ich bete immer vor dem Schlafengehen … ich will mich auch eben niederlegen … auf einmal wird es licht – habe ich meine Schwägerin im Zimmer, und meine Frau war bei meinem Freund! Ich stürze sofort zu ihm –

FARKAS *(gespannt)* Und???

WALDBRUNN Zu spät.

FARKAS Wieso?

WALDBRUNN Er hat nicht gebetet.

FARKAS Ich werde dir etwas sagen, Ernst: Falls wir wieder einmal eine Doppelconférence machen sollten – wirst d u der Gescheite sein.

WALDBRUNN *(erfreut)* Ja??

FARKAS Ja. Eine Rolle muß man nämlich s p i e l e n – und den Blöden k a n n s t du nicht spielen …

WALDBRUNN Warum nicht, o Karl?

FARKAS Weil du w i r k l i c h blöd bist!

WALDBRUNN Ich freu' mich!

Georg Kreisler

Der guate, alte Franz
Ein Wienerlied

Ich hab wirklich viele Freunderln,
doch nur einen einz'gen Freund:

Den GUATEN, alten Franz.

Schon seit Jahren sind der Franz und ich
aufs Innigste vereint,

Der GUATE, alte Franz.

Wir hab'n einmal ein Rendez-vous g'habt
mit zwa Madeln auf ein Bier,
das heißt meine is' net 'kommen,
aber seine die war hier.
Na, da bin ich halt mit seiner 'gangen.
Ihm war's alles ans.

Der GUATE, alte Franz!

Der Franz und ich wir war'n
bei der Kreditbank angestellt.

Der guate, ALTE Franz.

Ich hab damals g'spielt und g'soffen,
na, da braucht man ja ein Geld.

Der guate, ALTE Franz.

Wie's die Bücher überprüft hab'n,
hab'ns glei g'merkt die Schwindelei
und zum Franz und mir hab'ns g'sagt:
»Ja, das war einer von euch zwei
und der Schuldige von euch der kriegt
fünf Jahr weg'n der Bilanz!«

Der guate, ALTE Franz!

Der Franz ist einmal z'Haus 'kommen –
ich weiß es noch genau –
Der guate, alte FRANZ!
und findet mich im Schlafzimmer
zusamm' mit seiner Frau.

Der guate, alte FRANZ!

No, a Andrer hätt' was aufg'führt!
Mit der Freundschaft wär's dann aus,
doch der Franz hat g'sagt: »Pardon, laßt's euch
net stör'n. Ich geh schon 'naus«,
und hat draußen Zeitung g'lesen
von halb acht bis viertel ans.

Der guate, alte FRANZ!

Der Franz lebt heute nimmermehr –
und wie ich ihn vermiß,

den GUATEN, ALTEN FRANZ.

Und es ist was Intressantes,
wie es dazu 'kommen is'.

DER GUATE, ALTE FRANZ.

Wir war'n jagen draußt im Wald
und ich sag: »Franz, komm einmal her!
Du, ich glaub, ich hab net g'laden.
Schau in'n Lauf von mein Gewehr!«
Er schaut in'n Lauf und sucht die Kugeln
und schreit: »Schau her, da sans'!«

Der GUATE, ALTE FRANZ!

Er is im Himmel,

DER GUATE, ALTE FRANZ!

Georg Kreisler

Frühlingslied

Schatz, das Wetter ist wunderschön,
da leid ich's net länger zu Haus.
Heute muß man ins Grüne gehn,
in den bunten Frühling hinaus.

Jeder Bursch und sein Mäderl,
mit einem Freßpaketerl,
sitzen heute im grünen Klee.
Schatz, ich hab eine Idee:

Schau, die Sonne is warm, und die Lüfte sind lau,
gehen wir Taubenvergiften im Park!
Die Bäume sind grün, und der Himmel is blau,
gehen wir Taubenvergiften im Park!

Wir sitzen zusamm' in der Laube,
und a jeder vergiftet a Taube.
Der Frühling, der dringt bis ins innerste Mark
beim Taubenvergiften im Park.

Schatz, geh, bring das Arsen g'schwind her!
Das tut sich am besten bewährn.
Streu's auf a Grahambrot kreuz über quer!
Nimm's Scherzl, das fressen s' so gern.
Erst verjagen wir die Spatzen,
denn die tun ein' alles verpatzen.
So a Spatz is zu g'schwind,
der frißt's Gift auf im Nu,
und das arme Tauberl schaut zu.

Ja, der Frühling, der Frühling, der Frühling is hier,
gehen wir Taubenvergiften im Park!
Kann's geben im Leben ein größ'res Pläsir,
als das Taubenvergiften im Park?

Der Hansl geht gern mit der Mali,
denn die Mali, die zahlt's Zyankali.
Die Herzen sind schwach, und die Liebe is stark
beim Taubenvergiften im Park.
Nimm für uns was zum Naschen –
in der anderen Taschen!
Gehen wir Taubenvergiften im Park!

Georg Kreisler

Mütterlein
(Originalfassung)

Ich sitz oft zu Hause, wenn Dämmerung beginnt,
doch zünd ich die Lampe nicht an.
Ich denke der Jahre, die hinter mir sind,
und frage mich ehrlich sodann:
Wem soll ich für das, was ich bin, dankbar sein?
Der Schule? Dem Zufall? Dem Glück?
Nein, mein Dank, der gebührt einer Frau ganz allein,
und an sie denk ich immer zurück:

Mütterlein, Mütterlein,
du warst mehr als Gold und Geld.
Man kann beinah sagen, ohne dich
wär ich heut nicht auf der Welt.

Mütterlein, Mütterlein,
oh, wie gut warst du zu mir!
Pokerspielen und Motorradfahren,
all das kann ich nur von dir.

Als ich tat die erste Bitte,
hast du sie mir abgeschlagen.
Als ich tat die ersten Schritte,
hast du mich zum Fluß getragen.

Nie ließt du mir etwas fehlen.
Nein, es war dein stiller Brauch,
was benötigt wird, zu stehlen.
Was man nicht benötigt auch.

Als ich bei Herrn Meier einbrach,
zeigtest zu mir jeden Schritt.
Als ich mir dabei ein Bein brach,
da nahmst du die Beute mit.

Messer immer scharf zu schleifen,
brachtest du mir liebend bei,
nie Revolver anzugreifen,
außer gegen die Polizei.

Mütterlein, Mütterlein,
war mir je etwas nicht klar,
hast du alles mir genau erklärt.
Nur nicht, wer mein Vater war.

Warum kannst du heute nicht mehr bei mir sein?
Wie gern hätt ich dich noch gehabt!
Doch du brachst vor zwei Jahren in die Länderbank ein,
und dabei haben sie dich geschnappt.
Du sitzt hinter Gittern und sehnst dich heraus
und glaubst gar, man läßt dich im Stich.
Mütterlein, Mütterlein, mach dir nichts draus!

Die Länderbank knack ich für dich.
Mütterlein, Mütterlein,
weilst du jetzt auch fern von mir,
weiß ich doch, es wird nicht lang so sein.
Eines Tages komm ich zu dir.

Reiche Frauen zu vergiften,
lehrtest du mich meisterhaft.
Mit gefälschten Unterschriften
hast du Posten mir verschafft.

Doch ich mußte mich nicht plagen,
denn du zeigtest mir sodann,
wie man Gelder unterschlagen
und den Chef erpressen kann.

Und du brachtest mich zur Grenze,
als es galt, das Land zu fliehn,
gabst mir etwas Schmuggelware
und hast gütig mir verziehn.

Nie warst du mit mir despotisch.
Was du nahmst, das nahmst du schnell.
Glücklich war ich und neurotisch,
sorgenfrei und kriminell.

Kinderlein, Kinderlein,
darum sage ich euch heut:
Habt ihr Freundesgeld, versaufet es!
Habt ihr ein Schwesterlein, verkaufet es!
Habt ihr Kinderlein, verjaget sie!
Habt ihr Ehefrauen, erschlaget sie!
Doch habt ihr noch ein Mütterlein,
macht ihr recht viel Freud!

Gerhard Bronner

Der g'schupfte Ferdl

Heute ziagt der g'schupfte Ferdl frische Socken an
Grün und gelb gestreift, das ist so elegant
Schmiert mit feinster Brillantine seine Locken an
Putzt die Schuach und nachher haut er sich ins G'wand.
Weil beim Thumser draußen in Neulerchenfeld ist Perfektion.

An der Ecken trifft er dann die Mitzi Wastapschick
Das beliebte Pinup-Girl von Hernals
Ihre Kleidung ist wie seine ganz dezent und schick
Sie hat beinah echte Perlen um den Hals.
Weil beim Thumser draußen in Neulerchenfeld ist Perfektion.

So gehn die Beiden mit vergnügtem Sinn zum Thumser hin.
Bei der Garderobe sehen sie ein großes Schild:
»Die p.t. Gäste werden höflichst gebeten
die Tanzlokalität ohne Messer zu betreten«
Da legt der g'schupfte Ferdl ohne lange zu reden
Sein' Taschenfeitel hin – die Mitzi hat im Taschl eh noch eins drin.

Da fangt mit Schwung und Elan
Ein g'strampfter Jitterbug an
Gespielt von Charly Woprschaleks Golden Boys aus Hernals
Und mit Elastizität,

Die sich von selber versteht
Schleift der Ferdinand die Mitzi aufs Parkett.
Das ist ziemlich übervölkert schon
Weil beim Thumser ist heut – eh scho' wissen – Perfektion.

Das Saxophon das improvisiert
Die Nummer »I Can't Give Anything But Love«
Beim letzten Ton, da hat er sich g'irrt
Worauf der Ferdl sagt: »Das is' ein g'selchter Aff!«
Aber gleich nebenan steht ein junger Mann
Der glaubt, daß ihn der Ferdinand gemeint haben kann.

Und er ist über diese Randbemerkung sehr deprimiert
Der g'schupfte Ferdl hat ihm nämlich einst die Mitzi entführt
Er findet das zwar sehr gemein
Doch haßt er Schlägerei'n
Drum beißt er nur den Ferdl in die Nasen hinein.
Der ist ganz desperat
Er weiß sich kein' Rat
Weil er's Messer blöderweis' in der Garderob' liegen hat.

Aber gleich drauf wird ihm besser
Weil ihm fällt ein, die Mitzi hat ja noch ein Messer
Er reißt sich z'samm und gibt dem Gegner einen Stößer.
Durch diesen Stößer fliegt der durch das ganze Tanzparkett
Am andern Ende pickt er traurig an der Wand
Und fünf sechs Tänzer, die ringeln sich am Boden
Davon sagt Einer: »Jetzt gibt's wahrscheinlich an Maroden!«
Daraufhin fragt ein Anderer: »Warum net gleich an Toten?«
Sie schütteln sich die Hand
Dann beuteln sie den Ferdinand aus'm G'wand.

Kaum hat der Ferdl seine Flaschen
Sagt er: »Mitzi reib mir's Messer aus der Taschen!«
Doch die Mitzi sagt: »Der Teufel soll's hol'n
Jetzt hat mir wer mein Taschl g'stohl'n.«

Und indem daß dann der g'schupfte Ferdl wehrlos war
Hat die Übermacht ihn ziemlich malträtiert.
Er bekam ein blaues Äugl, das er schwer los war
Das hat er mit kalte Umschläg' sich kuriert.
Und er nimmt, sooft ihm der Schädel brummt, zwei Pyramidon.

Doch nächste Woche ziagt der g'schupfte Ferdl wieder frische Socken an
Grün und gelb gestreift, das ist so elegant
Schmiert mit feinster Brillantine seine Locken an
Putzt die Schuach und nachher haut er sich ins G'wand.
Weil beim Thumser draußen in Neulerchenfeld ist wieder einmal Perfektion.

Gerhard Bronner

Der Wilde mit seiner Maschin'

Vor ein paar Monat' geh ich aus mit der Hilde
Ich mit der neuen Schal'n und sie mit'n Kostüm
Wir geh'n ins Kärntnerkino, und wir sehn »Der Wilde«,
Ein leiwander Film.
Ich schick die Hilde z'haus und steh dann allan do
Weil dieser Film, der geht ma nicht aus'n Sinn
Und ich beschließ, ich kauf ma wie der Marlon Brando
A klasse Maschin'.
Ich bin nämlich immer für's Moderne
Jeder muaß sich heut' motorisier'n.
Zwar Andr'e reißen immer wieder Sterne
Aber mir kann sowas net passier'n!
Ich kaufe einer Witwe billig das G'wand o
Und leg beim Daimler-Puch die Anzahlung hin
Und jeder sagt, ich schau jetzt aus wie Marlon Brando
Mit seiner Maschin'.
Bis jetzt war ich in meiner Platten der G'füllte
Jetzt wissen's alle, in mir steckt noch was drin
In meiner Gassen nennt mich jeder jetzt der Wilde
Mit seiner Maschin'.
Weil ich fahr' jetzt jeder Limousin' vor,
Schließlich liebt der Mensch von heut den Sport
Ich hab' zwar ka Ahnung, wo i hinfahr
Aber dafür bin i g'schwinder dort!
Ich hab' an Spezi und der wollt' mi verzahn do
In eine Fahrschul' – aber i geh net hin
Das is' kein Aufenthalt für einen Marlon Brando
Mit seiner Maschin'.
Weil jeder Wachmann, der mich sieht, ist im Bilde
Er schalt' von Weitem schon die Kreuzung auf grün
Weil wann die rot is', siech ich rot – ich bin der Wilde
Mit seiner Maschin'.
Leider gibt es immer wieder Viecher
Die behandeln mich mit Spott und Hohn
Nennt mich Einer »halbstark« oder »Pülcher«

Kränkt er meine Generation.
Mei' Vater sagt – aber dem geht der Verstand o –
Ich hab' für wahre Ideale kan Sinn.
Na is' des net a Ideal? – der Marlon Brando
Mit seiner Maschin'!

Gerhard Bronner

Weil mir so fad is' …

Es war a Zeit, wo der g'schupfte Ferdl
War bekannt als bedeutender Kerl,
Aber jetzt wird's um ihn langsam staad.
Und dann später war's wie a Kommando
Jeder schalt sich wie Marlon Brando
Mit der Zeit war das auch ziemlich fad.
Ja i hab schon beinah alles probiert,
Daß die Zeit vergeht,
Doch wenn man erwachsener wird,
Ist der Ferdl und Brando
Für unseran doch schon zu blöd.
Bei der Arbeit sekkiert di' der Master
Und die andern verbogenen G'fraster,
Deine Nerven werd'n langsam verdraht.
Und auf'd Nacht, wann der Mensch wieder frei is',
Wann die scheußliche Arbeit vorbei is',
Dann fangt's erst an:
Was macht ma' dann?
Weil dann is' ma fad …

Was kann denn i dafur, daß i a soviel Zeit hab'?
I hab' nix zum tuan.
Was kann den i dafur, daß i mit nix a Freud hab'?
Da kriagst einen Zurn.
Du gehst ins Kino und siechst an Galopp
Von 12 Indianer in Cinemascope
Weil dir so fad is' …
Du kummst vom Kino raus und waaßt net, was sollst machen,
Drum gehst ins Café.
Hörst in der Juke-Box jeden Tag die selben Sachen,
Die tuan da scho' weh.
Und mit der Zeit, da kriagst a Idee
Und du zerlegst einen Cafetier
Weil dir so fad is'.

Dann nimmst'n Rock – Rock – Rock
Und verrollst di' in die Bongo-Bar
Dort spielst Tarock – rock – rock
Und du rollst die Kugeln vom Billard
Dann saufst an Grog – rock – rock
Schnappst an Roller und fahrst ohne Führerschein durch an Baam
Und wann a Schmier erscheint, haust eahm z'samm
Und hast das alles erledigt, ist das Resultat:
Faaad!

Nächsten Tag steht das groß in der Zeitung
Und dann spürst du erst deine Bedeutung
Deine Hand is' am Pulsschlag der Stadt
Du spielst weiter die harmlosen Stückeln
Doch nach zwaa Dutzend Zeitungsartikeln
Samma durt, wo ma war'n: es is' fad.
Und dann wird amal was Neues probiert,
Daß die Zeit vergeht
Und dann werd'n die Büacheln studiert
Weil ma' will amal seh'n,
Was bei Mickey Spillane
Alles steht ...
Und da kann ma' zum Beispiel vergleichen
Die diskrete Erzeugung von Leichen
Vom MG zum Strychninpräparat.
Dann probierst es amal in der Praxis
Mit Chauffeuren von einsamen Taxis.
Dann wirst gehetzt,
In' Häfen g'setzt –
Und durt is' erst fad!

Was kann denn i dafur, daß i a so viel Zeit hab'?
Was hab' i scho' 'tan?
I hab' bewiesen, daß i aa a bissel Schneid hab'
Und schauts mi' jetzt an:
I bin für längere Zeiten petschiert

Aber was mi' da am meisten geniert,
Is' daß ma so fad is'.
I denk ans Kino, an die feschen Indianer,
I denk ans Café,
Fallt mir die Juke-Box ein, dann könnt' i ehrlich waana,
Des war a Gaudee
Jetzt bin i eing'naht und waaß net, wieso
Und wann i Sackeln pick, bin i scho' froh,
daß ma net fad is' …

Der Papa wird's schon richten

Da neulich, da sitz' man in der »Eden«.
Der Gießhübl, der Puntigam und i.
Man red't so – was soll ich Ihnen sagen –
Vom Wagen, und was man so schon red't um zwei Uhr früh.
Die Weiber, die hab'n wir schon nach Haus expediert,
Wir war'n schon – wie man so sagt »après«.
Und weil man dann trist und ein bisserl nachdenklich wird,
Passiert's, daß man richtiggehend philosophiert.
Das is' schon so bei der »Jeunesse dorée«.
Auf einmal sagt zu mir der Puntigam:
»Sag, was is' wahr an dem Tamtam?
Ich hab' da sowas aufgeschnappt,
Du hättest einen Unfall g'habt?«
D'rauf sag' ich: »Es is' nix passiert,
Mein Porsche is' schon wieder repariert.
Nur leider is' mir ein Passant,
Bevor er g'storb'n is', einig'rannt.«
Da mischt der Gießhübl sich ein:
»Was is' jetzt mit dein' Führerschein?«
»Na ja«, sag' ich, »na ja, was soll schon sein?

Der Papa wird's schon richten,
Der Papa wird's schon richten,
Das g'hört zu seinen Pflichten,
Dazu ist er ja da.
Und wenn man einen Sohn hat
Und so a Position hat
Und soviel Protektion hat
Wie mein Papa,
Dann genügt oft schon ein Telephonat
Zum richtigen Ort,
Und dort sind sofort
Die Akten unauffindlich.
Sitzt dort ausnahmsweis' ein Falscher am Draht,
Der glaubt, er kann da Manderln machen und wird rabiat …

Der Papa wird's schon richten,
Der Papa wird's schon richten,
Er weiß so viele G'schichten,
Die and're Leute stör'n.
Vom kleinsten Referent'n
Hinauf zum Präsident'n.
Wer wichtig ist, der kennt'n.
Mein' alten Herrn.
Man dient ihm gern
Und applaniert die leidigsten Affair'n
Ganz intern.«

Und wie ma da so sitzen in der »Eden«
Und reden – inzwischen war's schon viertel, halber drei,
Da sag ich, nachdem ich a bissel grübel:
»Gießhübel,
I hör', du hast a kleine Schererei.
In unseren Kreisen spricht man überall davon:
Man hätte dich einfach abgelehnt
Für irgendan Job bei der Atomkommission
Für monatlich x-tausend Schilling als Lohn,
Sie sag'n, du wärst zu unintelligent …?«
Da sagt der Gießhübl d'rauf: »Na klar,
Ein bisserl was is' schon d'ran wahr.
Wenns d' z'rückdenkst noch an uns're Schul'.
Da war ich eher schon a Null.
Na und die Universität,
Du kennst mich ja, die liegt ma net,
D'rum war ich bisserl desperat,
Daß man mich dort net g'nommen hat.«
D'rauf sag ich: »'s tät mich int'ressier'n:
Wirst du da gar net protestier'n?«
»Zuwas«, sagt er, »soll ich mich strapazier'n?

Der Papa wird's schon richten,
Der Papa wird's schon richten,
Das g'hört doch zu den Pflichten

Von jedem Herrn Papa.
Und brauch' ich einen Posten,
Dann laßt er sich's was kosten,
Sonst frag' ich mich: zuwas denn
Ist er sonst da?«
Plötzlich kommt zu uns von hinten herum
Der Kellner daher
Und sagt: »Bitte sehr,
Darf ich die Rechnung bringen?«
Und der Puntigam sagt: »Bitte darum!«
Dann schaut er in sein Portemonnaie
Und sagt: »Es is' zu dumm ... – wissen S' was, Herr Ober?
Der Papa wird's schon richten,
Der Papa wird's schon richten,
Er sitzt mit seine ‚Nichten'
Fast jeden Abend da.
Dann geb'n S' ihm das zu lesen,
's is' net so viel g'wesen,
Er zahlt's ja von den Spesen,
Der Herr Papa.
Er hat es ja.«

Er applaniert mir jeglichen Fauxpas,
Mein Papa!

Gerhard Bronner

Chesterfield

It's nice to visit Vienna
The city is so cute,
I like the Viennese manner
It makes me feel so good
To any old New Yorker
The people seem polite,
I'm staying at the »Sacher«
It's charming and so quiet …

Ich weiß nicht, ob Sie mein Englisch versteh'n,
Ich sagte g'rad, ich find' Vienna so schön.
Sie seh'n, ein kleines bißchen Deutsch kann ich auch …
Oh – stört es Sie, wenn ich rauch'?
Ich würde sicher gerne leben in Wien
Das mein' ich ernst, das ist nicht nur ein Spleen –
Wenn sie nur Eines hätten:
Bess're Zigaretten.

(Sie entnimmt einer Tabatiere eine Zigarette und entzündet sie)

Ich rauch' immer Chesterfield
Ohne überlegen.
Ang'fangt hat's vor vielen Jahr'n,
Als die Ami war'n
In Wien.
Damals war a Chesterfield
Für mich ein Vermögen
Und die Leute legen
Für ein Vermögen
Sehr viel hin.
Und so legte ich mich hin
Für an netten
GI, den ich traf in einer Bar
Und ich kriegte einen Gin,
Zigaretten,

Und dann – wie es halt so üblich war –
An Raucherkatarrh.
Für ein Packerl Chesterfield
Ließ ich mich verleiten
Vor langen Zeiten
Im »Clam-Gallas-Club« in Wien.

Dort traf ich einen lieben,
Doch blöden Korporal
Der nahm mich mit nach drüben
Und wurde mein Gemahl
Doch hat es mit uns beiden
Nicht richtig funktioniert
Da ließen wir uns scheiden.
Seither ist viel passiert …

(Das Telephon läutet. Sie hebt ab)

Hello, my dear …
Oh yes, I'm doing fine
I like it here
Yes, the town is divine.
And you? Is everything okay there with you?
Of course, dear … I love you too.

(Sie legt den Hörer mit leicht angewidertem Gesicht ab)

Das war ein Anruf direkt aus New York,
Mein dritter Mann, der ruft an jeden Tag.
Der hat sehr viel Moneten
Nicht nur Zigaretten …

Ang'fangt hat's mit Chesterfield
Jetzt halt ich beim Zobel
Und was da dazwischen war,
War net immer gar
So schön …

Oft wird meine Schwester wild:
Ich bin ihr zu nobel,
Man kann meine Sitten
In Favoriten
Nicht versteh'n.
Dabei wär' ich doch so froh,
Wenn ich auch – so wie sie –
Noch in Favoriten wär'
Und ich hätt' statt meinem Joe,
Diesem Kren einen hiesigen
Klan' Installateur …
Was brauchert i mehr?

(Sie wirft die Zigarette wütend zu Boden)

Alles weg'n die Chesterfield!
Z'was i die nur 'braucht hab',
Nur weil i die g'raucht hab',
Bin ich heut' nur Gast in Wien
I pfeifert stantepe
Auf die Ami-Schmäh …
Nur fürcht' ich, es ist zu spät …

(Blickt auf die Armbanduhr)

Well I'll have to go to sleep
It's getting late.

(Spricht ins Telephon)

Roomservice? Would you get me my purple dressing grown?
Thanks. I like it here in Vienna, it's such a lovely town …

(Während sie sich fröstelnd in ihre Stola hüllt, geht das Licht langsam aus)

Helmut Qualtinger

Gespenst auf Reisen oder Der westöstliche Iwan

Terrasse des Cobenzl, zwei Tische, einer leer, der andere von drei Personen besetzt: Iwan Wassilijewitsch, Extourist, und seiner Frau Natascha Funzewa und einem Fremdenführer

FREMDENFÜHRER Ja – also das muß für Sie schon ein merkwürdiges Gefühl sein, so plötzlich von Moskau nach Wien … Waren Sie schon einmal hier bei uns?

IWAN Ja – vor 15 Jahren, 1945.

FREMDENFÜHRER Mit der Frau Gemahlin?

IWAN Nein, mit der Roten Armee.

FREMDENFÜHRER Oh Pardon … *(Verlegene Pause)* … Ja, also, gnädige Frau, was da vor Ihnen liegt, ist Wien …

FUNZEWA Und wo ist St. Pölten?

FREMDENFÜHRER Das ist etwas weiter … in der russischen Zo … Pardon. *(Steht auf)* Ja also … Als Vertreter der österreichischen Fremdenbetreuungsstelle freut es mich, zwei Russen hier als Ausländer hier zu begrüßen, zwei Russen, die mit dem Schiff Amur aus dem Schwarzen Meer die Blaue Donau heraufgekommen sind, im Urlaub … *(Er erhebt das Glas)* … Wie man bei Ihnen sagt: Dawai, dawai … eh Pardon, Nasdrowje! *(Trinken)* Herr Ober …

FUNZEWA *(nimmt ihrem Mann das Glas fort)*

IWAN *(sieht sich um)* Merkwürdig … drei Jahre ich war in Wien, und nie bin ich hier oben gewesen …

FREMDENFÜHRER Jaja – hier war man sicher ... ich meine ... sicher kann man da hinunterschauen ... Herr Ober! Haben sich die Herrschaften in den zwei Tagen in Wien schon umgesehen? Wie finden Sie es?

IWAN Ah – sehr verändert. – Nur wie ich habe Dianabad gesehen, habe ich gewußt. Ich bin in Wien ...

FUNZEWA Und Denkmal auf Stalinplatz du hast auch erkannt ...

IWAN Formalistischer Mist aus der Stalinära. Ah – bei uns man hätte längst weggenommen. Aber den Wienern es macht nix. Sie haben viele solche Denkmäler.

FREMDENFÜHRER Ja gewiß – nur denken Sie an die landschaftlichen Schönheiten Österreichs ...

IWAN Ah ich weiß – viele Rotarmisten, sie machen Hochzeitsreise nach Zistersdorf ...

FUNZEWA Wir waren auch in Baden.

FREMDENFÜHRER Dort ist jetzt das Casino. Haben Sie auch gespielt?

IWAN Glauben Sie, ein Russe läßt sich in Baden von Österreichern ausziehen?

FREMDENFÜHRER Ich hab' nur gemeint, wegen dem Vergnügen ... Wo bleibt denn der Ober? Herr Ober!

IWAN Ober jetzt sehr arrogant. Früher wenn ich habe geschossen, gleich waren drei Kellner da. Was machen die vielen Fremden, die kommen und haben keine Maschinenpistole?

FREMDENFÜHRER Was sagen Sie aber zu unserm Wiederaufbau?

IWAN Wo ist der Wiederaufbau? Scala hat man abgerissen.

FREMDENFÜHRER Na aber das Burgtheater!

IWAN Wieso? Ronacher ist zugesperrt. Schöne alte Ruine von Heinrichhof, antiker Bau, hat man weggenommen. Auf Opernkreuzung Sie müssen in Luftschutzkeller, und über Kärntnerstraße man kann nicht gehen. Ist viel gefährlicher als in den Kampftagen.

FUNZEWA Und nirgends man trifft Kommunisten.

IWAN 45, wenn man hat getroffen Österreicher, er war Kommunist. Wo ist KPÖ? Ist sie noch nicht in kommunistischer Partei? Wie hören in letzter Zeit so wenig davon!

FREMDENFÜHRER Wir auch.

OBER *(kommt)* Bin schon da …

IWAN Herr Ober, geben Sie mir »Volksstimme« …

OBER Bedaure, haben wir nicht.

IWAN In Budapest ich habe bekommen, in Odessa auch. Sogar in Irkutsk ich bekomme. Haben Sie überhaupt keine kommunistische Zeitung?

OBER Höchstens das »Neue Österreich«. *(Hat einen vollen Krug auf den Tisch gestellt und geht)*

FREMDENFÜHRER *(ruft ihm nach)* Herr Ober! *(Er schenkt ein)*

OBER I kumm' glei … *(Ab)*

IWAN *(blättert in der Zeitung)* Ausverkauf … Sommerausverkauf … Herbstausverkauf … wir räumen den Laden aus … das machen jetzt die Österreicher?

FREMDENFÜHRER Ja, jetzt können wir endlich aufatmen, nach den langen schweren Jahren der Besatz … satzung von die Amerikaner … Prost!

IWAN UND FUNZEWA Prost! *(Sie nimmt ihm das Glas weg)*

IWAN *(schaut in die Zeitung)* »Entführung durch Sektfabrikanten …« Das haben wir nie gemacht …

FREMDENFÜHRER Wie meinen bitte?

IWAN Im russischen Geheimdienst wir haben nie Sektfabrikanten beschäftigt … *(Liest, beginnt schallend zu lachen)*

FREMDENFÜHRER Was ist?

IWAN Druckfehler. Da steht Nudisten-Insel. Muß heißen Faschisten-Insel.

FREMDENFÜHRER Aber nein, das ist ein Irrtum … das ist Freikörperkultur … ich bin selber dabei …

IWAN Du Nudist?

FREMDENFÜHRER *(mit resignierter Handbewegung)* Nein …

IWAN *(liest)* Striptease … was ist das? Fünf-Uhr-Tee?

FREMDENFÜHRER Da kommt eine Dame und zieht sich aus.

FUNZEWA Warum?

FREMDENFÜHRER Sie bekommt Geld dafür.

FUNZEWA Wieviel?

FREMDENFÜHRER Ich glaube so dreihundert Schilling.

FUNZEWA Wie lange braucht sie dazu?

FREMDENFÜHRER Na so fünf Minuten …

FUNZEWA Fünf Minuten! Bei uns in Fabrik wir ziehen uns aus in 20 Sekunden. *(Rechnet)* Da könnte ich … könnte ich in fünf Minuten 5000 Schilling verdienen – sehr sozial.

FREMDENFÜHRER Prost.

FUNZEWA UND IWAN Prost! *(Sie nimmt ihm das Glas weg)*

FREMDENFÜHRER Verzeihen! Aber warum nehmen Sie Ihrem Gemahl immer das Glas weg?

IWAN Sie war Sekretärin bei Chruschtschow!

FREMDENFÜHRER Jaja! Chruschtschow …! Der war bei uns! In Zivil ist er spazierengegangen. Am Ring! Und im Hotel Imperial … ein und aus.

IWAN Das hätte er sich in Zivil im Jahre 45 nicht getraut … Das waren Zeiten! … Stalin ist nicht mehr … Malenkow ist nicht mehr … Bulganin ist gegangen … *(Blickt in die Zeitung)* Nur Hilbert … er ist noch immer im Theater an der Wien …

FREMDENFÜHRER Das hat auch 16 Millionen gekostet …

IWAN Menschen?

FREMDENFÜHRER Nein, Schilling.

IWAN Was macht Koplenig? Seit letzter Wahl in Österreich er steht nicht mehr in unsere Zeitungen …

FREMDENFÜHRER Ahso! Ich hab' immer 'glaubt, er is' in Rußland …

IWAN Und was macht Fischer?

FREMDENFÜHRER Oh, dem geht's gut. Er dreht einen Film nach dem andern.

IWAN Ich hab' immer gewußt, er ist guter Schauspieler …

FREMDENFÜHRER Ja, die Filmindustrie …

IWAN Ah – zu meiner Zeit das war ganz anders. Was ist jetzt am Rosenhügel noch ganzjährig in Betrieb? Das Nervensanatorium. Nur Österreichischer Rundfunk … ich habe gehört Sendung … ist nicht schlechter geworden. Sie haben gelernt von Russische Stunden …

FREMDENFÜHRER Aber das Nachtleben im heutigen Wien, das ist doch ganz anders … ich meine viel sicherer – als damals, wo sie … ich meine die Unbekannten – äh – prost! I weiß scho', Chruschtschow …

IWAN Nachtleben? Viel schlechter … früher ich bin gegangen auf Straße und habe gesagt: »Du Frau komm!« Jetzt bin ich gegangen auf Annagasse, kommt eine Frau und sagt: »Du Mann komm!« …

FUNZEWA Es wird kühl. Ich hole mir Mantel aus Garderobe … *(Ab)*

IWAN Meine Frau Natascha Funzewa, sie ist manchmal empfindlich.

FREMDENFÜHRER Haben Sie die Absicht, Ihrer Frau noch etwas von Österreich zu zeigen?

IWAN Ich habe gekannt bei USIA Chauffeur. Hölzl. Er hat mich eingeladen in große Hotel in Ybbs.

FREMDENFÜHRER Und da fahren Sie hin?

IWAN Ich habe bekommen Brief von Erzdiözese, daß Einladung gilt nicht. Was hat Erzdiözese mit USIA zu tun?

FREMDENFÜHRER Ja, das fragen wir uns auch die ganze Zeit. Haben Sie sich auch die Hofburg wieder angesehen?

IWAN Leider. Alles traurig. Alles leer. Früher lustig, Musik, laut … Leben … friedliebende Rote Armee … Jetzt? … Österreicher rüsten auf. Atomkommission! Von mir hat man verlangt Dokument! Von mir! In Hofburg! Herr Ober! Zahlen! Ober, bitte! *(Er ist sofort da)*

FREMDENFÜHRER Warum kommen Sie jetzt gleich?

OBER Wann a Ausländer zahlen will, bin i glei da …

FUNZEWA Iwan Wassilijewitsch! Weißt du, was geschehen ist? Zwei junge Männer, sie haben mich angesprochen.

IWAN Was haben sie wollen?

FUNZEWA Iwan Wassilijewitsch! Wie kannst du mich das vor dem Herrn fragen. Sie waren brutal! Sie waren betrunken! Sie hatten schwarze Lederjacken an!

IWAN Herr Ober, was ist das für eine Besatzungsmacht?

OBER Ah, des san nur so Halbstarke, wie mer sagt … sie stänkern die Leut' an, manchmal erschlag'n sie einen, aber im

Grund genommen sind's ja nur Kinder ... Hier ... bitte die Rechnung ...

IWAN *(zahlt)*

FREMDENFÜHRER Na, hoffentlich nehmen Sie doch ein paar schöne Eindrücke nach Hause ...

OBER *(steckt Geld ein)* Danke sehr! Danke schön! Darf ich fragen, wann die Herrschaften uns wieder beehren?

IWAN *(lächelt)* Fragen Sie nicht mich. Fragen Sie Marschall Malinowski.

Georg Kreisler

Vier Kabarettisten suchen einen Autor

Bronner, Qualtinger, Merz und Wehle sitzen im Hinterstüberl der Marietta-Bar. Es ist Nachmittag. Alle außer Wehle gähnen

BRONNER Also schreiben wir ein Programm!

QUALTINGER Warum?

BRONNER Weil ich Geld verdienen will.

QUALTINGER Deswegen sollen w i r arbeiten?

BRONNER No nein, i c h werd arbeiten!

MERZ Ein Programm zu schreiben ist schwer, sehr schwer.

BRONNER Das macht nix. Ich werd's dann g'schwind komponieren, und mit der Musik vertusch ich alles. Wir sind doch in Wien, der Stadt der Musik.

MERZ Aber bös muß es sein, das Programm, sehr bös.

WEHLE Könnte man nicht irgendwo etwas Positives finden?

DIE ANDEREN DREI Nein!

WEHLE *(bittend)* Nur eine kleine positive Sache, nur eine winzige –

BRONNER Du sei ruhig, sonst schick ich dich zurück zum Annast nach München!

WEHLE *(erschrickt)* Nein, nur das nicht! Ich möcht doch in meinem goldigen, süßen, herzigen Wien bleiben.

BRONNER Dann halt 's Maul und arbeit was!

MERZ Wir könnten einen Sketch über den Navratil schreiben.

BRONNER Wer ist Navratil?

MERZ Mein Hausherr.

BRONNER Den kennt doch kein Mensch.

MERZ Aber ich bin bös auf ihn.

WEHLE Der Herr Navratil hat sicher auch seine guten Seiten.

MERZ Aber ich nicht.

BRONNER *(zu Wehle)* Du sei ruhig, sonst schick ich dich zurück zum Westdeutschen Rundfunk.

WEHLE Nein, ich möcht gern in meinem wunderbaren, lieben, berühmten Wien bleiben.

BRONNER Dann halt 's Maul und ghostwrite etwas für mich!

MERZ Also was ist mit der Nummer über den Navratil?

BRONNER Heben wir sie uns auf für eine Zeit, wenn uns nix einfallt.

QUALTINGER Jetzt fallt uns doch auch nix ein.

BRONNER Aber das weiß noch niemand.

QUALTINGER Wie wär's mit einer Halbstarkennummer?

MERZ Schon wieder?

QUALTINGER Weißt du was Besseres? Ich hab großen Erfolg damit g'habt. Der Bronner könnt eine neue schreiben, die alle Tugenden der alten in sich vereint. Man könnt sie nennen: Dem g'schupften Ferdl sein Papa is fad auf seiner Maschin'.

BRONNER Das ist gar keine schlechte Idee.

QUALTINGER Die ist von mir.

BRONNER Jetzt ja. Aber nachdem ich die Nummer geschrieben hab, wird sie von mir sein.

WEHLE Könnten wir nicht eine Nummer über die positiven Seiten vom g'schupften Ferdl schreiben?

BRONNER *(zu Wehle)* Du sei ruhig und schreib eine Nummer für die Martini, sonst schick ich dich zurück zum Titania Palast nach Berlin.

WEHLE Nein, ich möcht in meinem sonnigen, herrlichen, vergasserlten Wien bleiben. Ich schreib schon was.

BRONNER Also die Halbstarken-Nummer ist schon so gut wie geschrieben.

MERZ Wieso?

BRONNER Was ich hineinschreib, ist doch wurscht. Hauptsach', der Qualtinger macht ein komisches G'sicht. Dann lachen alle.

QUALTINGER Ich hab schon bald kein G'sicht mehr bei dem Verbrauch.

BRONNER *(zeigt ihm eine Grimasse)* Wie wär's mit dem?

QUALTINGER Das ist doch mein russisches Sadisteng'sicht.

BRONNER *(zeigt ihm eine andere)* Und dem?

QUALTINGER Das ist mein preußisches G'sicht, wenn ich einen Offizier spiel.

BRONNER No, was hast du noch?

QUALTINGER Das amerikanische Senatoreng'sicht, das Cowboyg'sicht, das Halbstarkeng'sicht, das Aristokrateng'sicht und noch ein paar andere, aber nicht mehr viel.

BRONNER Könntest du nicht einmal spielen, ohne ein G'sicht zu machen?

QUALTINGER Was fallt dir ein? Dann hätt die Sache doch kein G'sicht! Willst du mir Schauspielkunst beibringen? Ich hab schon an der Josefstadt g'spielt, an der Volksoper, am Intimen Theater, nur am Burgtheater war ich noch nicht, aber das kommt schon noch, und dann könnts ihr mich alle –

MERZ Ich weiß! Sagen wir etwas Böses übers Burgtheater!

QUALTINGER Was unterbrichst du mich, grad wie ich zur wichtigsten Stell' komm?

BRONNER Übers Burgtheater können wir nix Böses sagen. Wir dürfen dem Weigel keine Konkurrenz machen.

WEHLE Vielleicht könnten wir etwas Positives übers Burgtheater sagen.

DIE ANDEREN Bist du verrückt?

BRONNER Du sei ruhig, sonst schick ich dich zurück zur Musikhalle nach Hamburg!

WEHLE Nein, bitte nicht! Schau, das Martini-Chanson ist schon fertig.

BRONNER Und die Musik?

WEHLE Die ist auch schon fertig.

BRONNER Gib's her! Ich werd's ein bissel ausbessern, damit die Nummer auch von mir ist, falls einmal etwas daraus wird.

QUALTINGER Also was könnten wir noch schreiben?

MERZ Die Autobahn wär ein Thema. Da könnt ich einen vertrottelten Hofrat spielen, das kann ich gut.

BRONNER Das hast du doch schon so oft gemacht. Außerdem, was willst du Böses über die Autobahn sagen?

MERZ Es ist noch keine Tankstelle drauf.

QUALTINGER Wird schon eine hinkommen.

MERZ Eben! Drum müssen wir uns beeilen und rasch was Böses darüber schreiben, bevor eine Tankstelle hinkommt. Wenn ich keinen vertrottelten Hofrat spielen darf, macht mir das ganze Programm keine Freude.

BRONNER Und sonst fallt dir nix ein?

MERZ Einen uralten Mann kann ich auch spielen, einen, der stottert und hinkt und zittert.

QUALTINGER Also ich seh schon, wir müssen morgen wieder arbeiten.

BRONNER Ich nicht.

MERZ Der Farkas ist an allem schuld.

BRONNER Nein, der Kreisler ist schuld.

QUALTINGER Der Olsen.

Sie versinken in dumpfes Brüten, und ein schwarzer Vorhang fällt

Carl Merz / Helmut Qualtinger

Travnicek im Urlaub

Das Deck eines Mittelmeerschiffes. Zwei Deckstühle. Darauf zwei Österreicher. Es ist Vollmond, im Hintergrund Gitarrengeklimper

TRAVNICEK *(mißmutig)* Des is' a Land! Schau'n S' da abi …

FREUND Ja – und?

TRAVNICEK Nix wia a Salzwasser … und die Gitarren! Net zum Anhören … Wann s' wenigstens Schrammeln hätten … Und der Mond scheint an ins G'sicht … es ist net zum Aushalten …

FREUND Südliche Nächte, Travnicek!

TRAVNICEK Her'n S' ma auf mit dem Süden. In der Bahn is's ja noch 'gangen. Da hab' ich kalte Schnitzeln mitg'habt von z' Haus. Und an Erdäpfelsalat im Glasl. Aber da herunt' … Diese Ćevapčići wollen s', daß i essen soll.

FREUND Was?

TRAVNICEK Na, dö Hundstrümmerl – mit Zwiefel – und ka Schnitzel weit und breit. Ka Erdäpfelsalat … Für des Geld, was ich da ausgib, halten s' mi am Wörther See für an Ausländer … und an guten Wein gibt's net. Nur so an Sauerampfer und an Slibowitz, an scharfen … und mit niemand kann man sich unterhalten … nur mit Ihnen. Ka Ansprach' …

FREUND Jetzt steigt die Küste aus dem Wasser, Travnicek …

TRAVNICEK Na, was brauch' i des? Gibt's da a Strandcafé? Na!

Und was für Leut'? Tschuschen. Wann mi des Reisebüro net vermittelt hätt' …

FREUND Wären S' nach Italien g'fahren …

TRAVNICEK Des kenn' i … Die Paradeiser und der Kaas staubt mir scho' aus die Ohren aussi …

FREUND Na, und die Sehenswürdigkeiten? Die Kultur, Travnicek!

TRAVNICEK Lassen S' mi in Ruh … Zeigen S' mir a Ringstraße in Italien!

FREUND Na, und die Ruinen?

TRAVNICEK Was wollen S' denn? De san do hinig … alles baufällig … wann mi des Reisebüro net vermittelt hätt' …

FREUND Hätten Sie sich halt nach dem Norden vermitteln lassen. Ins Land der Mitternachtssonne, Travnicek!

TRAVNICEK Wollen S' mi pflanzen? Was brauch' i um Mitternacht a Sunn …?

FREUND Na, und die Fjorde?

TRAVNICEK *(verächtlich)* Fjorde? Nirgends kann ma baden … So was wie das Gänsehäufel haben die dort net … Und die Lappen? Gscherte im Pelz …! Wann mi des Reisebüro net vermittelt hätt' …

FREUND Wie wär's mit Frankreich gewesen? Die Côte d'Azur, Travnicek!

TRAVNICEK Krumpendorf – aber haaßer.

FREUND Das Casino …

TRAVNICEK Heeren S', Stoß spielen kann i in jedem Kaffeehaus. Brauch' i net an' Bakkarat-Tisch gehen … Und die Grace Kelly kann i im Rabenhof-Kino sehg'n … Und was s' mir da zum Essen geben hab'n? Die Bouillon-baisse – a stinketes Gschlader …! Nicht zu vergleichen mit aner Gulaschsuppen … Wann mi des Reisebüro net vermittelt hätt' …

FREUND Und was sagt Ihnen Spanien?

TRAVNICEK Offen gestanden – nichts. Die Stierkämpf' – a matte Sache … Simmering – Kapfenberg, das nenn' i Brutalität … Der Malaga is' ka Heuriger … und die Regierung? A Diktatur! Aber nix gegen 'n Hitler! Wann mi des Reisebüro net vermittelt hätt' …

FREUND Waren Sie in Griechenland?

TRAVNICEK Natürlich. Des Scheenste, was s' dort haben, is' die Akropolis. Die schaut aus wie 's Parlament. Da kann i mit'n J-Wagen hinfahren und hab' no' die Pallas Athene davur. Wann mi des Reisebüro …

FREUND Was lassen Sie sich denn dann immer vom Reisebüro vermitteln?

TRAVNICEK Was soll i denn machen? I bin der Chef!

Carl Merz / Helmut Qualtinger

Travnicek studiert ein Plakat

Travnicek und sein Freund unter einem Plakat mit der Aufschrift: »Denkt österreichisch beim Einkauf«

FREUND Was, Travnicek, denken Sie, wann Sie das Plakat seh'n?

TRAVNICEK Ich denke österreichisch.

FREUND Denken Sie an Sachen, die Sie kaufen werden?

TRAVNICEK Nein, ich denke an Sachen, die ich schon gekauft hab'.

FREUND Ja, aber w a s denken S' Ihna do?

TRAVNICEK Das sag' i lieber nicht.

FREUND Sie sind kein Patriot, Travnicek!

TRAVNICEK Was wollen Sie eigentlich? Soll ich vielleicht, wann i beim Greißler bin, die Bundeshymne singen?

FREUND Nein, aber Sie sollen österreichisch handeln!

TRAVNICEK Mit'm Greißler?

FREUND Nicht nur, sondern überhaupt. Im österreichischen Sinne handeln.

TRAVNICEK Das tu'r i eh. Bei jedem Viertel sag' i: Es lebe der Außenminister.

FREUND Darauf kommt es nicht an. An die österreichische Wirtschaft müssen Sie denken.

TRAVNICEK I denk' mir eh immer: Des is a Wirtschaft.

FREUND Nein, nicht so – die Wirtschaft muß auf zwei Füßen steh'n, Travnicek!

TRAVNICEK Ja, aber net auf meinen.

FREUND Na, wieso?

TRAVNICEK Na schau'n Sie: Ich kauf' mir neulich a Tischlampen österreichischen Ursprungs. Ich schalt s' ein. Sie brennt nicht. Ich schraub' die Birn' aussi, fallt die Fassung heraus. Gut. I nimm a andere Fassung, schraub s' ein, bricht der Schirm ab. Wie i die Lampen wieder beisammen g'habt hab' und ansteck', haben wir im ganzen Bezirk a Stund' lang kein' Strom g'habt.

FREUND Na, was haben S' im Finstern gemacht?

TRAVNICEK Österreichisch gedacht.

FREUND Sie wollen mich nicht versteh'n. So eine Lampe ist doch nur ein Ausnahmefall. Die Wirtschaft greift ineinander wie ein Zahn in den anderen.

TRAVNICEK Also gut, Zahn. I iß da neulich ein' Westfäler Schinken. Der Schinken ist gut. Ich beiß' hinein, bricht mir ein Zahn ab.

FREUND Der Westfäler Schinken ist doch kein österreichisches Erzeugnis gewesen!

TRAVNICEK Naa – aber der Zahn.

FREUND Sie müssen das Ganze seh'n. Den Weltmarkt, Travnicek!

TRAVNICEK Mir genügt der Naschmarkt.

FREUND Also schön – meinetwegen der Naschmarkt. Auch dort ist es wesentlich, daß Sie ein heimisches Produkt erstehen. Sie essen doch sicher gern Obst, Travnicek. Was essen Sie da am liebsten?

TRAVNICEK Datteln.

FREUND Na, und sonst?

TRAVNICEK Bananen.

FREUND Travnicek, jetzt sagen Sie mir etwas, was auf österreichischem Boden wächst und Ihnen schmeckt.

TRAVNICEK Topfenstrudel.

FREUND Also bitte, bleiben wir beim Topfen, was halten Sie von unserem Käse?

TRAVNICEK Vergleichen S' die Löcher von an Schweizer Emmentaler mit den österreichischen Löchern. Diese Löcher sprechen Bände! Ich kauf' mir noch zehn Deka Gorgonzola.

FREUND Sie fallen der österreichischen Wirtschaft in den Rücken, Travnicek.

TRAVNICEK Mit zehn Deka Gorgonzola?

FREUND Sie haben einen zu engen Horizont, Travnicek.

TRAVNICEK Da irren S' Ihnen. Mei Wohnung hat ka Vis-à-vis.

FREUND Scherz beiseite, Travnicek, fahren Sie wenigstens österreichisches Benzin?

TRAVNICEK Ja, wenn i auf mein' Wagen bös' bin.

FREUND Und mit welcher Fluggesellschaft fliegen Sie?

TRAVNICEK Da bin ich besonders patriotisch. Wann i abstürz', nur mit der AUA.

FREUND Ich blicke in einen Abgrund, Travnicek. Lassen Sie sich unser Thema einmal vom ökonomischen Standpunkt erklären: Stellen Sie sich vor, es kommt ein Vertreter und will Ihnen eine Waschmaschine verkaufen.

TRAVNICEK Wann der mich siecht, geht er sofort wieder.

FREUND Warum?

TRAVNICEK Weil er siecht, daß i keine alleinstehende Endvierzigerin bin. Denkt St.-Pöltnerisch beim Einkauf.

FREUND Sie müssen einmal auch an unsere Kultur denken. Unsere Wiener Staatsoper zum Beispiel.

TRAVNICEK Glauben S', der Staatsoperndirektor denkt österreichisch beim Einkauf? Ka Spur! Was siech i durt? Italienische Sänger, dirigiert von an armenischen Salzburger, der a afrikanische Staatsbürgerschaft hat und mit einer Französin verheiratet ist.

FREUND Aber die Literatur! Was lesen Sie, Travnicek?

TRAVNICEK *(nach längerem Nachdenken)* Nix.

FREUND Was noch?

TRAVNICEK Zeitung.

FREUND Sehen Sie, Travnicek, das ist typisch. Wenn alle Leute so denken würden wie Sie, hätten wir keine Konjunktur, sondern eine Wirtschaftskrise. Wissen Sie, was das heißt?

TRAVNICEK Ja, daß ich mir statt an Gorgonzola an Liptauer kaufen muß.

FREUND Ja! Aber nicht nur das, Travnicek. Alles bricht zusammen. Stell'n S' sich vor: keine österreichischen Kracherln mehr! Kein österreichischer Kaugummi. Kein österreichischer Whisky! Keine österreichischen Illustrierten! Keine österreichischen Filme! Kein österreichischer Rundfunk!

TRAVNICEK Hören S' auf! Des halt i net aus! Se haben recht: Ich fiel unserer Wirtschaft in den Rücken! Von jetzt an geh' i zu kan Ländermatch mehr.

FREUND Warum?

TRAVNICEK Da spielen ja Ausländer. Überhaupt – von jetzt an

wird bei mir alles umgestellt. Zum Glück hab' ich da einen Freund, einen Österreicher, bei dem kauf' ich von jetzt an alles: Anzüge, Seife, Zahnbürsteln, Schuhe, Hemden, Hüte – meinen ganzen Bedarf.

FREUND Bravo, Travnicek! Was ist der Mann?

TRAVNICEK Importeur.

Travnicek und die Wiener Messe

Plakate der Wiener Messe. Travnicek und Freund sitzen davor

FREUND Was, Travnicek, halten Sie von der Messe?

TRAVNICEK Schau'n Sie, über religiöse Dinge möcht' ich mit Ihnen nicht diskutieren …

FREUND Aber, aber, ich meine ja die Wiener Messe.

TRAVNICEK Das ist was anderes.

FREUND Die ist Ihnen ein Begriff?

TRAVNICEK Ja. Ein langjähriger. Leider.

FREUND Warum leider?

TRAVNICEK Na, was siech i durt?

FREUND Die festlich geschmückten Pavillons …

TRAVNICEK Die san immer dieselben …

FREUND Und die netten Mädchen, die dort servieren und sich um die Kunden kümmern …

TRAVNICEK Die san immer dieselben … nur älter wer'n s' …

FREUND Aber, die überwältigende Zahl der technischen Neuheiten, Travnicek …

TRAVNICEK Ich waaß net, i hab' einen Traktor g'seh'n, den kenn' i, wie er noch in der Rotunden g'standen is' …

FREUND Vielleicht war es ein historisches Stück.

TRAVNICEK Vielleicht. Aber draufg'standen is': Neuestes Modell.

FREUND Was verstehen Sie von der Landwirtschaft, Travnicek?

TRAVNICEK Sehr viel. I weiß, was der Bauernbund ist.

FREUND Das hat doch mit der Landwirtschaft nix zu tun.

TRAVNICEK Eben.

FREUND Und dann die festliche Stimmung. Das fröhliche Leben und Treiben …

TRAVNICEK Wann i an Wirbel haben will, geh' i in Wurstelprater, drängen kann i mi in der Straßenbahn, und Besoffene siech i in jedem Beisel.

FREUND Ja, aber da sehen Sie keinen Mannesmann-Turm.

TRAVNICEK Was fang' i mit ein' Turm an, wo net amal a Kaffeehaus drin is?

FREUND Allein der Anblick, Travnicek, lohnt.

TRAVNICEK Anblick? Er schaut aus wie der Sender Bisamberg, nur kann er net senden.

FREUND Halten Sie das für einen Nachteil, Travnicek?

TRAVNICEK Das wieder nicht.

FREUND Schau'n Sie, Sie müssen international denken, Travnicek. Hier geben sich siebenundfünfzig Länder Rendezvous.

TRAVNICEK In der Weinkost?

FREUND Da treffen sich nur die Bundesländer. Diese Weinkost ist übrigens ein Ausdruck barocker Sinnenlust und österreichischer Lebensfreude.

TRAVNICEK Worüber freuen sich die Leut'?

FREUND Na eben, daß sie Österreicher sind!

TRAVNICEK Wann i b'soffen bin, freu' i mi aa, daß i a Österreicher bin. Aber wann i mir ein Paar Würstel kauf' und zwei Viertel Wein trinken will, brauch' i doch kane zehn Schilling Eintritt zu zahlen.

FREUND Naja, aber die lockere, gelöste Stimmung, Travnicek!

TRAVNICEK Das einzige Gelöste, was i g'seh'n hab', waren die Eintrittskarten.

FREUND Pflegen Sie etwas zu kaufen, Travnicek?

TRAVNICEK Naa.

FREUND Was pflegen Sie denn zu tun?

TRAVNICEK Frieren.

FREUND Warum denn?

TRAVNICEK Bei der Messe regnet's immer.

FREUND Aber wenn es regnet, drängen sich doch allerorten die Kaufleute aus ganz Österreich von einem Gebäude in das andere.

TRAVNICEK Damit i ein paar nasse Greißler siech, fahr' i net in Prater.

FREUND Aber wenn Sie schon im Prater sein, Travnicek, waren Sie da nicht das neue aufgestockte Stadion anschau'n?

TRAVNICEK Was brauch' i des?

FREUND Aber Travnicek! Die Stätte der klassischen Fußballsiege unseres Wunderteams. Jetzt endlich haben wir den Rahmen, den wir für unsere Fußballer brauchen.

TRAVNICEK Jetzt haben wir den Rahmen und ka Wunderteam. Ein österreichisches Schicksal.

FREUND Haben Sie die Internationale Zweiradausstellung gesehen?

TRAVNICEK Ich schätze das Zweirad nicht.

FREUND Warum das, Travnicek?

TRAVNICEK I fahr' gern in Gesellschaft.

FREUND Na, Sie können doch hinten jemanden draufsetzen.

TRAVNICEK Schwerlich. Den Sitz brauch' i selber …

FREUND Sind Sie überhaupt schon auf einem Moped gesessen, Travnicek?

TRAVNICEK Gesessen schon. Aber es is' net gefahren.

FREUND Warum das, Travnicek?

TRAVNICEK Es is' net 'gangen.

FREUND Was haben Sie da gemacht?

TRAVNICEK I bin 'gangen.

FREUND Na, und die Erfindermesse?

TRAVNICEK Hören S' mir auf damit.

FREUND Warum denn?

TRAVNICEK Ich hab' was erfunden. Aber sie haben's net g'nummen …

FREUND Was haben Sie erfunden, Travnicek?

TRAVNICEK Die Schiffsschraube …

FREUND Die ist doch schon erfunden.

TRAVNICEK Und des hab' i net g'wußt … Ein österreichisches Schicksal.

FREUND Und darüber ärgern Sie sich?

TRAVNICEK Darüber ärger' i mi net, daß i's net g'wußt hab'. I ärger' mi darüber, daß de anderen es g'wußt haben.

FREUND Und welche Erfindung hat Ihnen den größten Eindruck gemacht?

TRAVNICEK Die blaue Zone.

FREUND Die war doch nicht auf der Messe.

TRAVNICEK Aber ein' Eindruck hat sie mir gemacht …

FREUND Wieso, Travnicek?

TRAVNICEK Schauen Sie … i park' vor einer öffentlichen Uhr. Gut. Ich stelle meine Parkscheibe nach ihr. Auf zwölf Uhr –

gut. Ich geh' ins Café, i iß was. Lies a Zeitung. Kumm aussi. Steht die Uhr noch immer auf zwölf.

FREUND Die Parkuhr?

TRAVNICEK Nein, die öffentliche. In Wirklichkeit war's drei Uhr.

FREUND Woher wissen Sie das?

TRAVNICEK Der Wachmann hat's g'wußt, der mi aufg'schrieben hat. Jetzt arbeit' i an ein' Patent.

FREUND Was ist das, Travnicek?

TRAVNICEK Eine Parkscheibe mit Uhrwerk. Die geht immer mit.

FREUND Sieh da, Travnicek! Sie sind ein Erfinder.

TRAVNICEK Natürlich. Natürlich. Ich hab' noch andere Sachen erfunden in meinen Mußestunden.

FREUND Was denn?

TRAVNICEK Würschtln, die nicht platzen können.

FREUND Aus was sind die?

TRAVNICEK Aus Gummi.

FREUND Die kann man doch nicht essen.

TRAVNICEK Das nicht, aber sie tun auch nicht platzen.

FREUND Das ist doch keine zweckmäßige Erfindung …

TRAVNICEK Zweckmäßige Erfindungen hab' i auch g'macht …

FREUND Was denn?

TRAVNICEK Eine Koje. Eine durchsichtige Messekoje.

FREUND Haben Sie sie ausgestellt?

TRAVNICEK Eben nicht.

FREUND Ja, warum denn nicht?

TRAVNICEK Finden S' mir a Messekoje, wo S' a Messekoje ausstellen können! – Das einzig Erfreuliche an der ganzen Messe sind die neuchen Zigaretten von der Tabakregie.

FREUND Welche?

TRAVNICEK Die Messememphis.

FREUND Aber die sind doch schon vor sechs Monaten herausgekommen.

TRAVNICEK Seither war i aa net durt …

Carl Merz / Helmut Qualtinger

Travnicek und die Wahl

Travnicek und sein Freund vor einer Wand mit Wahlplakaten

FREUND Was, Travnicek, machen Sie nächsten Sonntag?

TRAVNICEK Das hängt vom Wetter ab. Wann's schön is', fahr' i weg, wann's regnet, geh' i ins Kino …

FREUND Aber Travnicek! Nächsten Sonntag – schauen Sie sich um! Was sehen Sie da?

TRAVNICEK Plakate – die schau' i schon seit vier Wochen nimmer an.

FREUND Das eben, Travnicek, ist der Fehler! Nächsten Sonntag ist der Tag, wo Sie zur Urne schreiten sollen …

TRAVNICEK Was ist da? A Begräbnis?

FREUND Aber! Wo Sie sich entscheiden sollen …

TRAVNICEK … ob i wegfahr' oder ins Kino geh' …

FREUND Nein! Nächsten Sonntag schreitet der pflichtbewußte Staatsbürger zur Wahl.

TRAVNICEK Na ja – wann's regnet und er keine Kinokarten kriegt, kann er ja zur Wahl gehen.

FREUND Was, Travnicek, glauben Sie, weswegen Sie zur Wahl gehen?

TRAVNICEK Weil i an Zettel krieg'.

FREUND Nein! Der Politiker braucht den Kontakt mit dem Volke. Durch diesen Zettel erfährt er, was Sie als Wähler von ihm halten.

TRAVNICEK Des kann i ihm auf'n Zettel aufschreiben?

FREUND Nein, dann ist er ungültig!

TRAVNICEK Also, was is' des für a Kontakt?

FREUND Die abgegebenen Stimmen sagen den Politikern, was das Volk von ihnen hält.

TRAVNICEK Und das stört sie nicht?

FREUND Travnicek, stellen Sie sich vor, Sie sind Politiker und bekommen fünfhunderttausend Stimmen. Was würden Sie sich denken?

TRAVNICEK Ich würde mir denken, jetzt kann ich mir endlich eine Luxuslimousine kaufen.

FREUND Aber Travnicek, Sie haben diesen Leuten doch etwas versprochen. Und das müssen Sie jetzt halten.

TRAVNICEK Warum?

FREUND No, wenn Sie es nicht halten, wird man Sie nie wieder wählen.

TRAVNICEK Das macht ja nichts. Ich brauch' ja nur eine Limousine.

FREUND Aber die Hunderttausende, die Ihnen ihr Vertrauen geschenkt haben!

TRAVNICEK Gehen Sie, die wählen doch nicht zum ersten Mal.

FREUND Travnicek, Sie denken engstirnig! Stellen Sie sich vor, Sie gründen die Travnicek-Partei. Sie führen einen Wahlkampf! So wie die andern Parteien. Sie stecken Millionen in die Propaganda, so wie die anderen!

TRAVNICEK Wann i des Gelb hab', was sie für Propaganda ausgeben, pack' i mei Partei z'samm' und fahr' an die Riviera.

FREUND Warum grad' an die Riviera?

TRAVNICEK Na, nach Tibet werd' i net fahren.

FREUND Sie sind kein Demokrat, Travnicek.

TRAVNICEK Des hat mir noch niemand gesagt ... net amal unterm Hitler.

FREUND Damals war es auch keine Ehre.

TRAVNICEK Und jetzt ist es eine Ehre?

FREUND Natürlich – die höchste Ehre! Sie genießen das freie aktive und passive Wahlrecht.

TRAVNICEK Das passive is' mer lieber.

FREUND Also meinetwegen. Sie wollen sich wählen lassen. Welche Voraussetzungen bringen Sie für den Politiker mit?

TRAVNICEK Also schauen Sie – schauen Sie: Es gibt Leute, die sagen, ich schau' dem Kanzler ähnlich. Andere sagen, ich schau' dem Vizekanzler ähnlich – also, ich schau' aus wie die Koalition.

FREUND Travnicek, Sie stellen sich das zu einfach vor. Wer soll Sie wählen?

TRAVNICEK Das ist natürlich eine Sache des Vertrauens.

FREUND Auf was herauf sollen die Leute Ihnen vertrauen?

TRAVNICEK Auf was herauf vertrauen s' den anderen?

FREUND Na, die haben doch durch jahrelanges Regieren bewiesen, was sie können.

TRAVNICEK Na eben.

FREUND Und Sie kennt man ja nicht!

TRAVNICEK Laß i halt Fotos von mir machen.

FREUND Na ja. Das kostet aber sehr viel Geld. Was machen Sie, wenn Sie dann die Wahl verlieren?

TRAVNICEK Bleib i die Fotos schuldig.

FREUND Fotos sind das wenigste ... Sie brauchen Ideen! Schauen Sie sich diese Plakate an! Da haben sich die besten Köpfe der Nation nächtelang damit geplagt!

TRAVNICEK *(zeigt auf die Plakate)* Und das is' dabei herausgekommen?

FREUND Sie müssen die Propaganda nach ihrer Durchschlagskraft beurteilen! Sie brauchen Wahlparolen! Slogans! Was würden Sie für einen Slogan nehmen?

TRAVNICEK *(nach langem Nachdenken)* Parteien haben kurze Bei ... nein ... wer einmal wählt ... eine Partei wäscht die an ... Morgenstunde hat Gold im Munde.

FREUND Das ist doch ein kompletter Unsinn!

TRAVNICEK Hat aber Durchschlagskraft!

FREUND Eine Wahlparole muß doch etwas heißen!

TRAVNICEK Schau'n S' Ihnen die anderen an. Die haaßen aa nix.

FREUND Wieso, Travnicek? Nehmen Sie zum Beispiel dieses Schifflein. Was versinnbildlicht es? Daß es auf jede Stimme ankommt!

TRAVNICEK Das glaub' ich. Da gibt man seinen Zettel ab und macht sich jahrelange Vorwürfe, daß das Schiff schief fahrt ...

FREUND Sie mißverstehen dieses Plakat, Travnicek! Das ist das Staatsschiff. Woran denkt der einfache Mann auf der Straße, wenn er es in dieser schiefen Lage sieht?

TRAVNICEK Na, woran denkt er?

FREUND An ein Leck?

TRAVNICEK Hören S', mit solchen Zitaten können S' doch im Wahlkampf net arbeiten!

FREUND Ich versteh' nicht, wovon Sie reden, Travnicek. Die Überzeugungskraft eines Plakates kann die Entscheidung in der Wahlschlacht bringen.

TRAVNICEK Des hab' ich mir auch schon gedacht. Wann der Klaus so durch die Straßen geht und a KP-Plakat siecht, wer weiß, was er dann wählt?

FREUND Theoretisch haben Sie recht. Er kann wählen, was er will. Es ist eine absolut freie und geheime Wahl.

TRAVNICEK I waaß. Jedesmal, wann i in der Wochenschau den Bundespräsidenten siech, wie er in die Zelle tritt, zitter' i, was wird er wählen?

FREUND Bravo, Travnicek! Das ist Anteilnahme im richtigen Geiste!

TRAVNICEK Ja, aber ans stört mi. Wie kommt man dazu, daß ma am Sonntag kein Alkohol trinken kann?

FREUND Sie müssen ja nicht gerade am Sonntag trinken.

TRAVNICEK Aber grad' an dem Sonntag hab' i an Grund dazu.

FREUND Das muß aber so sein, Travnicek. Auf dem Wahlzettel sind mehrere Wahllisten. Wie leicht kann da einer sein Kreuzel in die falsche eintragen!

TRAVNICEK Na wennschon. Glauben S', es gibt an Umsturz, wenn der Außenminister amal die SPÖ erwischt?

FREUND Die Demokratie besteht aber auf einem völlig unverfälschten Wahlresultat.

TRAVNICEK Das aber war bei Hitler noch viel besser.

FREUND Wieso denn?

TRAVNICEK No, da is' immer einer hinter Ihnen g'standen und hat g'schaut, wo Sie den Strich hinmachen.

FREUND Aber was reden Sie da, Travnicek! Die Wahl ist die Stunde der Wahrheit – das reinigt die Atmosphäre – das ist die Läuterung der Demokratie …

TRAVNICEK Und was is' jetzt mit der VOEST? Und wer zahlt dem Haselgruber die 23 Millionen z'ruck?

FREUND Na, warten Sie ab bis nach der Wahl!

TRAVNICEK Ah, dazu müssen s' erscht die Wahl gewinnen?

FREUND Wenn Sie so denken, können Sie ja auch eine unabhängige Partei wählen.

TRAVNICEK Die FPÖ? Die hab' ich schon 38 gewählt …

FREUND Die hat es 38 doch gar nicht gegeben!

TRAVNICEK Naa. Aber g'wählt hab' i s' … is aa nix dabei herausgekommen …

FREUND Na, sehen Sie. Also, Travnicek, was werden Sie am Sonntag tun?

TRAVNICEK *(mit plötzlichem Einfall)* Jetzt weiß ich's!

FREUND Fahren Sie aufs Land?

TRAVNICEK Naa!

FREUND Bravo! Gehen Sie ins Kino?

TRAVNICEK Aa net.

FREUND Ausgezeichnet! Also?

TRAVNICEK I kauf' mir scho' am Samstag zwa Liter Wein und sauf' mi z' Haus an.

FREUND *(bestürzt)* Na, und was machen Sie dann in der Wahlzelle?

TRAVNICEK Des is' mei Wahlgeheimnis.

Carl Merz / Helmut Qualtinger

Bundesheer nein – oder nein?

Seit Monaten schlägt die Debatte um das neue Bundesheer zwischen jenen, die dagegen und denen, die auch nicht dafür sind, in den Spalten der Tagespresse ihre Wellen. Wir haben dieses Thema zwar schon einmal behandelt, folgen aber im vorliegenden Fall dem demokratischen Beispiel unserer Regierung, die auch niemanden fragt, ob er etwas davon wissen will oder nicht. Unsere Leser werden also im folgenden weitere interessante Details über die Aufrüstung erfahren, die uns freundlicherweise von Herrn Kasernenhofrat Barrasl (Amt für Kriegs- und Einkommensteuererklärungen) zur Verfügung gestellt wurden.

Im Zuge der Neutralisierung unserer Stadt soll ein aus den Mitteln der Wohnbauhilfe der Gemeinde Wien errichteter Verteidigungsgürtel angelegt werden. Die Siedlungen am Stadtrand werden zu sogenannten Schreberfestungen ausgestaltet, und diese Anlagen, welche dem Schutze des Publikums empfohlen sind, den Namen Fort-Orte-Linie tragen. Im Stadtinneren werden die öffentlichen Bedürfnisanstalten mit einem rot-weiß-roten Tarnanstrich versehen und als Schilderhäuschen Verwendung finden.

Um auch in kulturellen Belangen eine österreichische Note zu wahren, wird man das Soldatenlied austrifizieren. »Oh, du schöner Krapfenwald …« soll es aus tausend rauhen Kriegerkehlen tönen, und das Herz eines jeden Landsers wird höher schlagen, wenn er den Refrain intonieren darf: »Auf der Simmeringer Heide blüht ein kleines Blümelein – und das heißt – Zwerschina ...«

Bei Paraden im Überschwemmungsgebiet soll der neu instrumentierte »Gengansbadenweilermarsch« gespielt werden, bei Manövern in der Lobau hingegen der »Nacktbadenweilermarsch«.

Eine langwierige Kontroverse zwischen den beiden Koalitionsparteien herrschte über ein grundlegendes Kommando. Die Sozialisten plädierten für »Im Fortschritt, marsch!«, während sich die ÖVP für das traditionelle »Im Rückschritt, marsch!« einsetzte. Als man im Laufe der Debatte schließlich daraufkam, daß beide Teile dasselbe meinten, einigte man sich auf das beschwingte »Im Walzerschritt, marsch!«, wodurch echt österreichische Heiterkeit auch auf militärischem Gebiet Eingang findet, wo in Zukunft sämtliche Einheiten im Dreivierteltakt marschieren werden. Für eine Spezialtruppe der Wiener Straßenbahner, die auf modernen, mit pneumatischen Türen bewaffneten Panzern eingesetzt wird, ist ein besonderes Kommando vorgesehen, nämlich: »Ohne Trittbrett, marsch!«

Die SPÖ ist überhaupt grundsätzlich bestrebt, das Soldatenleben zu verbessern und zu sozialisieren. Streng wird an der Forderung eines 36-Stunden-Krieges festgehalten, der – unter strikter Einhaltung der Mittagskampfpause – ausnahmslos nur von Montag 8 Uhr bis Freitag 12 Uhr geführt werden darf. Unter der Devise »Auch der kleine Mann kann sich heute seinen Krieg leisten« werden die ersten Kader der Werksoldaten aufgestellt. Diese Kaderidee stammt von dem allgemein gefürchteten Favoritner Soziomilitaristen Matzleinsdorfer-Platzek. Der Erste Mai soll zum »Tag der Werktätigen« ernannt werden. Statt in den unsozialen Kasernen sollen die Truppen in den von den Alliierten freigegebenen Hotels einquartiert werden. Von dieser Maßnahme ausgenommen bleibt einzig das Hotel Imperial, wodurch man dem Vorwurf eines österreichischen Imperialismus ein für allemal begegnen will.

Aus dem Hauptquartier, das im Gegensatz zu Hitlers »Wolfsschanze« den Namen »Rabennest« trägt, verlauten sensationelle Einzelheiten über die Modernisierung unseres Heeres: Unsere Gebirgsjäger werden im Winter mit Panzerfäustlingen und Ski-Kanonen ausgerüstet, in St. Marx wird ein Seeschlachthof eingerichtet, in dem als erstes Schiff der Zerstörer »Torpedo Tasso« vom Hochstapel gelassen wird. Überall im Ausland zittert man jetzt schon vor den Zwischenfunktruppen der Ravag, deren Zwischenfunktechnik internationale Berühmtheit besitzt. Um auch der Bevölkerung die Teilnahme an den Kriegshandlungen anregend zu gestalten, werden die Luftschutzsirenen von nun an jodeln. Dieser Vorgang wird als »Erzherzog-Johann-Warnung« bezeichnet. Während die Furierabteilungen der ÖVP den Namen Kraulandser führen, stellt die SPÖ die Elitetruppen der Hoch- und Zahlmeister mit ihren gefürchteten Landertshammerwerfern, welche die Aufschrift »Off Kamitz« tragen. Zur Sicherung des österreichischen Luftraumes wurden die auf der Österreichrundfahrt ausprobierten Fahrradabteilungen geschaffen. Der Chef des Veterinärdienstes wird den Titel »Vivisektionschef« führen. Um die heikle Frage der Auszeichnungen einer allseits befriedigenden Lösung zuzuführen, kam man überein, neue Orden zu verleihen, und zwar: das Mieterkreuz, das in zwei Klassen verliehen wird, als Untermieter- und Hauptmieterkreuz; ferner die Klassenkampfspange und die Nahkampfspange für Fußballer. Die Orden des Zweiten Weltkrieges aber werden samt und sonders eingesammelt und dem deutschen Kanzler Adenauer zugeschickt, womit man hofft, die Frage des Deutschen Eigentums endgültig zu bereinigen.

Carl Merz / Helmut Qualtinger

Das halbstarke Geschlecht

»Das ist stark!«
(Ausruf eines Halbstarken bei seiner Verhaftung)

Die Bedrohung unserer Jugend nimmt immer kritischere Formen an. Es vergeht kein Tag, an dem nicht von neuen Untaten zu lesen ist, die an Halbstarken verübt wurden. Da hört man von einem bedenkenlosen Übergriff der Polizei, welche Jugendliche, die den gebieterischen Betätigungsdrang ihres Alters mit dem Niederschlagen von Passanten einigermaßen zu stillen suchen, brutal an dieser harmlosen Freizeitgestaltung hindert. Dort wieder wird der kindliche Spieltrieb, das überquellende Frühlingserwachen, welches sich in den Parkanlagen an halbwüchsigen Mädchen erproben möchte, humorlos und unpädagogisch von der Exekutive unterdrückt.

Wagemutigen Sportfreunden wird jede Fahrerflucht übel vermerkt. Den Assen unseres Messerstechernachwuchses unterbindet man systematisch jede geregelte Trainingsmöglichkeit. Und wenn zwanzig Burschen in romantischer Begeisterung von ihrem Lebenshunger und Durst vor einem Wirtshaus vereinigt werden, um jenen durch die Erstürmung des Beisels zu löschen, erscheinen ebenso rücksichtslose wie nüchterne Beamte auf der Bildfläche und tun das, was sie immer tun: Sie lähmen jede Initiative.

Ja, selbst die Kindlein, die sich schlicht einen Mercedes-Stern an den Weihnachtsbaum stecken möchten, werden scheel angesehen und zu vier Monaten verurteilt. Nimmt es da noch Wunder, wenn auch der bestgemeinte Taxiüberfall nicht mehr die rechte Freude aufkommen läßt? Bald wird es so weit sein, daß man kein noch so herrenloses Motorrad mehr stehlen und damit ungestraft jemanden überfahren kann ...

Um dieser ernsten Gefährdung der jungen Menschenknospen im entwicklungsfähigen Alter endlich ein Ende zu bereiten, entschloß sich die Führung der HSPÖ (Halbstarke Partei Österreichs) für eine Politik der Stärke, das heißt in diesem Falle der Halbstärke. Unter der echt österreichischen Devise »Einigkeit macht halbstark!« wurde ein Parteikongreß in das Konzerthaus einberufen, welches sich noch jedem politischen Zweck zur Verfügung gestellt hat, wenn das entsprechende Bargeld vorhanden war. Kilometerweit schien der Platz um das Gebäude mit Motorrädern unbekannter Herkunft übersät, die Samtkappeln der Fahrer leuchteten, die Schlagringe blitzten, und die Messer klappten im Takte auf und zu.

Die Kappeln waren allerdings Gegenstand eines Protestes der Couleurstudenten, die erklärten, sie seien die einzigen behördlich konzessionierten Kappelbuben unserer Heimat.

Dessen ungeachtet wurde das Fest in bester Laune und mit nur vier Verletzten sowie der Hymne »Plattenbrüder, reicht die Hand zum Bunde …« eröffnet. Im Zuschauerraum bemerkte man Transparente mit lapidaren Forderungen, wie »Hupf in Gatsch!« und »Geh in Talon!«, aber auch programmatische Erklärungen, wie »Willst stänkern?« und »Ane in d' Goschen!«, in erster Linie jedoch den Kernspruch der Bewegung, das allumfassende »Kusch!« Der in seinen Kreisen als Brandstätter-Marlon bekannte Vorsitzende, der während der Eröffnungszeremonie ständig von den Rufen »Schleich di!« und »Halt de Pappen, Tepperter!« in Stimmung versetzt wurde, forderte unbeleuchtete Parks, unbewaffnete Polizisten, Abschaffung der Funkstreife, Verbot des Zurückschlagens der Passanten und freie Bahn dem Flüchtigen, und schloß seine Ansprache mit dem flammenden Aufruf: »Wir wollen sein ein einig Volk von Plattenbrüdern …«

Nachdem anschließend die Fürsorgerin Schwester Infantilly und der Kinderpsychologe Dr. Verzahrer in einem längeren Referat darauf hingewiesen hatten, daß die verwahrloste Jugend lediglich menschliche Kontakte suche, das Anrempeln also eine Art der Zärtlichkeit und Abwehr im tiefsten Grunde Zuneigung sei, trugen etwa ein Dutzend auf dem Podium postierter Jukeboxes einen ohrenbetäubenden Juke-Boxkampf (im Halbschwergewicht) aus, worauf die beiden Regierungsparteien die Versammelten in ihr Lager zu ziehen suchten.

Die sozialistische Delegation versprach unter dem Leitsatz »Alle Räder stehen still, wenn dein halbstarker Arm es will!« die Einführung von Halbstarkstrom bei der Wiener elektrischen

Straßenbahn, mit einer entsprechenden Ermäßigung des Tarifs, und von Halbstarkbier, welches von den städtischen Brauereien bereits an den Konsumenten erprobt werde, sowie die Ausgabe von halbstarkem Tobak durch die Regie. Die andere Partei dagegen hatte eine Deputation von Halbgescherten entsandt, die eine Motorisierung mittels Sessellifts vorschlugen. Die Anlage eines Halbstarkendorfes in der Nähe des traditionsreichen Fladnitz wurde versprochen.

Nachdem sich allerdings durch den Hinauswurf der Redner handgreiflich erwiesen hatte, daß dem brennenden Problem der Halbstarken auf diese Weise nicht beizukommen war, trat man an höchster Stelle zu einer mehrtägigen Beratung zusammen. Ihr Resultat war ebenso genial wie einfach: Man rief die allgemeine Mobilmachung aus und steckte die Halbstarken wahllos in sämtliche irgendwie aufzutreibenden Uniformen. Von diesem Augenblick an konnten sie tun und lassen, was sie immer getan hatten. Es fiel niemandem mehr auf und niemandem ein, auch nur ein Wort des Unmutes darüber zu verlieren …

Après-Ski-Weltmeisterschaft

»Der Toni macht die Musik«
(Werbeslogan einer Schallplattenfirma)

Nachdem Toni Sailer durch die Verkündung seiner Rücktrittsabsichten das österreichische Volk in einer Weise erschüttert hatte, wie es selbst dem Bundespräsidenten durch die Bekanntgabe der gleichen Pläne nur gelingen könnte, wenn unser goldener Toni ihm dazu gratulieren würde, begannen angesichts der neuen Lage in Badgastein und auch im übrigen Österreich sofort die Après-Ski-Weltmeisterschaften. Bevor die Sonne noch lange genug gasteinerweichend herunter zu scheinen vermochte, wurde der Schnee eingepackt und der Bundesbahn übergeben, die ihn für künftige Veranstaltungen während der milden Februar- und Märztage bereithalten sollte.

Die anwesende Prominenz aber verließ die verwaisten Pisten, die rauschende Ache und den beunruhigenden Anblick der leeren Parkplätze, um anläßlich anderer Sportereignisse, wie des Campagnereiter-Balles, und mittels Gschnaskostümen in die Spalten der Illustrierten zu gelangen. Dafür brach in der Filmbranche, jetzt, wo man sich davon überzeugen konnte, daß Toni Sailer auf dem Flachstück seiner Verbeugungstournee durch Deutschland ebensolche Begeisterungsstürme zu erwecken vermochte wie auf dem Steilhang, nichts als ein Freudentaumel aus. Das Lied »Zwa Brettln, a gführiger Schmäh« wurde zur Bavaria-Hymne erklärt und das Naturfilmprojekt »Die Piste lebt« in Angriff genommen. Ein österreichischer Verleih trat an Toni Sailer mit dem Antrag heran, den skifahrenden Kaiser Franz Joseph I. in dem Film »Fahren S' ab, Majestät« zu verkörpern, und die UFA versuchte, ihn für die Neuverfilmung eines ihrer größten Erfolge, »... reitet für Deutschland«, zu gewinnen, der jetzt unter dem Titel »... rutscht für Österreich« gedreht werden sollte.

Natürlich konnte eine solche Entwicklung nicht ohne Folgen für die übrige Filmwelt und vor allen Dingen die männlichen Film-Asse bleiben. Menschendarsteller vom Range eines Rudolf Prack und Rudolf Lenz bedauerten es öffentlich, daß nicht mehr allein das schauspielerische Talent, verbunden mit harter Arbeit und überragendem Können, für ein Engagement maßgebend zu sein schien, und entschlossen sich daher, um auch auf sportlichem Gebiet konkurrenzfähig zu sein, Wassertreten zu lernen. Als vollends das Burgtheater an Sailer mit dem Ersuchen herantrat, er möchte in einer Neubearbeitung des Schillerschen »Carlos« die Titelrolle als Toni Carlos übernehmen, trat auch hier die entsprechende Reaktion ein. Bald sah man greise Kammerschauspieler, müde Bonvivants und andere scharf profilierte Unbegabungen sich im Skidreß auf den sogenannten Idiotenwiesen tummeln, wobei sich mehrere Akteure aus alter Gewohnheit nicht nur den Garderobier, sondern auch den Souffleur mitgebracht hatten, um sich beim Torlauf einsagen zu lassen beziehungsweise um zu vermeiden, daß sie irgendwo hängenblieben. Als sich zum Bedauern der Direktion herausstellte, daß nicht nur zahlreiche Burgschauspieler, sondern auch Toni Sailer infolge von Filmverpflichtungen nicht abkömmlich sei, fand man eine Lösung in der Verpflichtung eines anderen jugendlichen Spenglers, der darstellerisch im Hinblick auf die Leistungen seiner übrigen jungen Kollegen nicht weiter auffiel.

Als schließlich die Staatsoper anfragen ließ, ob Toni bereit wäre, zugunsten des internationalen Skiverbandes ein FIS zu singen, sah sich auch Herbert von Karajan veranlaßt, aus seiner lange geübten Zurückhaltung herauszutreten, und dirigierte auf einer Tournee Abfahrtsläufe in Kitz, Gastein und auf dem Arlberg. Auch O. W. Fischer ließ sich von einem Filmjournal mit einem Paar Skier, einem Bügeleisen und etwas Wachs in der Hand photographieren und verkündete unter dem Bild die schlichte, aber menschlich tiefe Weisheit: »Man muß über sich hinauswachsen ...«, während die UFA ihren Star Hildegard Knef, die bei ihrem ersten Start im Sand der Sahara steckengeblieben war, einen Skikurs zu nehmen veranlaßte, um sie auf diese Art wieder flottzubekommen.

Franz Antel, der ständig in selbstloser Weise um den Nachwuchs bemühte Filmpionier, rief einen Skikurs für Starlets, die sogenannten »Pistennelken« ins Leben, um sie als häufig gefallene Mädchen auf alle späteren Anforderungen der Branche gründlich vorzubereiten. Diese Bewegung nahm immer mehr überhand. Eine namhafte Illustrierte »Der Stern« etablierte sich als reines Skifachblatt für Abgerutschte und brachte die Serie »Der gute Toni in allen Lebenslagen« zum Abdruck.

Toni Sailer aber, der schließlich sogar als nickendes Zierkorkenmandl in den Auslagen erschien – eine Ehrung, die selbst unserem Außenminister nie zuteil wurde –, konnte seiner wachsenden Popularität nicht mehr so recht froh werden. Als man ihn beschwor, im »Autogrammjäger vom Silberwald« die Rolle eines Gehetzten zu spielen, entschloß er sich, auch dieser Laufbahn den Rücken zu kehren. Er machte eine bedeutende Erfindung und wurde einer der ersten Wissenschaftler Österreichs. Fortan kümmerte sich kein Mensch mehr um ihn.

Carl Merz / Helmut Qualtinger

Die Ahndlvertilgung

Aus Hörerkreisen erhalte ich seit einigen Wochen unzählige Briefe, in denen sich Landwirte darüber beschweren, daß sich in letzter Zeit der Staat immer mehr in die natürliche Vertilgung der Ahndln einmischt. So wurden biedere Landleute, die diesen gesunden Prozeß beschleunigen wollten, verhaftet und in mehreren Fällen sogar verurteilt. Um diesen ungerechtfertigten Nachstellungen zu entgehen, sollte sich der Bauer an folgende Vertilgungsmethoden halten, die sich bereits in weitesten Kreisen der Landbevölkerung durchgesetzt haben.

Was macht der Landwirt in der grünen Steiermark? Er verwendet die Jauchegrube, die den Schädling außerdem der Volkswirtschaft zuführt. Die Bauern im sonnigen Kärnten bedienen sich primitiverer Methoden. Sie benützen Hacken, die zwar zweckentsprechend sind, aber das Ahndl unter Umständen vor dem Vorhaben warnen können. Aus dem schönen Burgenland kommt die Methode des Häuseranzündens, die nur leider zu oft mit erheblichem Sachschaden verbunden ist. Hier empfiehlt es sich, das Unternehmen mit einer Versicherungsaktion zu koppeln. Man kann natürlich – wie auf den herrlichen Matten des Tauernmassivs – seinen Vorfahren in den Stall sperren und ihm die Nahrung verweigern, was jedoch nicht in allen Fällen wirkt, da derselbe dann zuweilen beim Vieh mitfrißt. Was macht der Tiroler in so einem Fall? Der Tiroler ist lustig, der Tiroler ist froh, er hat stets Arsen, im Volksmund »Hüttrach«

genannt, in seiner blitzsauberen Küche vorrätig und erspart sich dadurch unnötige Arbeit. Im Salzkammergut, da kann man gut lustig sein, weil es so viele Seen gibt, in denen die ganze ältere Verwandtschaft Platz hat. Niederösterreich, das Land des herrlichen Weines, hat große Mengen von Kupfervitriol bereit, um den Vorfahren die entsprechende Behandlung teilwerden zu lassen. Und Oberösterreich, die Heimat des Führers, bringt einen Most hervor, der allein imstande ist, auch dem härtesten Großvater das Handwerk zu legen.

Ich hoffe, dieser kleine Überblick hat Ihnen wertvolle Anregungen gegeben. Ich verabschiede mich und melde mich morgen wieder mit einem Vortrag über das Thema »Die Blutschande und ihre Bedeutung für ein gesundes Landleben«.

Carl Merz / Helmut Qualtinger

Der Fremde als Rohstoff und Devisenbringer

Als Präsident des österreichischen Fremdenverkehrsindustriellenverbandes heiße ich alle Mitglieder willkommen, die es sich zur Aufgabe gemacht haben, den Fremden der industriellen Verwertung in Österreich zuzuführen. Denn erst, wenn jeder Teich, jeder Strauch, jeder Baum eine Einnahmequelle darstellt, ist der Fremde als lebenswichtiger Bestandteil der heimischen Landwirtschaft einverleibt. Der heutige Kongreß, im Heil- und Fußbad Taxen am Zuschlag stattfindend, kam durch die Initiative unseres lieben Unkommerzialrates und ÖVP-Ökonomen Josef Abstierer – kurz Wurzersepp geheißen – zustande und begann mit einem Dankgebet an den heiligen Nepomuk, den Schutzheiligen des österreichischen Fremdenverkehrs.

Unser Ziel sei mit kurzen Worten umrissen: die Nutzbarmachung des Fremden für die österreichische Wirtschaft. Schon im Frühjahr, wenn die Betten noch ihre Winterdecke tragen, aber nicht überzogen sind, die Wasserleitungen tropfen und der frische Landwind durch die schlechtschließenden Fenster saust, strecken die ersten Fremden ihre fürwitzigen Nasen über unsere Landesgrenzen und Wälder, und Devisen beginnen zu blühen. Da gilt es schon für den Landwirt, seine Fallen bereitzustellen, buntfarbene Prospekte hinausflattern zu lassen, um schon die ersten Vorboten des großen Fremdenstromes in Haus oder Scheune zu lenken.

Leider gibt es immer noch zahlreiche Objekte in unserer Heimat, die nicht mit der modernen Entwicklung Schritt gehalten haben und daher brachliegen. Straßen ohne Straßenmaut, Sehenswürdigkeiten ohne Eintrittsgebühr, schöne Aussichten ohne Konsumationszwang! Überbleibsel einer barbarischen Epoche. In seinem Werk »Der Fremde als Rohstoff und Devisenbringer« forderte der bekannte Mißwirtschaftsforscher Professor Schmattes eine radikale Abstellung dieser Mißzustände. Kein Waldweg, der nicht zu einem Kaffeehaus führt, kein Ziegelteich ohne Badeanstalt, kein Misthaufen ohne Aussichtswarte! In jedem Ort, in dem eine Hütte steht, die älter als fünfzig Jahre alt ist, soll eine Barocktaxe eingehoben werden. Nicht nur im Hotel, auch im freien Gelände, bei jeder Mahlzeit, bei jedem Schritt, bei jedem Atemzug kann der Fremde nicht nur geneppt, sondern auch angeschnorrt werden. Um die bodenständige Bevölkerung, die während der Hochsaison diesen Aufforderungen nicht immer nachkommt, zu entlasten, sollen Trinkgeldautomaten an geeigneten Punkten aufgestellt werden, die dem Fremden nach Einwurf einer Münze ebensoviel bieten wie der Einheimische, nämlich nichts. In St. Umleiten am Frostaufbruch wurde im Zuge dieser Bestrebungen das Denkmal des unbekannten Parkwächters enthüllt, und aus Steyr erreicht uns die frohe Kunde, daß dort ein Roboter entwickelt wird, der drei Arbeitsgänge besitzt: er sagt »Grüß Gott!«, lächelt blöde und hält die Hand auf. Die Maschine wird nach italienischen Lizenzen montiert, die Karosserie ist nach einheimischen Vorbildern geformt, die Type heißt »Der Hias 600«.

Und somit komme ich zum Schluß meiner Ausführungen, meine Herren! Halten Sie ein wachsames Auge auf den Fremden, damit, wenn er wieder hinauszieht aus unseren Grenzen, dafür gesorgt ist, daß er nichts mit sich nimmt außer der Erinnerung an unsere Heimat.

Carl Merz / Helmut Qualtinger

Lob der Koalition

Meine Hochverehrten!
Wenn Sie sich in einem Land befinden, in dem eine Partei regiert, während eine andere die Opposition stellt, dann sind Sie in einer Demokratie. Wenn Sie in einem Land sind, in dem eine Partei regiert und *keine* die Opposition macht, weil sie verboten ist, dann ist das eine Diktatur. Wenn Sie sich in einem Land befinden, wo *zwei* Parteien regieren, die sich zugleich die Opposition machen, dann sind Sie in Österreich. Deshalb kommt dem Kabarett in Österreich eine so eminente Bedeutung zu, weil es die einzige, wirklich vorhandene Opposition ist, die etwas zu sagen hat und die man auch nicht einfach verbieten kann. Man nennt unsere österreichische Regierungsform darum mit Recht eine kabarettistische.

Sie selbst, meine Hochverehrten, kennen sie ja aus eigener Anschauung zur Genüge, Sie wissen, daß beide Parteien dasselbe wollen, und die große Schwierigkeit ist immer nur, sich zu einigen, wer es jeweils kriegt. Aber der Fortschritt ist nicht zu leugnen, der bei uns dadurch zustande kommt, daß man Schulter an Schulter marschiert und sich bei jedem Schritt ein Haxel stellt. Das schadet nichts, denn die beiden Parteien haben ein Verfahren entwickelt, durch welches die gemeinsamen Einkünfte zwar halbiert, aber so lange mit der Anzahl der zur Verteilung kommenden Posten multipliziert werden, bis jede von ihnen doppelt soviel einnimmt, als wenn sie allein wäre – das ist der Proporz. Dieser Proporz wird von den beiden Parteien abgelehnt und erbittert bekämpft, denn sie leben ja hauptsächlich davon, daß sie die Mißstände bekämpfen, die durch ihr Vorhandensein hervorgerufen werden – und davon kann man sehr gut leben – das ist die Koalition. Ein lehrreiches Beispiel dafür, wie dieser Kampf vor sich geht, bietet der österreichische Rundfunk, der auf Grund eines Regierungsversprechens mit einem Schlage »entpolitisiert« wurde. Das ging so vor sich, daß alle die Leute, die dort nicht auf Grund ihrer künstlerischen Fähigkeiten, sondern nur auf Grund ihrer Parteizugehörigkeit angestellt waren, von einem Tag auf den andern nicht mehr auf Grund ihrer Parteizugehörigkeit, sondern nur auf Grund ihrer künstlerischen Fähigkeiten angestellt worden sind. Niemand fragt mehr nach der Partei, das ist überwunden, man muß darauf schauen, daß man zufällig grad in der richtigen ist. Aber das ist nicht schwer, weil man's ja schon vorher war. Schließlich kann man ja den Leuten nicht verbieten, in die Parteien einzutreten. So demokratisch sind wir wieder nicht.

Pirron & Knapp

Camping

Wir bringen Ihnen jetzt, ob Sie es hörn wolln oder nicht,
unseren Camping-Rundreise-Bericht

Das Wichtigste beim Camping ist ein erstklassiges Zelt
man braucht an Tisch, an Sonnenschirm und ein Bett, das sehr
gut hält
dann braucht man Luftmatratzen, Schlafsäck, einen Sessel für
den Gast
und als Österreicher einen rot-weiß-roten Fahnenmast

Drei, vier Reindeln, ein paar Heferl, eine Dose für das Salz
einen Seier für die Nudeln, einen Tiegel für das Schmalz
ein paar Gabeln, Löffel, Messer, eine Kanne für den Tee
zwei drei Teller und an Stampfer für das Erdäpfelpüree

Jetzt könnens wohnen, könnens kochen, aber eins könnens
noch nicht:
Ihre Füße waschen, sGschirr, die Händ und sGsicht

Dazu brauchens ein Lavour, am besten nehmen Sie gleich zwei
weil sonst gibt es in der Früh um des Lavour a Streiterei
einen Wassersack, den brauchens unbedingt, dann wärs auch
gscheit
ein Kanister als Reserve, falls kein Wasser weit und breit

Ein Geschirrtuch und ein Badetuch, drei Handtücher, an Schwamm
einen Waschel für das Gschirr, zwei drei Stück Seife, einen Kamm
etwas Soda, Reibsand, Hautcreme ghört dazu, wenn man campiert
nicht vergessen einen Kübel, wo das Wasser ausgschütt wird

Und wenns das alles haben, sind Sie fertig und fix,
doch für a Reparatur habns noch nix

Dazu brauchens eine Nadel, einen Zwirn, a Scher, an Draht
etwas Lötzinn, falls ein Reindel irgendwo ein Loch kriegt hat
eine Lötlampe, die brauchens, weil sonst wird das Zinn net weich
und an Spiritus, sonst spielt Ihnen die Lampe einen Streich

An Synteticon zum Picken und zum Binden einen Bast
ein paar Nägel, eine Zange, 70 Meter Hansaplast
auch ein Fleckputzmittel brauchens, merken Sie sich diesen Rat
denn sonst sehn die Leut, was man im Urlaub gessen hat

Und wie wir beide dann dermaßen ausgerüstet warn,
san mer mitn Auto nach Italien gefahrn

Bis nach Wiener Neustadt runter war das Fahrn a Passion
nur des Gschirr, des hat an Lärm gmacht, und der Reibsand war am Bodn
doch dann kommt der blöde Schranken, und der geht auf einmal zua
und wir müssen plötzlich bremsen, und des Gschirr kommt zu uns vur

Auf die Gabeln samma gsessen, und wir konnten uns net drahn
sonst wärn die Nudeln obigflogn, die uns am Schoß gelegen san
dass der Schranken wieder obn war, haben wir zerst gar net erblickt

weil des Hansaplast des hat die ganze Windschutzscheibn verpickt

Und dann warn wir am Semmering, die Luft war aber mies,
weil uns der Spiritus ausgronnen is

In der Kurven hat der Sonnenschirm sich aufgspannt überm Bett
die ganzen Nudeln warn am Bodn glegn, nur die Gabeln leider net
unser Fahnenstangen hat auf einmal sGleichgewicht verlorn
drauf is a Radelfahrer von der Stangen aufgegabelt wordn

Doch des hat ihm net viel ausgmacht, hobn wir später dann erfahrn
denn er wär ja sowieso genau die gleiche Streckn gfahrn
und damit er uns net abifallt, drum hammern dann mit Draht
an die Stangen bunden, segns, es is schon gut, wenn mar an hat

Wir sollten schon in Italien sein nach unserer Uhr,
dabei warn wir net amol no in Bruck an der Mur

Und die nächsten Kilometer haben sich fürchterlich gezogn
weil der Reibsand is uns plötzlich ins Getriebe einigflogn
und auch durch den Lärm vom Gschirr san wir net aufmerksam drauf wordn
dass wir schon seit längerer Zeit an hintern Reifen hobn verlorn

Ganz schön langsam hat sich alles aufglöst, doch zu unserm Glück
hat der Synteticon wieder alles ganz von selber zsammenpickt
und mit letzter Kraft sind wir einigfahrn nach Bruck dort an der Mur
hobn des Glumpat an Altwarentandler um an Kilopreis verkauft
weil vom Camping hobn wir zwei für alle Ewigkeit jetzt gnua

Bella Venezia

Oh, bella bella Venezia, oh bella bella Venezia
wer dich nicht kennt, muß dich sehn
oh bella bella Venezia, o bella bella Venezia
und um den ist's dann geschehn

Mir warn in Venedig mir zwar
na sowas, hörns, war noch nicht da
mir warn wie gelähmt, dort war alls überschwemmt
alle Straßn mit samtn Trottoir

Die Tramway fahrt dort auf dem Meer
danebn schwimmt der Mist hin und her
am Palazzo Andorra do hängt a Signora
ihr Wäsch am Balkon kreuz und quer
die Luft hot ein Gmisch, dort riecht alles noch Fisch
und manchmal da riechts nach viel mehr

Gelati, so heißt dort das Eis
Risotto, des is was mit Reis
Spaghetti san Nudeln, Avanti heißt Hudeln
und Caldo is net kalt, sondern heiß

An Hund wie bei uns siehst dort kan
weil in Venedig do gibts kane Bam
ja in früherer Zeit habns auch Hund ghabt die Leit
solche Dogen hat ghabt jedermann
und an diese Zeit erinnert uns heut
der Dogenpalast noch daran

Am Markusplatz warn mir dann a
dort wär ma derdruckt wordn beinah
und durch die vielen Taubn, die de drunten haben
hamma bald ausgschaut wie a Denkmal mir zwa

Dann hot ana gfuchtelt mit d' Händ
der hot uns verdrahn wolln a Hemd
nach längerem Handeln habn mirs dann erstanden
um ungefähr fünfzig Prozent
wie ma schaun wars ein Taschentuch mit einem Kragn
und Manschetten dran, daß mas nit kennt

Dann war ma am Lido am Strand
der Wirbel dort war allerhand
bei uns im Stadion-Bad, wanns 35 Grad hot
san a net mehr Wiener beinand

Das Meer hot gschmeckt wie a Sardelln
alle Augnblick do tuat am was fehln
die Krebsen und Krabben, die tun nach dir schnappen
und hängen an dir wie Trophän
an Lärm is da do da, wie bei uns drunt im Prater
a Kirtag is a Labsal dagegn

In der Nacht vielleicht schlafn kannst net
net amol wann dr a Trommelfell fehlt
am Grande Kanalo do machens an Krawallo
daß jedn Augenblick glaubst du wirst blöd

Und auf der Piazza am Meer
gehen die Lolobrigidas umher
und jeder Landsmanno fragt glei costa quanto
bagare, des fallt ihm scho schwer
Adio, cara mio, mir warn 's letzte Mal do
Venezia, uns siehst nimmermehr

Im Tröpferlbad

Am vergangnen Freitag warn mir zwa im Tröpferlbad
daß Sie net dabei warn, des is schad, schad, ...
Drunten beim Kassier da hat a Frau g'macht an Bahö:
Was, Sie sagn i bin a alte Fee, Fee, ...

Was san dann Sie dann, Sie zrupfter Bisam,
wärn Sie ka Amtsperson höratns an andern Ton
doch weil ich fein bin und net gemein bin
stell i mi nimmermehr mit Ihna her.

Sie glaubn, weil Sie do in dem Vogelhäusel sitzn
könnens a schwache Frau tyrannisiern
jetzt holts mi zruck, sunst kum i no in d' Hitzn
und muaß dem Kartenbändiger, ... no ane schmiern.

Endlich samma drinnen in da Umkleidekabin
de Nackatn de rennen her und hin und her und hin ...
Aner von de Nackatn, der is unhamlich g'füllt
sei Freund schaut aus so wie a Röntgenbild, ...

's is ein Gedränge in dera Menge
und kaner waß mer g'wiß, welcher Fuaß sei eigner is
's is wia a Narrnhaus, mir ziagn uns d'Schua aus
doch unser Nebenmann ziagts uns wieder an.

So jetzt probier mas halt amol mit unsrer Hosn
kaum hammas drunt hülft uns der Nachbar wieder rein
mir kriagn an Zorn, a so an mordstrum großen
und gengan samtm Gwand, ... ins Bad hinein.

Der G'füllte, der kummt einer und steigt mitten auf a Saf'
der längs noch hauts eam hin und er is baf ...
Wiara wieder aufsteht, will er zur Brause hin
er paßt net eine in die Duschkabin ...

In der nächsten Klause unter der Brause
do rennt des Röntgenbild grad hin und her wie wüld
's is ein Verhängnis, daß er so dünn is
wann der zum Abfluß rutscht, dann is er futsch.

Jetzt machts an Pumpara, mir zwa san furchtbar z'sammzuckt
weil den G'füllten hauts grad wieder amol hin
die ganzen Brausen san verbogn, die Wänd hots eindruckt
des ganze Tröpferlbad, ... des is jetzt hin.

Ernst Waldbrunn

Mechtilde oder Die Bestie aus der Steiermark

Hallo! Küss die Hand, Fräulein! Hier ist Julius Schöberl. Ich hätte gerne eine Auskunft. Wie ist denn die Nummer ... nein bitte, Fräulein, ich habe keine Störung, ich hätte gerne eine Auskunft. Wie ist denn die Nummer ... Sagen S' nicht immer Störung, ich hab keine Störung. Ob ich eine Störung w i l l ? Sind Sie nicht töricht, Fräulein! Ob ich w a s will? Ach so, w a s ich will? Ich möchte gerne eine Auskunft. Wie ist denn die Nummer ... Sie machen mich s c h o n nervös mit Ihrer ewigen Störung! Ich hab' keine Störung! Ah, S i e haben eine Störung!? Bitte? Ich verstehe Sie schon, Fräulein. Das hab ich mir gleich gedacht, daß Sie eine Störung haben. Oh Pardon, Sie s i n d eine Störung. Ich versteh' Sie schon: Sie sind d i e Störung, die man anruft, wenn man eine hat. Ich wollte eine Auskunft ... Ich weiß schon, Sie geben keine Auskunft. Ich wollt ja eigentlich die Auskunft anrufen, aber ich hab halt falsch gewählt. Wo erfahr' ich denn die Nummer von der Auskunft? – – Bei der Ausfkunft! Vielen herzlichen Dank für die Auskunft und grüßen Sie bitte zu Haus!

(Leise resigniert legt er den Hörer auf und beginnt, während er vor sich hin murmelt)

Ich versuch es halt noch einmal, vielleicht hab ich jetzt mehr Glück ...

(... neuerlich zu wählen)

Hallo, küss die Hand, Fräulein! Küss die Hand! Sind Sie's,

die Auskunft? Sie sind's, die Auskunft???!!! Das ist ein Zufall! Hier spricht Julius Schöberl. Wie ist denn die Telegramm-Annahme von der Nummer? Wie ist denn die Telegramm-Annahme von der Nummer? Fräulein, ich drücke mich doch deutlich aus: wie ist denn die Telegramm-Annahme von der Nummer? – – Ah so: umgekehrt! Ich weiß schon: vice versa. Das ist Lateinisch, Fräulein! Ich hab als Knäblein Lateinisch gelernt. Bleiben S' da, Fräulein! Mein Vater, der alte Schöberl, hat woll'n, ich soll Lateinisch lernen. Ich wollte nie. Aber er hat soviel auf die alten Römer gehalten. Ich nie. Und ich hab recht behalten. Was ist aus den alten Römern geworden? Die Italiener. – – Bleiben S' da, Fräulein! Nummer 10? Wissen Sie das sicher, Fräulein? Das wissen Sie sicher. Vielen Dank, Fräulein, und wenn ich wieder einmal was brauch', werde ich mich vertrauensvoll an Sie wenden. Küss die Hand, Fräulein, auf baldiges Wiederhören!

(Der Erfolg dieses Telephonates spiegelt sich deutlich in seinem Gesicht. Und mit diesem erfolgreichen Gesicht wählt er auch schon die Nummer 10)

Hallo, küss die Hand, Fräulein! Sind Sie die Telegramm-Annahme? Das nenn' ich eine präzise Auskunft von der Auskunft! Sie sind die Telegramm-Annahme? Das Fräulein von der Auskunft hat Sie mir nämlich empfohlen. Ich möchte gerne ein Telegramm aufgeben.

Woher wissen Sie, daß ich eine Nummer bin? Ah so, daß ich eine Nummer habe! Ob ich eine Nummer habe? Natürlich habe ich eine Nummer. 52 – 39 – 33. Name? Entschuldigen Sie, daß ich vergessen hab', mich vorzustellen! Mein Name ist Julius Schöberl. Meine Adresse? – – – Amerlingstraße 187, zweiter Stock, gleich, wenn Sie die Stiegen heraufkommen, rechts. Amerling! Amerling! A wie ... A wie Abel – – Abel – – Fräulein, Abel, der den Kainz ... ich könnte auch Adolf buchstabieren, aber da bin ich vorsichtig – – wir könnten abgehört werden. Ich war nämlich auch einmal dabei. Sie brauchen mir jetzt nicht zu gratulieren, ich war nur Anwärter. Anwärter! Anwärter – – A wie Adolf. Jetzt stimmt's. – – Das Telegramm geht an meine Braut. – – Nein, den Namen möchte' ich nicht sagen, wir sind

nämlich heimlich verlobt. – – Also, wenn Sie ihn unbedingt wissen müssen – damit Sie sehen, daß ich kein Trotzkopf bin – aber bitte nicht weitersagen! Mechtilde – Mechtilde – ich weiß auch nicht, warum – ich sag' immer Mechterl zu ihr – der Zuname ist Schleisser – Schleisser – Schleisser! Wie man's spricht – Nur mit L! Schleisser. Adresse ist Graz, zweiter Stock. Die Gasse weiß ich leider nicht – ich war bisher immer nur am Abend dort. Aber es gibt ja nicht so viele Schleissers in Graz! Das wäre alles, Fräulein! Ich danke Ihnen für Ihre Bemühungen! Auf Wiederhören! – – Ah so, der Text? Der Text ist: ankomme Donnerstag neun Uhr dreißig Graz – stop – Grußundkuß Julius. – Jetzt hätten wir 's, Fräulein. Halt! Der Tarif bitte! Was werde ich Ihnen schuldig sein? – Bitte? Bitte? So viel wollte ich eigentlich nicht anlegen. Ihre Kollegin hat es mir unlängst billiger gemacht. Da hab ich meinem Bruder zum Geburtstag … ah so, Glückwunsch-Telegramme sind billiger? Dann telegraphieren Sie bitte: beglückwünsche dich zu meiner Ankunft Donnerstag neun Uhr dreißig Graz. So, das wäre erledigt! Was sagen Sie? – Bitte? – – Hallo! Hallo! Hallo, Fernamt? Hallo Fernamt? Hallo Fernamt! Fräulein, bitte gehen Sie aus der Leitung! Mich ruft das Fernamt! Hallo Graz! Hallo Graz! Fräulein, ich flehe Sie an, gehen Sie aus der Leitung. Mich will Graz! Hallo Mechterl! Mechterl! Mechterl! Mechterl! Hier spricht Julius! Grad hab ich dich antelegraphiert, daß ich am Donnerstag komm'! Mechterl, bist nervös? Mechterl, bist nervös? Seis nicht! Seis nicht! Seis – – seis – ich seis auch nicht. Mechterl, was machst du grad? Mechterl, kochst? Mechterl, kochst? Obst kochst, Mechterl? Nicht, obst Obst kochst!!! Kochst nichts, Mechterl? Hast recht! Hast mehr Zeit zum Nervössein. Mechterl, am Donnerstag komm' ich. Ich wollt' dir auch was Schönes mitbringen, aber ich kenn deinen Geschmack nicht so genau. Kaufst dir selber was – vielleicht zahle ich 's dir dann, Mechterl, du hast doch immer so gejammert, daß du kein schönes Manterl hast. Kauf' dir eines, Mechterl! Mechterl, nimm kariert, das ist modern! Mechterl, spar nicht! Nimm die größten Karos, die du auftreibst! Ein Paar Patria-Strümpfe bring' ich dir auf jeden Fall mit, mit denen hast du ja doch die größte

Freud'! Mechterl, am Donnerstag komme ich! Mechterl, freust dich? Freust dich? Am Donnerstag, da werden wir sich's machen! Vormittag noch nix, am Nachmittag das Kino und am Abend werden wir sich's machen! Gemütlich! – – Mechterl – – Mechterl – – Mechterl –

(Eine wehe Enttäuschung fliegt in seine Augen. Und mit einer Stimme, in der Angst und Hoffnung miteinander kämpfen)

Mechterl, seit wann kennst du denn d e n ? – – – – – Ich versteh dich schon. Ein jüngerer Mensch – wohlsituiert – hat das Leben vor sich. Ich versteh dich schon. Mechterl: wenn ich dir versprechen tät', daß ich sparen werde, daß ich nix mehr rauch' und nix mehr trink' und nicht mehr zum Fußball geh – nur am Sonntag – Mechterl, dann könnt' ich mir ja was ersparen in fünf – – – – zig Jahren! – – – – Mechterl, nimm mich! N i m m m i c h , – Mechterl! – – – Was hast du schon von einem jungen? Einen jungen mußt du das ganze Leben durchfüttern – ich werd' ja früher hin! Mechterl – Mechterl –

(Das Mechterl aber scheint abgehängt zu haben. Er tut es auch. Sehr müde. Und sehr traurig. Fast mechanisch wählt er wieder die Nummer 10)

Hallo! Ist dort die Telegramm-Annahme? Hier spricht noch einmal 52 – 39 – 33. Fräulein, das G l ü c k w u n s c h - T e l e g r a m m nach Graz können wir streichen.

(Er will sich um keinen Preis der Welt etwas anmerken lassen)

Ich hab mir's überlegt. Warum soll ich mich eigentlich binden?! Ich bin schließlich auch situiert, nicht sehr wohl, aber ich bin situiert – ich kann an jedem Finger, wenn ich will, kann ich zehn, wenn ich will – Fräulein, wann haben Sie Ihre schwache Stunde?! – – Verzeihen Sie, Fräulein, ich wollte sagen, wann Sie weniger zu tun haben, damit ich Sie einmal anklingeln kann – ich weiß ja jetzt Ihre Nummer. Wir könnten dann vielleicht einmal miteinander in ein Kino – – ah so, Sie sind auf mich nicht neugierig? Macht nix, Fräulein! Ich hab mir nur gedacht: der Mensch braucht manchmal jemanden, wenn er allein ist, mit dem er sich ein bisserl aussprechen kann. – – Macht nichts, Fräulein! Ich dank Ihnen jedenfalls, daß Sie mir heute so nett zugehört haben.

Mein Freund Turl oder Über den Unfug der Reklame

Der Turl und ich – wir sind zwei gute Freunde. Er holt mich manchmal aus dem Theater ab und dann fragt er mich, ob ich Lust habe, mit ihm noch einen heben zu gehen, und ich hab' immer Lust, und dann tun wir's. Und dann plaudern wir gemütlich miteinander und wir streiten nie, weil der Turl nicht auch beim Theater ist. Und wenn ich dann sag', jetzt müssen wir aber gehen, dann sagt er, bleiben wir noch ein bisserl, und wenn er dann sagt, jetzt müssen wir aber gehen, dann sag' ich, bleiben wir noch ein bisserl, und so wird es immer ziemlich spät. Sehr spät ist es aber vor ein paar Tagen geworden. Und das kam so: ich hab' dem Turl erzählt, daß ich ein kleines Buch schreibe, und wie er mich gefragt hat, was alles drin vorkommt, hab' ich ihm bisserl was erzählt, was drin vorkommt, und da ist der Turl sehr nachdenklich geworden. Und wie ich dann gesagt hab', jetzt möcht' ich langsam gehen, hat er gesagt, ich soll noch bleiben, weil: er möcht' mich was fragen. Und wie ich ihn gefragt hab', was er mich fragen will, hat er gesagt, das hat ja noch Zeit, und ich hab' mich gewundert, weil der Turl doch sonst nicht so ist, daß er nicht gleich sagt, was er sagen will. Aber ich hab' mir gedacht, er wird schon wissen, warum er nicht gleich sagt, was er sagen will, und ich hab' ihn nicht weiter gefragt. Und richtig – wir haben schon über ganz andere Sachen geredet als über mein Buch – hat er mich endlich gefragt, ob auch Freunde von mir in dem Buch vorkommen. Und wie ich gesagt hab', eigentlich nicht, ist er noch nachdenklicher geworden. Und noch ein bisserl später – wir haben schon wieder über ganz andere Sachen geredet als über mein Buch – hat er mich gefragt, ob wir gute Freunde sind, und ich hab' gelacht und gesagt, das glaub' ich, daß wir gute Freunde sind, und er hat auch gelacht und hat gesagt, er glaubt es auch. Und wie dann Sperrstunde war, hat er gesagt, wir wollen doch noch wo hingehen. Und wie ich gesagt hab', es ist aber schon sehr spät, hat er gesagt, so jung kommen wir nicht mehr zusammen, und das hab' ich eingesehen, und wir sind noch wo hingegangen. Und wie wir dort gesessen sind, hat er plötzlich gesagt, es täte ihn s o freuen, wenn er drinstehen täte. Und wie ich ihn gefragt hab', in was, hat er gesagt, in dem Buch.

Und da ist mir sehr weh ums Herz geworden, weil ich den Turl sehr gern hab' und weil ich ihm diese Freude nicht hab' machen können. Und ich hab' ihm gesagt, daß ich ihm diese Freude nicht machen kann, und er war sehr traurig. Aber wie ich ihm dann erklärt hab', w a r u m ich ihm diese Freude nicht machen kann, hat er es eingesehen und war dann nicht mehr so traurig. Und dann haben wir noch einen gehoben, und dann hat er mich nach Haus gebracht, und wie er mir »Gute Nacht« gesagt hat, hab' ich das Gefühl gehabt, er ist d o c h noch traurig.

Und wie ich dann im Bett gelegen bin und so über alles gegrübelt hab', hat er mir sehr leid getan, aber ich hab' zu mir gesagt: Burschi – ich sag' immer Burschi zu mir – Burschi, bleib' stark! Es geht einfach nicht!

Es geht nämlich w i r k l i c h nicht. Denn die Leute täten sagen: das ist eine Reklame, und die hab' ich in das Buch hineingeschmuggelt, weil der Turl mein Freund ist, und einige täten vielleicht auch noch sagen, er hat mir was dafür gezahlt, und sie täten mich bereden.

Und weil ich selber die Kollegen von mir verachte, die bei jeder Gelegenheit Reklame machen und sich nicht schämen, auch noch Geld dafür zu nehmen, und weil ich mir geschworen habe, in m e i n Buch kommt k e i n e Reklame hinein, denn schließlich hat ja – um nur e i n Beispiel anzuführen – der Goethe so etwas auch nicht gemacht, obwohl er ja leicht für Würstel Reklame hätte machen können, weil er ja von dort her ist, bin ich stark geblieben und hab' dem Turl am nächsten Tag einen Brief geschrieben und hab' ihm geschrieben, es tut mir leid, aber ich kann ihn nicht in mein Buch hineinnehmen, weil sonst die Leute glauben könnten, das wäre eine Reklame, und ich hab' ihm geschrieben, ich schreibe ihm das noch einmal, und er soll sich nicht kränken. Und der Turl hat mir auch einen Brief geschrieben und er hat geschrieben, er h a t sich gekränkt, aber j e t z t kränkt er sich nicht mehr, und er hat mir geschrieben, er versteht es, daß ich ihn nicht in mein Buch hineinnehmen kann, und er hofft, daß wir weiter gute Freunde bleiben, und er hat mir ein Paket mit seinen Würsten geschickt, und wir sind gute Freunde geblieben.

Und es hat mir vom Turl so gefallen, daß er es verstanden hat, daß, wenn ein Schriftsteller einmal einen Schwur geschworen hat, er ihn nicht brechen kann, und daß ich beim besten Willen, obwohl ich davon überzeugt bin, daß es wahr ist, nicht in mein Buch hineinnehmen kann, daß die Magrutsch-Würste die besten sind.

Die Wiener Gruppe

abschied
(friedrich achleitner, konrad bayer, gerhard rühm)

wir wollten euch ein bisschen freude spenden
ein kleines licht im grauen alltag senden
wir fassen euch mit freundeshänden
mögt ihr auch weiter eure gunst verschwenden
traun zeus wenn wir so froh uns wiederfänden
in diesen oder andern wänden
wir würden wieder ganze kraft verpfänden
uns eure herzen bisserl zuzuwenden
wir wollten gar nicht eure freizeit schänden
drum lasst uns dieses kleine spiel beenden
und wenn beim ausgang wir ein hütchen fänden
wollen froh wir unser scherflein spenden

traurig steigt der lift empor
(gerhard rühm)

traurig steigt der lift empor
traurig sinkt er nieder
nachthin tönt der knaben chor
schändet man sie wieder
traurig steigt der lift empor
traurig sinkt er nieder

traurig steigt der lift empor
traurig sinkt er nieder

liebling du hast mich heute ausgelacht
(gerhard rühm)

liebling du hast mich heute ausgelacht
liebling drum hab ich dich jetzt umgebracht
du weisst ja dass ich es nicht leiden kann
und trotzdem fingst du zu lachen an

liebling warum hast du mich ausgelacht
liebling drum hab ich dich halt umgebracht
du weisst ja es ist für mich so schwer
schau doch bitte nicht so traurig her

  woran denkst du
  liebe kleine leiche sprich
  denkst du an mich
  oder denkst du an dich

  warum schenkst du
  mir kein letztes lächeln nicht
  und blickst so wunderlich
  auf mich auf mich

  woran denkst du
  liebe kleine leiche sprich
  denkst du an mich
  oder denkst du an dich

liebling du hast mich heute ausgelacht
liebling drum hab ich dich jetzt umgebracht
du weisst ja dass ich es nicht leiden kann
und trotzdem fingst du zu lachen an

ich juble dein soldatenlied
(gerhard rühm)

ich juble dein soldatenlied
und schreite froh mit reih und glied

ich kämpfe mich durchs bundesland
im bundesheer seinem gewand

ich stehe meinen ganzen mann
weil das der feind nicht leiden kann

juchhe ich trag ein schiessgewehr
juchhe daher

marie dein liebster wartet schon
(konrad bayer)

marie dein liebster wartet schon
mit einer stange von beton
in seiner guten sanften hand
im haar trägt er ein seidenband

er schlägt den prügel dir ums ohr
da spritzt das blut gar hell empor
dein neuer hut er ging entzwei
ihm war das alles einerlei

warum geht er so eilends fort
warum spricht er kein einzig wort
was hat den knaben so bewegt
dass er dich einfach niederschlägt

er war so still er war so zart
sein kinn war weich und unbehaart
wer hätte das von ihm gedacht
marie er hat dich umgebracht

hat grausam dir und ohne grund
zerschlagen deinen rosenmund
nun liegst du hier und kannst nicht fort
die strasse ist ein schlimmer ort

zu sterben denn es schickt sich nicht
dass man im freien augen bricht
warum ist diese welt so schlecht
warum war er so ungerecht

glaubst i bin bleed

(konrad bayer)

glaubst i bin bleed, das i waas, wi schbeeds is?
glaubst i bin bleed, das i hea, wos du sogst?
glaubst i bin bleed, das i siich, wi du ausschaust?
glaubst i bin bleed, das i waas, wiri haas?

glaubst i bin bleed, das i gschbia, wos i augreif?
glaubst i bin bleed, das i schmeck, wos i friiss?
glaubst i bin bleed, das i riach, wias do schdingt?
glaubst i bin bleed, das i waas, wos i wüü?

Gerhard Bronner

Krügel vorm G'sicht

MUSIKER Kinder wir hab'n eine herrliche Zeit
Wurscht, wo man hinschaut, der Mensch hat a Freud'.
Wien is' a Weltstadt, das G'schäft geht wie g'schmiert
Und jeder Sechste ist motorisiert.
Mit dem Auto fahrst, wo ein grean's Kranzerl dir winkt
Ein vernünftiges, zünftiges Weanerliad klingt,
Dort wohnt sogar noch heut'
Echte Gemütlichkeit
Wie in der Backhendlzeit.
Aber das Backhendl schmeckt nicht allein
Daß's besser runterrutscht, braucht ma' an Wein
Und nach dem sechsten Glas
Draht si' die Welt im Kraas
Und wer uns zuaschaut, sagt: »Die zwaa san klass!«

A Krügerl …
GAST … a Glaserl …
MUSIKER … a Stamperl …
GAST … a Tröpferl …
BEIDE Da werd'n uns're Äugerln gleicht feucht.
MUSIKER Da warmt si' des Herzerl,
GAST Da draht si mei' Köpferl,
BEIDE Die Fußerln werd'n luftig und leicht.
GAST Dann muaß i der Musi' an Hunderter reib'n,
I bin in mein' Himmel – und dann geh' i speib'n …

MUSIKER Ein Spitzerl …
GAST … ein Schwipserl …
MUSIKER … a Schwamm …
BEIDE Is' unser tägliches Arbeitsprogramm.

MUSIKER Kurz nach dem Krieg, da war's Leben so mies …
GAST Da hab i g'soffen, damit i vergiß.
MUSIKER Jetzt geht's uns guat scho' seit längerer Zeit …
GAST Da macht des Saufen erst richtig a Freud'!
MUSIKER Es is' scho' längst der Rekord übertroffen bei uns
Zwölf Milliarden werd'n jährlich versoffen bei uns.
BEIDE Aber wir schau'n uns dann
Uns're Regierung an
Die geht mit'n Beispiel voran.
MUSIKER Wollten's net selbst so viel B'soffene hab'n
Gabert's für's Saufen net so viel Reklam'
GAST Drum hör' i niemals auf,
Und geht mei' Leber d'rauf,
Kriag i a Krankengeld, daß i's versauf …

MUSIKER Ein Krügerl …
GAST … a Glaserl …
MUSIKER … a Stamperl …
GAST … a Trankerl …
BEIDE Und dann fahr'n ma Automobil
GAST Dann scheib' i wen nieder
MUSIKER Und der macht a Bankerl,
BEIDE Passier'n kann uns eh net sehr viel.
MUSIKER Weil wenn man uns kurz in den Häfen schickt,
GAST Na wenn schon? 's is' a Kavaliersdelikt.
MUSIKER Ein Spitzerl …
GAST … a Schwipserl …
MUSIKER … a Räuscherl …
GAST … a Schwül …
BEIDE Ma' braucht zur Seligkeit zwaa, drei Promill!
Der Mensch braucht:
A Krügerl, a Glaserl, a Stamperl, a Schluckerl …

GAST Wann i dann mei' Alte verplesch,
MUSIKER Dann freu'n sich die Leut und sag'n: »Das is' ein Schnuckerl!«
BEIDE Weil b'soffen sein, is' ja so fesch.
MUSIKER Und kriag i a Kind, und des wird a Kretin,
BEIDE Viel blöder als wir kann der a nimmer sein.
MUSIKER Ein Spitzerl …
GAST … a Schwipserl …
MUSIKER … a Räuscherl …
GAST … a Schweigerl,
BEIDE Sonst fühl'n wir uns nimmermehr wohl.
GAST Weil hab i erst das nötige Quantum da drin,
Dann merk' i net, was für ein Trottel i bin …
BEIDE Drum brauch' ma den Alkohol!

Carl Merz / Helmut Qualtinger

Die guten Sechzigerjahr'

> »Sehgts, Leuteln, so war's Anno sechzig in Wien ...«
> (Sentimentales Wienerlied aus dem 21. Jahrhundert)

Immer, wenn ein neues Jahrzehnt vor unserer Türe steht, geschieht es, daß der Feuilletonist in stiller Einkehr zurückblickt und der guten alten Zeit gedenkt, die gewiß besser gewesen ist als alles, was er je zu erleben hoffen darf, weil sie das eine hat, was man der Zukunft niemals wird nachsagen können, nämlich, daß sie unwiederbringlich dahin ist. In diesem Lichte werfen auch wir einen Blick über unsere Schultern in das Jahrhundert, in dessen Mitte der gute alte Kamitz unser Land regierte und aufpaßte, daß der Schilling ein Schilling blieb, auch wenn es ihm niemand glauben wollte, und wo unsere Wiener, wenn sie an den Stadtverkehr dachten, der ganzen Welt verkünden konnten: »Es gibt nur a Jonas-Stadt! Es gibt nur ein Wien!«

Ja, die Neunzehnhundertsechzigerjahre! Das waren Zeiten! Da konnte man auf den Kreuzungen noch still vor sich hinträumen, wenn man im Wagen saß und vergeblich wartete, daß es weiterging. Man hatte eben Zeit ... Wenn auch nicht alle, aber die Verkehrsfachleute hatten sie. Und abends stellte man sein Zeugl in die trauliche Laterndlgarage, und wenn man es manchmal nicht wiederfand, was machte es schon aus? War man ohne Wagen nicht endlich wieder ein freier Mann? Und ersparte sich außerdem noch die Haftpflichtversicherung? Ja, das war die

Zeit, wo ein Goldener Sonntag auf der berühmten »Narrenkreuzung« vor der Albrechtsrampe zur Gründung der Hupenkonzertgesellschaft führte, welche bis zum Ausklang des Jahrhunderts im Musikleben Wiens tonangebend werden sollte.

Und wem dankte man das alles? Der weisen Voraussicht jener Stadtväter, die von 1945 bis 1955 den Grundstein für die größte Verstopfung aller Zeiten gelegt hatten. Deshalb zögerte man auch nicht, sich um die Abhaltung einer Weltausstellung zu bewerben, denn man hatte sich im Laufe jener Zeit so viel erspart, daß man unserer Heimatstadt nicht noch mehr glaubte ersparen zu dürfen, nämlich die größte Blamage aller Zeiten.

Ja, das waren die glanzvollen Jahre, wo die Jonas-Grotte in ein Museum für ausrangierte Ringwagen umgebaut wurde und wo man sich allmählich mit dem Gedanken vertraut machte, die alten lieben Häuserln der Gemeinde Wien entweder abzureißen oder zu assanieren, was aber immer wieder daran scheiterte, daß die Bewohner von der Stadt die damals übliche Ablöse für ihre Wohnungen verlangten. Das alte Wien war schön, aber es war nicht überall gleich schön, und mancher, der heute Bilder von einem Gemeindebau sieht, will nicht glauben, daß darin einst Menschen hausten.

Um so intensiver widmete man sich der Kulturpolitik. Hoch geehrt waren die Klassiker jener Epoche, Henz, Brunngraber und Schreyvogl, die in der Literatur das waren, was die Erbauer der Gemeindebauten und Eigentumswohnungen in der Architektur darstellten, während auf dem Gebiete der Tonkunst Salmhofer zum Biedermeierbeer der Epoche avancierte und zusammen mit anderen Professoren namens Melichar und Marx bewies, daß man im XX. Jahrhundert bedeutend konservativer komponieren konnte als im XIX. Dafür gab es aber die Kraus-Buben, Kraus-Vater und Kraus-Sohn, die von der Forschung neuerdings für das Aufsteigen der sogenannten »Krausbirn« verantwortlich gemacht werden. Und wenn einige Gelehrte diese Tatsache auch nicht als künstlerischen Effekt gelten lassen wollen, so muß nachdrücklich auf die bildende Kunst verwiesen werden, die mit einer einzigen, nämlich der derzeit laufenden Ironimus-Gedächtnis-Ausstellung imstande ist, einen Querschnitt durch das gesamte karikaturistische Schaffen des ganzen verflossenen Jahrhunderts zu geben!

Und erst die besinnlichen Alt-Wiener Vergnügungen des Striptease und der traulichen Exklusivklubs, die auf der Tuchlauben zu Hause waren! »Denn mein Vater war Nationalrat und Gewerkschaftssekretär …«, sangen damals die Söhne der sozialistischen Hausherrenpartei, die erst in unserem Säkulum zu einer Arbeiterpartei werden sollte, während die Sprößlinge anderer Organisationen den Kehrreim »Der Papa wird's schon richten …« bevorzugten. Die ÖVP freilich hatte sich inzwischen in einen Sparverein unter der Führung ihres Obmannes Polcar verwandelt, der viel von dem einstigen Unternehmensgeist vermissen ließ. Doch sprangen in solchen Fällen gewisse Diözesen in die Bresche, die für die Finanzierung interessanter Blätter immer etwas übrig hatten.

Ein harter Schlag aber traf die Nation an dem sogenannten »Schwarzen Freitag«, als in Allentsteig bei der Vorführung der ersten ferngelenkten Schweizer Atombombe das gesamte Bundesheer mit dem rund um dieses versammelten Generalstab vernichtet wurde. Doch man überwand das Ungemach durch das Unterrichtsministerium, das kurz entschlossen sämtliche Staatsbürger mit Ausnahme von Hans Weigel in den Professorenstand erhob, wodurch man weiterhin zu erkennen gab, daß die Waffen der Nation auf geistigem Gebiet liegen, was bedeutend billiger kommt und im Ernstfall ebenso wirksam ist wie ein Bundesheer.

Und wenn die Professoren bei feierlichen Anlässen zu den Klängen des Liebitzky-Marsches über den Ring ziehen, dann grüßen sie noch heute stolzerhobenen Hauptes hinüber zu den Denkmälern von Carl Merz am Merzplatz vor der Akademie der bildenden Künste und vis-à-vis zu Helmut Qualtinger, der vor der Bundestheaterverwaltung in seinem Lehnstuhl sitzt und lächelt …

»Wer befreit uns wieder?«

Kabarett zwischen 1960 und 1965

Schaun S', wann i mi von der Arbeit
z'ruckziagn will, hab i mei' Renten …
wann i ma nimmer mein' Haushalt führn will,
geh i nach Lainz … i kann ruhig in die Zukunft blicken …
na und so wart ma halt ab, was no kummt,
wia's wird … wia's weitergeht …

Carl Merz / Helmut Qualtinger,
Der Herr Karl

Gerührt wird man sich später daran erinnern, dass um 1960 von den Österreichern jährlich 5,7 Milliarden Schilling für Alkohol, 2,6 Milliarden für Rauchwaren und immerhin 3,7 Milliarden für den Wohnbau ausgegeben wurden, dass nach vorangegangener Verwaltungsreform das Sparbudget 1960 einen neuen Rekordhöchststand von Bundesbeamten wie Dienstfahrzeugen aufwies, während sich die privaten Ratenkäufe auf etwa 3,5 Milliarden Schilling beliefen. 350 000 Tonnen Fleisch verzehren die Einheimischen im Jahr 1960, und jeder Einwohner trinkt dazu durchschnittlich 70 Liter Bier – 20 Liter mehr als noch vor neun Jahren –, doch ist ihm auch die Kultur täglich 33 Groschen wert. In rasch veränderlichen Zeiten hält man Altbewährtes weiterhin hoch: Im April 1963 wird der 72-jährige Altbundeskanzler Raab gegen den 73-jährigen amtierenden Bundespräsidenten Schärf ins Rennen geschickt, während andere im Land wieder eine Rückkehr des Otto von Habsburg erhoffen. Ein Arbeitsübereinkommen der beiden Koalitionspartner sieht in diesen Tagen vor, der einen Partei drei politische Aufpasser im Rundfunk, der anderen zwei im Fernsehen zukommen zu lassen, eine Proporzvereinbarung, die zum entscheidenden Auslöser für ein landesweites Rundfunkvolksbegehren im Juli 1964 werden sollte.

»Wer will unter die Soldaten?« bleibt eine rhetorische Frage. Über den Zauber der Montur gibt sich die Jugend keinerlei Illusionen hin, zumal erstmals österreichische Truppen in die Bürgerkriegskämpfe des fernen Kongo entsandt werden. Die Mörder jener Jahre sehen aus wie der freundliche Nachbar von nebenan (und umgekehrt), tragen gemütliche, Vertrauen erweckende Namen und heißen etwa Alois Wunderl, Max Gufler, Matthias Kindlinger, Karl Pomaßl oder Josef Weinwurm. So ist es kein Wunder, dass die Verbrechensberichterstattung zu den großen Zerstreuungen dieser Ära zählt und im April 1965 der Andrang zum »Opernmord-Prozess« ein überaus reger ist.

Überhaupt, wie viel Merkwürdiges ließe sich über das Land berichten, in dem der Neubau des Allgemeinen Krankenhauses ausgerechnet mit der Psychiatrie begonnen wird und jeder Fünfte einen Leberschaden vorzuweisen hat; sich die Zahl der

Hunde verdoppelt, während die der Neugeborenen im gleichen Zeitraum auf die Hälfte sinkt; wo der Rundfunkdirektor – es könnte bei Nestroy stehen – Alfons Übelhör heißt und die neue Fernsehzentrale in einer ehemaligen Schule für Blinde untergebracht ist.

Kaffee- und Gasthäuser rüsten mit Fernsehapparaten auf, die Ruhetage werden allgemein auf den sendefreien Dienstag verlegt, und häufig erheben sich beim Erklingen der Bundeshymne nach Sendeschluss die Gäste von ihren Sitzen. »Wann i was segn will, geh i an de Ecken zum Wirt. Der hat an Fernseher … Ma muaß net hinschaun, aber ma kann«, urteilt jetzt einer, der dem Medium immerhin seine Existenz zu verdanken hat.

Am Abend des 15. November 1961 erscheint eine wienerische Figur auf dem Bildschirm, der Wirklichkeit abgelauscht von Carl Merz und Helmut Qualtinger, und schlägt wie eine Bombe ins heimische Wohnzimmer ein. Mit diesem Tag wird Qualtingers Darstellung des »Herrn Karl« zum Spiegel für die Abgründe der Gemütlichkeit, der dem österreichischen Wohlstandsbürger vorgehalten wird. Und was er darin sieht, ist eine bodenständige Lebensgeschichte des ewigen Sich-Richtens, die Erzählung eines kleinen Mannes, der die launenhaften Wechselfälle der Politik, von der Ersten Republik über Ständestaat, Nationalsozialismus bis hinein in die Gegenwart, zu überleben wusste, indem er seine ungebrochene Nicht-Identität flexibel den jeweiligen Machthabern und den gegebenen Zeitumständen anzupassen vermochte.

Die Empörung über das ungewohnt kritische Fernsehspiel war bekanntlich eine gewaltige wie allgemeine. Und erinnern wird man sich möglicherweise auch daran, dass in dieser Zeit das kleine Glück im stillen Beharren häufig auch kulturelle Immobilität mit einschloss. Ein Zeichen dafür, wie Kabarettisten damals vermuteten, dass das Land allzu sehr einem wohlgeordneten Heimatmuseum zu gleichen schien.

Gerhard Bronner

Unser guter Kaiser kommt zurück

Die Szene: die »Eden-Bar«. Zwei näselnde, schönbrunnerdeutsch sprechende Herren im Smoking treffen aufeinander und beginnen zu singen:

PUNTIGAM Grüß dich, lieber Gießhübel!
GIESSHÜBEL Servus, lieber Puntigam!
Wie geht's dem Papa?
PUNTIGAM Na ja, es geht.
Er war g'rad in Bayern ...
GIESSHÜBEL In München beim Oktoberfest?
PUNTIGAM Nein, er war bei uns'rer Majestät.
GIESSHÜBEL Was gibt es denn Neues dorten?
PUNTIGAM Große Dinge brau'n sich z'samm.
GIESSHÜBEL Geh erzähl', das int'ressiert mich sehr!
PUNTIGAM Schau, wer da hereinkommt!
GIESSHÜBEL Der Hunyadi!
PUNTIGAM Der war dabei!
GIESSHÜBEL Na, dann weiß er sicherlich noch mehr.
HUNYADI Kinder schön, daß ich euch treff' da in der »Eden«
Denn ich hab' mit euch was Wichtiges zu reden:
Wir hab'n uns entschlossen
's muß etwas gescheh'n
Dieses Interregnum hat schon lang genug gedauert ...
GIESSHÜBEL Was für Interregnum? Um was tut sich's dreh'n?

HUNYADI Unser guter Kaiser kommt zurück!
PUNTIGAM Uns hat sehr verdrossen
Dieser status quo
HUNYADI Unsereiner hat doch durch Geburt verbriefte Rechte
PUNTIGAM Auf die muß man pochen …
GIESSHÜBEL Ja, bitte wieso?
HUNYADI Unser guter Kaiser kommt zurück.
PUNTIGAM So wie bisher geht's nimmermehr
Selbst die Perser halten sich an Schah
GIESSHÜBEL Ja, ja!
PUNTIGAM Und kommt der auf Staatsbesuch her
Wer ist's, der den Schah empfangen derf?
GIESSHÜBEL Der Schärf!
PUNTIGAM Das wird jetzt ganz anders.
HUNYADI 's ist auch höchste Zeit!
PUNTIGAM Auf die Dauer kann man ohne uns kein' Staat regieren!
HUNYADI Lang hab'n wir gewartet.
PUNTIGAM Jetzt ist es so weit:
ALLE DREI Unser guter Kaiser kommt zurück.
PUNTIGAM Vor lauter Freude hätt' ma Ein's beinah vergessen,
Wir kriegen sicher wieder, was wir einst besessen:
Die Jagd bei Pummerskirchen …
HUNYADI Den Forst am hohen Gail …
Den Tennisplatz, das Schlössel und das Haus.
PUNTIGAM Vom Gutsbesitz, dem schiachen
Verkauf' ich einen Teil
Da schaut vielleicht ein Jaguar heraus!
HUNYADI Ich krieg' noch den Staudamm und das Sägewerk bei Czenstochau
Das Drautal und die Brauerei bei Pest …
GIESSHÜBEL Ich verlang' net mehr als unser'n alten kleinen Grund bei Linz.
Durch Zufall steht auf diesem jetzt die VOEST.
PUNTIGAM Halt, mein lieber Gießhübel!
GIESSHÜBEL Was denn, lieber Puntigam?
PUNTIGAM Dieses Grundstück g'hört doch gar nicht dir!

GIESSHÜBEL Wieso?
PUNTIGAM Das kriegt deine Schwester, als Mitgift wenn sie heiratet,
Demzufolge g'hört es demnächst mir!
GIESSHÜBEL Sei doch nicht so habgierig!
HUNYADI Kinder, bitte streitet nicht!
Jetzt steht doch was Größ're auf dem Spiel.
Schau, zum Beispiel mir gehört der Prater und das Burgenland
Doch ich hab' ein ganz ein and'res Ziel!
GIESSHÜBEL Was könnt' das sein, das tät' mich wirklich int'ressieren?
HUNYADI Wir dürfen wieder uns're Adelstitel führen!
Wenn du einmal ausgehst und empfangen wirst,
Wird man nicht mehr denken: »Dieser Sandler kommt schon wieder!«
Alle werden sagen: »Da kommt er, der Fürst!«
ALLE DREI Wenn der gute Kaiser kommt zurück.
GIESSHÜBEL Bin ich im Casino und hab kein Jeton,
Muß ich nicht, so wie bisher, zu Fuß nach Haus marschieren.
Alle werden sagen: »Da hab'n S', Herr Baron!«
ALLE DREI Wenn der gute Kaiser kommt zurück.
PUNTIGAM Für mein' Wagen ford're ich mir
Gleich eine Regierungsnummer an!
GIESSHÜBEL Und dann?
PUNTIGAM Dann steh'n die Polizisten Spalier,
Und dann kann ich parken überall ...
HUNYADI Genial!
ALLE DREI Wir werd'n nicht mehr leben von der Hand im Mund
Jeder von uns kriegt natürlich gleich Gesandtenposten.
Dann sind wir im Ausland und das ist ein Grund,
Daß der gute Kaiser kommt zurück.
PUNTIGAM D'rauf woll'n wir was trinken!
ALLE DREI Daß der gute Kaiser kommt zurück.
GIESSHÜBEL Geh, borg' mir zehn Schilling ...
ALLE DREI Bis der gute Kaiser kommt zurück!

Carl Merz / Helmut Qualtinger

Der Herr Karl

Keller einer Delikatessenhandlung, Stellagen, Kisten; auf den Regalen Konserven, Flaschen, Behälter aller Art. Karl ist damit beschäftigt, Waren zu ordnen. Er ist im Begriff, eine größere Kiste aufzuheben, hält aber, bevor er Kraft aufwendet, inne und läßt sie stehen

KARL *(spricht zum Publikum, wie zu einer anwesenden Person)* Mir brauchen Se gar nix d'erzählen, weil i kenn das ... De Art von Geschäften kenn i scho, do ... Se san a junger Mensch ... da war i scho ... weil ich war auch ein junger Mensch ... aber damals, das war eine andere Zeit ... da war ein junger Mensch noch ein junger Mensch ... wenn er do de Kistn ... *(Laut)* Ja! I waaß eh, Wermut rechts ... de Dings ... de, was? Wia haaßt des Mineralwasser? Ja, i waaß, des is doch eh alles dasselbe ... Wasser ist Wasser ... *(Nach oben)* Bitte, ja? Jawohl Frau Chefin! Ja, ich verstehe!

(Wieder zum Publikum) De Alte keppelt scho wieder ... Chefin ... Des war vor vierzig Jahren aa ka Chefin g'wesn. A Chef is heit aa nimmer desselbe, ... na ja, wenn ma damals so gangen is mit de Kartons ... oder de Flaschen oder was da war, ... zustellen, da hat's nur zwa Möglichkeiten geben: entweder war der Hausherr z'haus ... anständiges Trinkgeld ... oder er war *net* z'haus ... *(Lacht)* Na, was glauben S'? Die Hausfrau alleinig. Man war ein junger Mensch damals ... fesch ... das Äußere,

net? Nach aner Viertelstund' hat ma a Trinkgeld kriegt … A Trinkgeld hat ma auf jeden Fall kriegt … I war damals in an G'schäft … des war a Begriff: Feinkost-Wawra … Für Ihna natürlich net … De ham sich dann in der Krise … hat er sich derschossen … der alte Herr Feinkost-Wawra … A Erbe hat dann des G'schäft … er hat's weiterg'führt als Reform-Wawra … aber des war scho nix mehr … Aber: Feinkost-Wawra – hat ma g'wußt: Wann-i beim Feinkost-Wawra was bestell', dann kommt der Herr Karl. I bin immer der »Herr Karl« g'wesen. Se – san a junger Bursch. Ich war in Ihrem Alter schon der »Herr Karl«.

Damals hat man auf Formen was gehalten. De Kunden. Des warn Herren! Herren und Formen!

Des müssen S' Ihna vor Augen halten. Auch wann Se mi da anlernen sollen.

Es war a schreckliche Zeit. Inflation. Millionen san g'schwommen … i maan, g'habt hat ma nix … aber Formen.

(Nimmt eine Zigarette heraus, zündet sie sich an. Blickt Richtung Publikum)

Rauchen verboten? … Des hab i gern. Wie soll denn da a Unterhaltung zustande kommen? Was? Ah, sie riecht des oben? Ah so …

(Er tötet die Zigarette ab)

Wann geht's denn Mittagessen? Wollen Sie vielleicht? *(Bietet an)* Aha. Se rauchen aa net? Is eh besser … I sag Ihna, furchtbar … was i mit dem Rauchen allein an Geld … Was ma sich da … wann i des in de Bausparkassa geben hätt – i hätt ja immer a Häusel wollen, net? Aber des Rauchen … Sonst hab i ja kane Leidenschaften. Auch als Junger … i maan scho a bissel mit de Hausfraun … Se wissen … aber sonst: Nix. I hab mir damals g'schworen in dieser Zeit, daß ich aus meinem Leben etwas machen werde, und ich hab es getan. Ich war immer bescheiden, ich hab ein bescheidenes Leben geführt, aber ich habe es genossen.

Das war eine furchtbare Zeit damals. So unruhig. De Menschen waren zornig. Verhetzt. Fanatiker. Man hat nie gewußt, welche Partei die stärkere ist. Man hat sich nie entscheiden können, wo man sich hinwendet, wo man eintritt …

Und dann ist das historische Jahr sechsundzwanzig gekommen mit dem Brand vom Justizpalast.

Sechsundzwanzig war es ... des waaß i ganz genau. Da is a Onkel von mir g'storben ... er hat mir eh nix hinterlassen ... und da war des mit dem Palast ... siebenundzwanzig war's. Und da san's also marschiert ... i waaß ja net genau, *was* los war ... es war jedenfalls a Feuer ... a Mordsfeuer war ... a schöner Brand ...

I hab ja an sich Feuer gern. Mir san alle hing'rennt und ham g'schaut ... i siech gern Feuer ... Wann i a Feuer siech und hör »tatü«, renn i hin. I hab des gern, wann so de Leit umanandstehn ... und in die Flammen starren ... ein Naturschauspiel ...

Auch Unfälle. Wann wo an Unfall is ... und de Leit ... da hör i scho: »Heerst, da pickt ana, da liegt ana ...«, da renn i hin ... glei bin i dort. Weil: I bin hart. Weil: I war beim Luftschutz. I hab viel g'sehn ... *(Nach oben)* Ja, Frau Chefin, ja! Selbstverständlich!

(Zum Publikum) De Alte soll sie net aufregen ... soll froh sein, daß s' mi hat ... so leicht kriagt ma heit niemand ... des is ja auch ein Mangelberuf ... Wer steht schon auf ihr Geld?

In de Dreißgerjahr' – bitte – da ham ma kans g'habt ... traurig war's ... Österreich hat sich erst langsam aus die Wunden, die ihm der Erste Weltkrieg geschlagen hat ... hat sich erst langsam von die Wunden erholt. Aber sonst ham mir a Hetz g'habt ... mit de Katzen ... mit de Madln ... de warn vielleicht net so anzogen wia jetzt ... aber sonst ... hat sich was abg'spielt ... im Freien ... a Hotel hat ma si damals net leisten können ... andere vielleicht scho ... aber i net ... bei mir war immer das Herz dabei ... immer a bisserl das Herz dabei ... mein ganzes Leben ...!

Und i kann Ihnen sagen: I bin bitter enttäuscht worden! I bin durch alle Höhen und Tiefen ... gegangen ... durch alle Höllen und Himmeln im Liebesleben ... aber eines Tages steht ma do und fragt si: Was is dir geblieben ... innerlich?

Wissen S', i war nie a Materialist ... bei de Madln. I maan scho: I hob an Schmäh g'führt ... Mandoline g'spielt ... Harmonika ... g'sungen ... de Schlager aus de Tonfilme, »Weiße

Chrysanthemen schenk ich dir zur Hochzeitsnacht«, »Du schwarzer Zigeuner, ach, spiel mir was vor, denn wenn deine Geige weint, das geht mir ins Ohr ...« Da waren im Inundationsgebiet, Überschwemmungsgebiet – so Standeln ... san mir g'sessen mit de Madln ... Ribiselwein abig'stessen ... dann hab i g'sagt: Gemma schwimmen, meine Damen? San ma abi zum Wasser, ham si umzogen ... i hab s' a bissel einkocht ... Gebüsch is eh überall. De Donauauen sind ja wunderschön ... Nexten Tag hab i Gelsentippeln g'habt ... frage nicht ... Sunst war's ja traurig. Wia alt san Se? Hörn S', i könnt ja Ihna Vater sein! *(Lacht)*

(Ernst) I hab ja nie Kinder wollen. I hätt ja haben können ... Aber die Verantwortung? I bin a verantwortlicher Mensch ... bei solchen Zeiten ...!

I maan ... der Schilling hat schon an Wert g'habt ... das muß ma ihm lassen ... aber er war net zum derwischen. Man hat sich ja bemüht, de ganzen Bundeskanzler ... wia s' da warn ... der Seip ... der Bur ... der Scho ... is ja wurscht ... aber bein Heirigen ... da hat's Persönlichkeiten geben!

Petzner-Masl, Woitschkerlbuam, Korschinek-Vickerl, Nezwerka-Pepi. Is Ihna des a Begriff? Ah naa – Se san ja jung ... Sie wissen ja nicht, was Heiterkeit war, echte Fröhlichkeit! So a Hetz wia damals ham ma nie mehr g'habt! In Prater ... an der Donau ... mit de Madln ... bein Wasser ...

I bin ja nie einigangen ... i hab net schwimmen können ... I hab Ihna ja eh derzählt, wia i s' mit Schmäh übernommen hab, die Trampeln. I hab nie ins Wasser gehen müssen ... I maan scho: i wasch mi. I hab z'haus a Waschbecken, aber das genügt ma eigentlich. Aber ein Meer kommt mir nicht ins Haus ... weil i hab kann Bedarf für soviel Wasser ... da krieg i a bledes G'fühl. Das ängstigt mich. So a bissel in an Waschbecken oder an Lawur is grad gnua ... net?

Oder a See. I waaß, es gibt herrliche österreichische See-e. Aber i hab des net gern. Mir traamt oft von an See ... I lieg auf aner Luftmatratzen ... Auf amal kummt aner und ziagt de Stöpsl aussi ... Oiweh ... I hab manchmal furchtbare Träume ... Man vergißt s' Gott sei Dank immer glei ... i sag Ihnen, ich habe im

Traum … den Zweiten Weltkrieg vorausgesehen! I hab traamt … 's Schießen … Rennen … den ganzen Krampf … jetzt traam i scho wieder so … na ja … *(Nach oben)* Jawohl, Frau Chefin, selbstverständlich … Ob wo was is? … Oliven? Ja, es san genug Oliven da. *(Zum Publikum)* Wo san de Oliven? Is ja wurscht. Von der Alten traam i aa no … Jaja, i wer' scho was machen. Ihnen kann's ja egal sein. Se san murgn eh weg …

De Dreißigerjahr? Da war i sehr oft arbeitslos. Hackenstad. War immer dazwischen arbeitslos. Ein Leben, junger Mensch! Dazwischen arbeitslos, dazwischen hab i was g'habt, arbeitslos … was g'habt … oft meine Posten g'wechselt. I war unbeständig … i war ein Falter.

Bis Vieradreißig war i Sozialist. Das war aa ka Beruf. Hat ma aa net davon leben können … heit wann i war … aber heit bin i darüber hinaus … i hab eine gewisse Reife, wo mir de Dinge gegenüber abgeklärt sind …

Na – im Vieradreißgerjahr … wissen S' eh, wia des war. Naa, Se wissen's net. Se san ja z' jung. Aber Se brauchen's aa net wissen … Das sind Dinge, da wolln ma net dran rührn, da erinnert man sich nicht gern daran … niemand in Österreich … Später bin i demonstrieren gangen für die Schwarzen … für die Heimwehr … net? Hab i fünf Schilling kriagt … Dann bin i ummi zum … zu de Nazi … da hab i aa fünf Schilling kriagt … naja, Österreich war immer unpolitisch … i maan, mir san ja kane politischen Menschen … aber a bissel a Geld is z'sammkummen, net?

Naja – ma hat ja von was leben müssen … Des können S' Ihna gar net vurstelln, was? Se kenntn lerna von mir … den Lebenskampf, wia mir ihn ham führn müssen! Sogar g'heirat hab i … I maan, im Leben eines jeden Mannes kommt der Zeitpunkt, wo er ein Zuhause braucht. Ein Heim. I hab mi kirchlich trauen lassen … Damals war des … eher günstig. I maan, i bin ja katholisch. Net sehr. Aber doch. Wia's halt bei uns is.

Ich glaube an ein höheres Wesen. An eine Macht, die uns leitet. Schaun S' mi an, was i alles überstanden hab …

Also se war – meine erste Gattin – se war nimmer so jung. A Witwe, net? Der Mann hat si versoffn … er war a Wirt. I hab ihn eh kennt … Er ist immer g'standen bei seine alten Fleischlaberln und hat ka Luft mehr kriegt … so hat er g'macht. *(Er atmet schwer)* Zum Schluß hat er net amal mehr so machen kenna … An ganz roten Kopf hat er g'habt und de Fiaß voller Wasser. Sei' aanzige Freid war, wenn er einbrennte Suppen hat essen kenna. Aber der Löffel hat so stecken müssen. Asthma hat er g'habt … Überg'wicht, net? Amal kumm i ins Wirtshaus, hat sie, de Frau, ganz rote Augen. Der Poldl is nimma … hab i s' ang'schaut … hab ma denkt: Scheen is s' net, aber eigentlich no a ganz a fesche Frau … i maan, stattlich …

I hab damals nix z' tun g'habt … bin i vü in Wirtshaus g'sessen … Amal – de Gäst warn scho weg … kummt s' mit an Papier und Bleistift … Was s' schreiben soll: »Der teuere Verblichene« oder »Mein unvergeßlicher Poldl« … für den Partezettel? …

Hab i ihr g'holfen … Und wia mir so sitzen … i hab ja scheene Augen … i kann scheen schaun … damals … heit nimma. I hab aa nimmer den Blick, den was i damals g'habt hab … des verliert si alles mitn Alter …

Auf amal sagt sie: »Lassen S' mi anschaun, was Se da g'schrieben ham …«

Sie beugt sich zu mir … da hab i g'spiert, daß s' zidert … da hab i alles g'wußt.

I kennt Ihna Details derzähln … aber Se san a junger Mensch … Wann i Ihna amal meine diesbezüglichen Erfahrungen mitteile … da hätten S' was fürs Leben … I bin glei einzogen … hat sie g'sagt: »Karl, es muß alles sei' Ordnung ham …« Ham ma g'heirat … Sie hat ja a scheens Wirtsg'schäft g'habt. Jetzt – natirlich – hab i de Gäst dort animiert. An jeden Tisch war i gern g'sehn … dort a Viertel, dort a Achtel trunken … was hätt i machen sollen? Das G'schäft muß ja renna, net? 'S war ja alles stier damals … Dreißigerjahre … Bei mir is scho was z'sammkumma … Mir ham a gemeinsames Sparbuch g'habt … Kennwort hab i eh g'wußt … verstehn S'?

Aber dann *(sich entschuldigend)* natirlich hab i hie und da was aus der Kassa gnommen … I war ja a junger Mensch – gegen ihr … verhältnismäßig.

I bin umananderzogen mit meine Spezi … Sie war ja eh den

ganzen Tag im G'schäft. Genügt ja, wenn aner im G'schäft is. I bin damals sehr auf Rennen g'standen. Es war eine furchtbare Zeit – lauter Arbeitslose ... Viele Menschen haben gelitten damals in Österreich. I hab mir's halt ... i hab mir's g'richt g'habt. Auf d' Nacht bin i eh ins G'schäft ganga und hab mi um de Gäst bemüht ... repräsentiert ... an Schmäh g'führt ... I hab Witz g'wußt, i sag Ihna. Da war aner ... von an Handwerksburschen und aner Wirtstochter. Er klopft an, und sie liegt scho im Bett. Naa ... Es liegen alle zwaa im Bett, und der Wirt klopft an. Falsch. Alle drei liegen im Bett. Jetzt waaß i's nimmer ... Aber Witz' hab i g'wußt ... wann i Ihna de auf Ihnern Lebensweg mitgib ...

(Er entkorkt eine Cognacflasche)

Se sagen's eh net der Chefin? Es ist ja ganz a bülliger. Was? A französischer? Des is ma aa wurscht. I kenn ja net den Unterschied ... I hab ja an ganz an andern Geschmack. I hab zuhaus Likörkompositionen: Eierlikör ... Kaiserbirn ... Glühwürmchen ... das is das, auf was ich steh ...

(Er trinkt)

Na, so hab i mi halt manchmal a bissel ang'soffen. Eines Tages wird de Alte, mei Gattin, frech. Schmeißt mi auf vur meine Freind, vur meine Haberer, vur de Gäst ... »Der Poldl mecht scheen schaun, wann er abaschaun mecht, wia's zuageht in sein Wirtshaus ...«

Na, mehr hab ich net braucht! »Was dei' Poldl mi kann, des waaßt eh«, hab i ihr g'sagt. Hab alles hing'schmissen ... Schürzen ... hab meine Sachen aus der Wohnung g'holt ... Anzug ... alles ... Servas ... gemma ... Na, dann hat s' bleed g'schaut ... Meine Freiheit aufgeben, das könnte ich nie!

(Er öffnet eine mitgebrachte Thermosflasche und gießt den Großteil des Cognacs hinein)

Mei Tee ...

(Er hält die Cognacflasche Richtung Publikum) Wollen S' net den Rest? Es fallt sonst auf.

(Die Cognacflasche wird ihm aus der Hand genommen. Er entnimmt derselben alten Tasche, in der sich auch die Thermosflasche befand, ein zusammengelegtes Jausenbrot und beginnt es zu essen)

Wissen S', des is mir immer no des Liebste ... *(Blickt auf die Stellagen)* I wer' mir scho amal a Konserven mitnehmen ... aber net für mi ... mit aner Konserven können S' mi jagen ... i bin ein Feind der Konservennahrung.

Stellen S' Ihna vur – in dieser Zeit steh i plötzlich da ... a Gemeindewohnung hab i g'habt ... i hab s' ja net aufgeben g'habt ... natirlich ... Aber des war ja scho damals nix ... aber ich hab mich nie vom Leben unterkriegen lassen. I bin damals an Sparverein beigetreten ... zum Sparen hab i nix g'habt ... aber ich habe meine Arbeitskraft zur Verfügung gestellt ... i maan, man hat mich drum ersucht. Weil mi ham de Leit ja kennt, vom Wirtsg'schäft, net? I hab das mehr so vom Organisatorischen her geleitet. An scheenen Namen erfunden: »Eichkatzerln vom Grund«, bin zur Konkurrenz von meiner Gattin gangen und hab g'sagt: »Was krieg i, wann i Ihna an Sparverein bring?« Na, mir ham jedes Jahr vor Weihnachten a Ganslessen g'habt ... *(mit Bedeutung)* in der Wirtschaftskrise! ... Schöne, fette Ganseln ... am nexten Tag is uns allen schlecht g'wesen ... Aber es hat si auszahlt ... So bin i Kassier worn ... Aber des war a Leichtsinn. I sag Ihna, fangen S' Ihna nie was mit an Sparverein an ...

Wissen S', daß de mi fast einsperren hätten lassen? Da san Sachen g'red't worn ... da ham s' mir vurg'worfen, mit de Konten ... Wissen S', was des is, a Konto? Also, des is a Bankangelegenheit, des kann i Ihna als Laien net so erklärn ... »Herr Vorsitzender«, hab i g'sagt zu den Richter, »des Gansl war jedes Jahr da ... aber bitte, es wird mir eine Lehre sein ...« Immerhin konnte ich auf einige Erfolge zurückblicken in diesen Fach, und so haben s' mi in an Sterbeverein mit offenen Armen aufgenommen ...

Der hat si aber leider net als ausbaufähig erwiesen, weil de Leit san g'storben und ham sich net an mei Kalkulation g'halten. Und wia's den Präsidenten von unserm Verein, den alten Herrn Kommerzialrat Krisper, begraben ham, da hab i g'wußt: 's Sterben haaßt a nix mehr ... Und dann is eh der Hitler kommen ... Naja – des war eine Begeisterung ... ein Jubel, wie man sie sich überhaupt nicht vorstellen kann – nach diesen furchtbaren Jahren … die traurigen Jahre … Endlich amal hat der Wiener a Freid g'habt … a Hetz … ma hat was g'segn, net? Des kennen S' Ihna gar net vurstelln.

Wann san Se geborn? Achtadreißig? Naja, also mir san alle … i waaß no … am Ring und am Heldenplatz g'standen … unübersehbar warn mir … man hat gefühlt, ma is unter sich … es war wia bein Heirigen … es war wia a riesiger Heiriger …! Aber feierlich. Ein Taumel. *(Er lacht)* Na, drum san Se ja achtadreißig geborn … Wann? Im Dezember, naja …

Die Deitschen san einmarschiert – mit klingendem Spiel sans kummen, mit'n Bayerischen Hilfszug … Die haben so Gulaschkanonen gehabt, wie man sagt … Gulasch war kans drin … Erdäpfel, Kartoffeln … Uns is ja schlecht 'gangen … aber so was hab'n mir nie 'gessen. Na … die haben uns g'holfen … wie die Heischrecken habens uns g'holfen … Auf amal war nixmehr da … in die G'schäfter und so …

Aber Schwamm drüber – es waren deitsche Brüder … im süddeitschen Raum … Altreich … Neureich … Na, unsere Polizisten san aa schon dag'standen, mit die Hakenkreizbinden … es war furchtbar … das Verbrechen, wie man diese gutgläubigen Menschen in die Irre geführt hat … Der Führer hat geführt.

Aber a Persönlichkeit war er … vielleicht ein Dämon … aber man hat die Größe gespürt …

I maan, er war net groß. I bin ja vor ihm g'standen – Blockwartetreffen in Rathaus. So wie i jetzt mit Ihnen sitz, bin i vor ihm g'standen … Er hat mi ang'schaut … mit seine blauen Augen … i hab eahm ang'schaut … hat er g'sagt: »Jaja.« Da hab i alles g'wußt. Wir haben uns verstanden …

So bin i Illegaler worn … I maan, i war scho … des wissen S' no gar net … Illegal … des war damals jeder in Österreich … Illegal … des war so wie heit, wenn ma bei aner Partei is … Bei uns im Gemeindebau alle … mir warn eh alle bis Vieradreißig … dann warn mir illegal …

I maan, schaun S', was ma uns da nachher vorg'worfen hat – des war ja alles ganz anders … da war a Jud im Gemeindebau, a gewisser Tennenbaum … sonst a netter Mensch … da ham s' so Sachen gegen de Nazi g'schrieben g'habt auf de Trottoir … und der Tennenbaum hat des aufwischen müssen … net er allan … de andern Juden eh aa … hab i ihm hing'führt, daß ers aufwischt … und der Hausmaster hat zuag'schaut und hat g'lacht … er war immer bei aner Hetz dabei …

Nachn Krieg is er z'ruckkumma, der Tennenbaum. Is eahm eh nix passiert … Hab i ihm auf der Straßen troffen. I grieß eahm freundlich: »Habediehre, Herr Tennenbaum!« Der hat mi net ang'schaut. I grüaß ihn no amal: »– 'diehre, Herr Tennenbaum …« Er schaut mi wieder net an. Hab i ma denkt … na bitte, jetzt is er bees … Dabei – irgendwer *hätt's* ja wegwischen müaßn … i maan, der Hausmaster war ja aa ka Nazi. Er hat's nur net selber wegwischen wolln.

Alles, was man darüber spricht heute, is ja falsch … es war eine herrliche, schöne … ich möchte diese Erinnerung nicht missen … Dabei hab ich ja gar nichts davon g'habt … Andere, mein Lieber, de ham si g'sundg'stessn … Existenzen wurden damals aufgebaut … G'schäften arisiert, Häuser … Kinos!

I hab nur an Juden g'führt. I war ein Opfer. Andere san reich worden. I war a Idealist. Was war i scho? NSV … nationalsozialistische Volkswohlfahrt. Da hat si kaner was denkt, wann er dazua gangen is. Heit is ma ja aa überall … bei der Gewerkschaft und so … Schaun S', de Leit in so an Gemeindebau warn jahrelang unbetreut … hat si ja ka Mensch um sie kümmert … I hab ja nur versucht, de Leit zu erziehn … i hab eben net nur de Beiträge kassiert … des hab i so nebenbei g'macht … des hab i ja kennen vom Sparverein her. I hab ihnen Sprüche gebracht – Sinnsprüche – von Goethe und Hitler … »Gesundheit ist Pflicht« und solche aufbauende Sachen, net? Zum Aufhängen hab i s' ihnen bracht … Und das war die Zeit, wo ich auch eine zweite Ehegemeinschaft eingegangen bin. Natirlich nur standesamtlich … Sie war a moderner Mensch ohne Vorurteile … mir warn in an Kino ang'stellt. I war Billeteur, net? Sie war Billeteurin … a guate Billetteurin, wirklich …

Wir haben sehr viel Gemeinsames gehabt … den gleichen G'schmack. Wann ma so viele Filme miteinander siecht … da kriagt ma scho a Urteil … der Besitzer von den Kino hat aa was drauf geben … Er hat si ganz von uns beraten lassen …

Uns hat ka Schauspieler was vurmachen kennen … Wann S' so a G'sicht zehn oder fuffzehn mal segn … da kennen S' jeden Schmäh. I brauch des alles net … von mir aus brauchert's ka Theater geben, ka Kino, … a bissel a Musi, des is alles, was i brauch.

Drum bin i vielleicht für die Ehe net so geeignet … Na … es war in Krieg, net … Sommer … I hab manchmal Dienst g'habt, dann hat wieder sie Dienst g'habt … so abwechselnd … Natirlich hab i manchmal die Gelegenheit benützt … es war ja a moderne Ehe ohne Vorurteile … a Mann is a Mann, wann er a richtiger Mann is, … in Krieg war's ja leicht mit die Weiber … i hab net einrucken müssen. Die Frau is der gebende Teil und der Mann is der herrschende. Des hab i ihr ja aa klarg'macht, bevor ma g'heirat ham …

Aber i bin bitter enttäuscht worn. Weil: sie hat si dann Sachen herausg'nommen, de was tief unter der Würde des Mannes liegen …

Mir ham a Kasern' in der Näh' g'habt … und da hab i immer scho g'heert, daß so viele Soldaten … also deutsche Soldaten, aus und ein gehen im Gemeindebau … Na – dann hab i erfahrn … daß de bei *mir* aus und ein gehen … in *meiner* Wohnung! *Meine* Zigaretten ham s' g'raucht! Mit *meiner* Rasiersaaf ham sa si d' Händ g'waschen … die Piefke …

Jetzt … ma hat ja nix machen kennen … net? Deutsche Soldaten … Krieg und so … hab i g'wart'.

Eines Tages sagt ma mir: »Wissen S', wer oben war? A Fremdarbeiter! A Ausländer! A Tschusch!« Na, jetzt war alles Lei'wand. Weil des is ja kriegsrechtlich strafbar g'wesen …

I bin eini in de Wohnung … leise de Tür zuag'macht, hab ganz ruhig zu ihr g'sagt: »Schleich di.« Sie hat mi sofort verstanden. Hat alles dalassen … Möbel, Wäsch', Lebensmittel … nur damit i s' net anzag … weg war s'. So ist auch dieses Kapitel in meinem Leben vorübergegangen …

(Ruft hinauf) Ja? Bitte, gnädige Frau? – Bitte, a bissel später …! *(Wieder zum Publikum)* Zigaretten holn soll i ihr! I kann do jetzt net weggehn … mitten in der Arbeit … Ich hab mich dann mehr für die Gemeinschaft eingesetzt. I hab alles g'macht. Bei'n

Winterhilfswerk war i ... wann i mit der Büchsen g'scheppert hab, mein Liaber, da hat si kaaner traut, sich auszuschließen ... an jeden hab i derwischt ... i bin ihm nachg'schlichen ... aufg'lauert hab ich eahna ... mit der Büchsen ... wann s' des Scheppern g'heert ham, hat jeder g'wußt: Jetzt muaß er pariern!

Es war eine furchtbare Zeit ... Se können Ihnen ja davon kaan Begriff machen ... Se warn a Kind ... Was wissen Se, was mir damals alles mitg'macht ham!

I hab ja immer alles g'habt. I bin dann Aushilfskellner g'wesen ... was damals alles durch meine Händ' gangen is ...

Aber i war ja leichtsinnig ... Und großzügig ... Die Frauen ...! Die Feste! Was sich da in meiner Wohnung abgespielt hat ...! I sag' Ihna: Orgien im Gemeindebau ...

Sonst hab i mi dem Luftschutz gewidmet. I hatte die Laienhelferausbildung unter mir ... Mein Sonderauftrag war Abwehr von Giftgas ...

Das Gebiet hab ich völlig beherrscht. Wann de Giftgas g'schmissen hätten, wär gar nix passiert ... Natirlich – wann s' mit Bomben anfangen ... Das war ja unfair. Ein Verbrechen. (*Zum Publikum*) Warum i net eing'ruckt bin? I hab a Herzklappen, wo ma nix Genaues waaß. Der ane Lungenflügel is aa net ganz durchsichtig ... und dann – vor allem – meine Füß ...! Außerdem: a paar Leit ham ja die Heimat aufrecht erhalten müssen. Es war a schwere Zeit ... Da hat man Männer gebraucht! I hab ja damals g'strotzt! ... I maan, auch heit noch. Schaun S' mi an! Sechzig Jahr! Und nie krank g'wesen. Immer pumperlg'sund ... Wann de Bombenschädlinge kummen san, ... de Bombengeschädigten ... I hab die Verteilung von de Marken und de Lebensmittel über g'habt ...

Da hab i damals guate Geschäfte g'macht damit. So a G'schäft (*er deutet in den Laden*) hätt i mir aufbauen können ... den Bombenopfern war des eh wurscht. Wann aner grad sei' Haus verlorn hat, denkt er net ans Essen. Da is er froh, daß er lebt. Wann aner si aufg'regt hat, den hab i nur ang'schaut. Glei war er stüll. Des hab i vom Führer g'lernt. I hab kane blauen Augen, aber des kann i aa. Na, dann san eh scho bald de Russen kumma ...

Also, i bin sehr gut mit eahna auskommen. I hab ja g'wußt, wie ma mit eahna umgeht …

De Nachbarn san alle g'rennt mit ihre Hitlerbilder und ham s' am Misthaufen g'schmissen …

I hab meins hängen lassen. Dann hab i de Russen extra in mei' Wohnung g'führt – kumm, Kamerad, dawai, Towarisch – hab 's Hitlerbild packt, um d' Erd g'haut … drauf umanandtrampelt … Ham s' g'sagt »Karascho« und san gangen …

(Ruft hinauf) Was is denn, Frau Chefin? *(Zum Publikum)* Na also – jetzt geht s' Mittagessen. Endlich … *(Hinauf)* Kennan S' Ihna da net de Zigaretten glei selber mitnehma? Was? *(Zum Publikum)* »Na schön«, hat s' g'sagt … hätt aa freindlicher sein können … Na – dadurch, daß i Tschechisch kann – a bissel –, hab i immer Zugang g'funden zu der Mentalität von de Russen … Rußki … Slawen … Asiaten … mir is nix a'ganga …

A paar Monat später … – was glauben S', wer kumma is? De Ameriganer. Des war eine Erlösung …

Da hab i mi glei beworben … weil man steht doch dem Westen … weil ich doch schon die ganze Zeit die Arbeit gemacht hab für die Gemeinschaft … net? Um den Westen zu verteidigen … Luftschutz und des … hab i mir denkt, es muaß doch a Meglichkeit geben bei de Ami … und mitn Essen wars aa ganz guat … was i so g'heert hab von andere Parteigenossen … und von de Kameraden von der NSV … da ham s' mi eing'stellt als Tschiwilien Gard … san ma g'standen … so … ältere Männer mit Helme … und warn praktisch sozusagen a Militärpolizei …

Na – mir ham aufpaßt! Wann a Österreicher kummen is, glei ham ma ihm verjagt …! »Weg da! Go away! You!« … Des is ma dann sehr zugute kumma, wia i später g'arbeit hab am Kobenzl als Parkwächter. Als Autoeinweiser, net?

Da hab i a Regiment g'führt! Wie bei der Gemeinschaft … Ich war ja ka gewehnlicher Parkwächter … i hab mir viel Sprachen angeeignet in der Besatzungszeit … Wann a Autobus mit aner russischen Reiseg'sellschaft kumma is, – bin i gleich dag'standen, hab g'sagt »Towarischi … sdrasdfudje!« Na ham s' ma auf de Schulter klopft und g'lacht … da hab i scheen kriegt … Und de Amis … wann de kumma san, hab i sogar 's Wagentürl aufg'macht, hab g'sagt: »Hello Sör! Everything is O.K. Americans O.K. Look at that Vienna, town of eternal symphonie and music ...« Des heerns immer gern. Des is scho a Sache, was de auslassn ... ka Vergleich mit de Deitschen. Weil Deitsch kann ja eh a jeder.

Natirlich – es war eine harte Zeit ... ma hat ein befreites Volk hungern lassen ... Mi net. I hab scho immer was derwischt. G'schäfter g'habt ...

Wann i damals in a Nachtlokal kumma bin, ham s' alle glaubt, i bin a Lord ... Dann is de Währungsreform kumma ... da hab i wieder alle Lust verlurn zum Leben ... Da hat man sein Leben aufgebaut ... mindestens zwanzigmal hab i mei Leben auf'baut in Lauf von mein' Leben ...

Was is blieben? Und wann ma dann scho ölter is und nicht mehr den Schwung hat und den Charme, da ... I hätt ja net arbeitslos sei' müssen ... i hätt in aner Garderobe arbeiten können. Oder als Portier ... Sogar in aner Sauna hätt i den Aufguß machen kenna ... den besten Leuten ... aber wann's soweit war, hab i immer des G'fühl g'habt ... es gibt mir innerlich keine Befriedigung.

Z'letzt bin i ganga mit deformierte Luftballöner ... ballone. De hab i kriegt ... bülliger ... weil s' zweite Wahl warn ... Se warn nimma ganz rund ... ham so Dippeln g'habt ... manche warn aa a bissel eing'schrumpelt. Ma hat aufpassen müssen, daß net zerplatzen, bevor ma s' verkauft hat. Bin i ganga zum Heirigen ... wann de Leit scho b'soffen warn ... de hätten ma eckerte Ballons aa o'kauft ... de Trotteln ...

Na, so hab i's g'halten, de Luftballöner, und hab ma denkt: eigentlich is's traurig, daß ma so a Leben führn muß. Nach allem, was man geleistet hat ...

Amal hab i nur no aan Ballon g'habt ... kumm i zu aner G'sellschaft, was sehr animiert war ... fragt mi ane ... se hat so an klaan Steirerhuat aus Papier aufg'habt ... per Hetz natirlich – originell, net? Fragt s' mi: »Was kost der Ballon?« I sag mein' Preis. Sie lacht bled und sagt: »I gib Ihna a Bussel dafir!« Hab i ma denkt: ah was! Er kann eh kaum no fliagn, der Ballon ... Bin glei pickn bliebn ... Bis in der Fruah ...

Se hat am Laaerberg g'wohnt. Bin i mitg'fahrn. Am Weg hab i ihr dann von meine unglücklichen Ehen derzählt … in gleichen Alter war ma aa – bitte, sie war Brillenträgerin, aber ein sehr liebenswerter Mensch. Aa schlecht behandelt vom Leben … Na, bin i zu ihr zogn … Sie war Bedienerin. Aber sonst sehr reinlich.

Sie hat in an Biro g'arbeitet, und i hab den Haushalt g'führt, 'kocht … alles in Ordnung g'halten … i hab guat 'kocht … na klar … i hab ja aa mit'gessen …

Gelesen hab ich sehr vü in dieser Zeit … so wissenschaftliche Sachen … Ärztebücher … Mechanik … Technik … Strahlenmeer … Weltenraum … alles was uns angeht … mi wundert gar nix mehr, was in Weltall g'schieht, weil i kenn mi durt genauso aus wie in Gemeindebau.

Am Sunntag san ma manchesmal ins Piestingtal g'fahrn – sie hat dort so a Siedlungshäuserl geerbt g'habt von ihre Eltern … da san ma g'sessen … ham in Regn aussig'schaut … und ham uns denkt: andere Leite haben das nicht …

Im Sommer, wanns haaß war, ham ma das Essen ins Papierl packt, Milchkaffee in a Bierflaschen, san zum Donaukanäu abi … i hab ma 's Hemd auszogn, sie war in der Kombinesch … schön war's net … aber i hab da vor kurzn mei zweite Gattin g'segn … de fesche Billeteurin … i kann Ihna sagn … de hat ausg'schaut!: schiach … fett … direkt ungustiös … I bin ja aa net scheen. Aber ein Mann halt sich immer no. Ein Mann hat noch immer ein gewissen Anwert.

Aa so wie i heit bin … Mir ham in unserer Gassn viel Witwen und Ledige … wie de mi anschaun: »Wann S' amal Fernsehn wolln, Herr Karl …« Fernsehen! Ich bin ja net interessiert … Aber auch diese Lebensgemeinschaft war nicht von Dauer. Sie is leidend geworden … ins Spital hat s' müaßn …

Hab i g'sagt: Du mußt einsehn – jetzt muaß i weg. I maan – i hab eh mei' Arbeitslosen g'spart g'habt de ganze Zeit. Hat s' g'fragt: Besuchst mi amal in Spital? Hab i g'sagt: I waaß net. Mei' Gemeindebauwohnung hab i ja net aufgeben. I bin ja net teppert.

Na – von da ab is' eh wieder aufwärts ganga … i hab sozusagen meine Lebensfreude wieder gewonnen … I hab guate Posten g'habt … schlechte Posten g'habt … g'arbeit hab i nie vül ... Net, weil i's net *kann* ... ... Aber des ... des is des Alter der Reife ... da genießt man gern – wissen S' – das Leben ...

Man wird überlegen ... man erinnert sich: Wie man sich geplagt hat ... für die Gemeinschaft ... für die Gattinnen ... für den Beruf ... für den Wiederaufbau ... und was ist geblieben? Erfahrung ... Lebensklugheit ... immerhin. Aber sonst? Zuviel Herz, zuviel Arbeit ... zuviel Aktivität.

Natürlich ... es hat auch schöne Momente gegeben. Und auf die hab i mi immer konzentriert.

G'freit hab i mi scho ... an den Tag, wo ma 'n bekommen ham ... den Staatsvertrag ... Da san ma zum Belvedere zogn ... san dag'standen ... unübersehbar ... lauter Österreicher ... wie im Jahr achtadreißig ... eine große Familie ... a bissel a klanere ... weil's Belveder is ja klaner als der Heldenplatz. Und die Menschen waren auch reifer geworden ...

Und dann is er herausgetreten ... der ... der ... Poldl und hat die zwa andern Herrschaften bei der Hand genommen und mutig bekannt: »Österreich ist frei!« Und wie i des g'hört hab, da hab i g'wußt: Auch das hab ich jetzt geschafft. Es ist uns gelungen – der Wiederaufbau ...

Ich mein', nicht daß ich blind wär' gegen die Fehler der Regierung ... i war ja immer kritisch. Ich hab immer alles durchschaut ... auch a Regierungsmitglied, wann i mir's so anschau ... der is aa net anders wie i. Und i kenn mi.

So san de alle.

Aber bitte – es geht mi nix an. Ich mache meine Arbeit, ich kümmere mich nicht um Politik, ich schaue nur zu und behalte es für mich.

I red ja net vül. I bin ja ein eher verschlossener Mensch ... Schaun S' – daß i jetzt so mit Ihnen red' ... i hätt's ja net notwendig. I kennt ja aa arbeiten ... Aber Sie müssen es ja auch einmal lernen. Und wenn man die Erfahrung hat, dann hat man auch die Pflicht, es weiterzugeben. Denn lernen kann man nur aus der Erfahrung ... Wolln S' a Schoklad? Schweizer. Naja – Sie san a junger Mensch. Vor Ihnen liegt das ganze Leben. Aber in mein' Alter ... da is ma oft auf's Süaße. Ma nimmt's in Mund, und es vergeht die Zeit ...

Na – i hab an Schofför kennt, der war ma sozusagen verpflichtet. Der hat g'sagt: »Paß auf, Karl, i fahr jetzt über die Länder – privat – weil i mecht amal unser schönes Österreich kennenlernen – jetzt, wo's wieder uns g'heert. Willst mitfahrn?« Da hab i g'sagt: »Geh – i kann des ja gar net zahlen, was du an Benzin verfahrst ...« – »Naa, naa, Karl, i kenn di' – du machst eh nie an Urlaub ... kumm ruhig mit.« – »Naja, aber du muaßt dir ja aa dei' Geld verdiena ...« – »Also bitte«, sagt er, »lad'st mi halt manchesmal ein und so ...«

Na – san ma g'fahrn ... Was mi des kost hat! I hab alles zahln kenna. War bülliger kumma, wann i mit aner G'sellschaftsreise mit an Autobus g'fahrn war ...

I hab des nämlich an sich gern, mitn Autobus ... Da san immer vü Leit, mit denen man sich unterhalten kann. Ältere Frau'n, net? Sie wissen ja. I hab halt noch de Art von früher ...

So bin i amal sogar nach Italien kumma ... Vüle Städte ... So genau hab i ma's net g'merkt ... der Wein kost' dort fast nix. De andern ham s' in der Hitz umanandazaht ... i hab mi ang'soffen ... Scheen war's in Italien. I hab net vül g'segn. Aber der Autobus is sehr guat g'fahrn.

Aber Österreich ist natirlich auch herrlich ... Großglockner, der Pasterzengletscher ... warn aa vül Leit dort ... nette Leit. Da kummt ma glei ins Gespräch. Weil da steht aaner neben aan und sagt: »Schaun S', is do' eigentlich schön: Österreich. Und ma kennt's gar net ...« Und i sag: »Ja, ja, wirklich. Des mecht ma gar net glauben, wann ma so in Wien is ...« Unwillkürlich hat ma da was Gemeinsames ... wenn ma da steht, net? Herrlich, sag i Ihnen, die Franz-Josefs-Höhe. Achtzig Schülling hat mi des kost! Fünf Bier, fünf Schnäps hab i eahm zahln müaßen, dem Schaffeer. Na guat, i will ja nix drüber ... irgend amal muaß ma si ja was leisten ...

Dann war ma am Semmering.

Des is aa scheen. Sehr scheen. Wann ma bedenkt, daß ma des so in der Näh hat und eigentlich nie ausnutzt ... ma kann überall mitn Sessellift auffifahrn ... weil i brauch ja net z'fuaß gehen. In Inundationsgebiet – Überschwemmungsgebiet – wann i da spaziergeh, des genügt ma. Was brauch i da auffisteigen, irgendwo? Des is eh net g'sund. I muaß eh ... i hab eh kann Aufzug im Gemeindebau ... i wohn ja im dritten Stock, i *muaß* steigen ...

I maan ... ich liebe die Berge ... wann i *fahr* ... San ma nach Mariazell kumma. Der Gnadenort. Hat mich sehr beeindruckt. Obwohl i also ka so absolut gläubiger Mensch bin. Aber ma denkt si, es kennt do was dran sein ... wann ma so die Kirchen siecht und ... de scheenen Hotels. Und de herrlichen Reiseandenken. Wirklich.

Auf der Rückfahrt san ma durch de Wachau kumma. Da war ich überwältigt von den steinernen Zeugen unserer Vergangenheit ... Melk, Dürnstein, Göttweig ... da hat er si ang'soffen, mein' Freind ... I hab ihm g'sagt: »Achte auf deinen Alkoholgehalt ...« Da is er ordinär worn ... Hab i eahm erklärt: »Leider ... meine Barschaft is so, daß i mir nix mehr leisten kann.« Na, hat er was g'matschkert von Benzin und so ... Dabei is er eh an Diesel g'fahrn ...

I hab des dann a'brochen, hab g'sagt: »I bin dir net bös, aber i geh jetzt ...« und bin mitn Schiff von Krems nach Wien g'fahren ... Oben bin i g'standen, am G'lander ... angenehm kühl war's ... die Ufer sind an mir vorbeigezogen, und i hab ma denkt: du kannst allan nach Wien schaffiern ... in dein' alten, miesen, haaßen Kübel.

I maan ... mir hat's ja sehr guat g'falln, unser Österreich. Aber in an gewissen Alter braucht man nicht mehr davon zu sehen ... man interessiert si' nimmer so ... Es laßt alles nach ... zum Beispiel das Atomzeitalter ... I war mei ganzes Leben von Gefahren umgeben ... Revolution, Hungersnot, Krieg, Giftgas ... fast ... i hab kan Kontakt mit der Atombomben. Es ist außerhalb meines Interessengebietes ... Ich überlaß das anderen Menschen. Ich bin nur ein kleiner Österreicher innerhalb einer unabhängigen Nation ... mi fragt ja niemand ... bitte, sollen sich die andern den Kopf zerbrechen.

Wann i mi zerstreuen will, brauch i ka Wasserstoffbomben ... i geh spazieren in Überschwemmungsgebiet ... Inundationsgebiet ...

Da geh i gern hin! Oft! Wann's haaß is. Da san so Bombentrichter. Und da liegen s' drin ... de jungen Leit. Madln und Burschen.

I maan, i bin ka Voyeur ... wie's vüle gibt, was da so spazierengehn. Aber mit so junge Leit is's halt a Hetz. Mir ham damals ja no Hemmungen g'habt ... aber heit ... de kennan nix ... die Gfraster!

I siech's ja net ... i bin kaaner, der zuschaut ... aber was i so heer ... wissen S', da kumm i ma ganz jung vur ...

Da is aa no des Standl von de Dreißgerjahr ... und de Alte – i maan, des is scho de Tochter von der Alten von damals – de kennt mi. Da kann i essen. Sehr guat ... sehr ausgiebig. Net teier ...

Neilich hab i a Schlachtplatten gessen, Schweinsbraten, Blunzen, Bratwürstel, Leberwurst, Kraut, Knedel, Bier dazua. Es war leider warm, denn es war furchtbar haaß. *(Lacht)* Naja – drum war i ja da.

Leider hab i kan Hut g'habt ... De Sunn hat de ganze Zeit auf mein' Kopf g'scheint ...

Wie i zur Straßenbahn ganga bin, is ma schlecht worn. I fall auf an Sitz zamm. Kummt de Schaffnerin: »Is Ihna was?« I muaß ausg'schaut ham wie der Tod.

I hab grad no sagen kenna: »I wohn Grösslgasse 15, Stiege sechs, Tür 12, wann was sein sollt ...«

Es war eh nix. I hab mi no mit letzter Kraft z'hausg'schleppt ... Ma will ja niemand Scherereien machen. Bin z'haus, hab's Fenster aufg'macht ... dann is ma schlecht worn ... net am Fenster ... scho wi sa si g'hert ...

Dann hab i mi aufs Bett g'legt und bin ohnmächtig worn ... Am nexten Tag bin i abiganga ins Wirtshaus ... a klans Golasch, a klans Bier ... alles wieder Lei'wand ... Na – jetzt so wia i leb ... ich kann mich nicht beklagen. Es geht mir eigentlich sehr gut. Ich hab meine Wohnung ... eingerichtet ... sauber alles ... den Radio ... Eiskasten hab i ... I brauchn ja eigentlich net. I hab ja nix drin. I iß eh net z'haus ... I kumm aa kaum zum Radiohern ...

Früher, mit meiner zweiten Frau ... der Billetteurin ... da ham ma immer 's Radio aufdraht g'habt ... jetzt ... Wissen S', die

Leit in Haus san ma aa z'bled. I kenn s' jetzt scho fünfazwanzg Jahr … Frauen gegenüber bin i ja mei Leben lang bitter enttäuscht worn … des mecht i nimmer …

I hab no an Verwandten in Stuttgart … I kenn ihm persenlich net … aber mir schreiben uns amal im Jahr … zu Weihnachten. De Marken heb i immer auf … San Se vielleicht Markensammler? Naja – ahso … i hab ma denkt, daß Se dafür vielleicht Verwendung hätten … und sonst … eh … i bin ja sehr zufrieden. I hab Krankenkassa, i bin völlig gesichert … i hab alles z'haus: Schlafmittel, schmerzstillende Tabletten, wann was sein sollt … daß 's mi net unvorbereitet trifft … und so … i kennt sagen, es geht ma zum ersten Mal in mein' Leben wirklich guat. I kann ma's leisten, heute aa amal wohin z'gehen … besser auszugehen … i hab aa an scheenen Anzug … an dunkeln. Der is kaum gebraucht … naja, wann geh denn i scho aus? Eigentlich schad drum …

Mit mein' Geld kumm i immer aus. I hab kaane Bedürfnisse. Lesen tua i aa nix. Damit muaß ma früher anfanga … Oder Kunst oder solche Sachen … i hab mei ganzes Leben ka Zeit g'habt für so was. I hab Wichtigeres z'tuan g'habt … ich habe Aufgaben zu erfüllen gehabt.

Wann i was segn will, geh i an de Ecken zum Wirt. Der hat an Fernseher … Ma muaß net hinschaun, aber ma kann. Da sitz i da und schau zua. Mir is wurscht, was g'spielt wird. Wann i müd bin, zahl' i und geh furt.

Manchesmal, wann's am Sunntag scheen is, fahr i nach Baden oder Klosterneuburg … Da schau i ma de Häuser an und denk ma: De hätten s' dir in der Russenzeit nachg'haut. Da is a Villa, an dera geh i immer vorbei … de kennt heit mir g'hern … Wer waaß, zu was 's guat is …

Dann steig i in de Stadtbahn, fahr wieder haam und leg mi schlafen …

I schlaf ja guat. Net immer, natirlich … Manchmal, wann i so lieg, hör i de Rettung vorbeifahrn … tatüü … dann denk i ma nur:

Karl, du bist 's net …

Schaun S', wann i mi von der Arbeit z'ruckziagn will, hab i

mei' Renten … wann i ma nimmer mein' Haushalt führn will, geh i nach Lainz … i kann ruhig in die Zukunft blicken … na und so wart ma halt ab, was no kummt, wia 's wird … wia 's weitergeht …

I bin heit immerhin so weit, daß i sagen kann, man hat sein Leben nicht umsonst gelebt … und das is vielleicht das, worauf's ankommt … Des werden Se als junger Mensch vielleicht noch net so begreifen … aber Se werden no oft an mi z'ruckdenken. Jaa … de Kisten …

(Er schickt sich, wie zu Beginn, an, die Kiste aufzuheben, hält inne und blickt auf die Uhr)

Zwei Uhr … ahso … es ist ja Samstag … Arbeitsschluß …

(Er läßt die Kiste sinken und stellt sie wieder hin)

Gehn ma …

(Dunkel)

Karl Farkas

Der Proporz

FRITZ HELLER Grüß Gott, Herr Farkas!

KARL FARKAS Oh, Guten Tag, Herr Österreicher. Eine Ewigkeit habe ich Sie nicht gesehen. Hab'n Sie den neuen Posten bekommen?

HELLER Leider nicht. Und ich weiß auch, wer der Kerl ist, der mir die Chance verdorben hat!

FARKAS Wer denn?

HELLER Dieser – Proporz!

FARKAS Sie – der Proporz ist doch kein Kerl!

HELLER Doch! Das ist der rücksichtsloseste Kerl, den ich jemals – –

FARKAS *(einfallend)* Der Proporz ist ein Übereinkommen, demzufolge die zwei führenden Parteien von rechts und links für ihre Gesinnung tüchtigen Anhängern gleichmäßig Stellungen anfordern dürfen, egal ob die sich dafür eignen oder nicht.

Deshalb sagt ja auch schon ein altes Sprichwort: »Wer's nicht im Kopf hat, der muß es im Parteibuch haben.« Deshalb wirft auch niemand seine alte Gesinnung weg, bevor er nicht eine neue, mindestens ebenso einträgliche gefunden hat.

HELLER Meine Partei hat mir den Posten bestimmt zugesagt. Und trotzdem ist nichts daraus geworden!

FARKAS Ja, mein Lieber – mit den Parteien ist es wie mit den Frauen: bevor man sie wählt, sind sie zu allem bereit. Aber kaum hat man ihnen sein »ja« gegeben, hat man weiter nichts mehr zu reden. Sie gehen ihren eigenen Weg oder sie schließen eine Koalisation.

HELLER Koalisation? Was ist das?

FARKAS Unter Koalisation versteht man das Verschweigen unüberbrückbarer Gegensätze.

HELLER Gegensätze?

FARKAS Natürlich. Hier schwarz – hier rot!

HELLER Dann möchte ich am liebsten ein Salamander sein. Der ist rot und schwarz gefleckt – dem kann nichts passieren …

FARKAS Kurzum das Proporz-Prinzip lautet: ein Posten rechts – einer links. Rechts – links – das ist der Proporz.

HELLER Aha. Und die Regierungspartei ist rechts?

FARKAS Natürlich.

HELLER Dann versteh' ich, warum man meinen Schwager aus der Regierungspartei ausgeschlossen hat!

FARKAS Warum?

HELLER Krankheitshalber.

FARKAS Das ist doch kein Grund.

HELLER Doch. Er hat einen linksseitigen Lungenspitzenkatarrh gehabt.

FARKAS *(irritiert)* So etwas wie Sie verbraucht Sauerstoff! Einfacher kann ich Ihnen doch das Proporz-System nicht erklären – als – einmal rechts, einmal links! Der Proporz ist das, was die Koalisation am Leben erhält, die man für die Majorität braucht.

HELLER *(verständnislos)* Aha. Sie werden mir gleich sagen, was das ist …

FARKAS Majorität heißt – die Mehrheit: die mehr sind, haben immer recht!

HELLER Das ist ein Blödsinn. Bei mir zu Hause sind wir sieben Personen: meine Frau, ich, meine Schwiegermutter und vier Kinder. Das ist doch eine Majorität – nicht?

FARKAS Das hängt davon ab, wieviel auf der Gegenseite sind.

HELLER Einer! Unser Hausherr! Wir alle sieben haben gesagt, wir wollen keine Miete mehr bezahlen. Und er als einziger hat behauptet, wir müssen sie bezahlen: und wir haben zahlen müssen! Wo bleibt da die Majorität?

FARKAS *(ärgerlich)* Sagen Sie – sind Sie von Beruf so blöd oder ein Amateur-Trottel? Merken Sie sich nichts als – einmal rechts, einmal links! Das ist Proporz.

HELLER *(gekränkt)* Setzen Sie meine geistigen Fähigkeiten nicht herab! Das muß ich mir von Ihnen nicht gefallen lassen!

FARKAS Dann gehen Sie nicht auf meinen Nerven spazieren!

HELLER Ich kümmere mich nicht um Ihre Nerven – aber Sie sind immer gleich so aggressiv –

FARKAS Ich? Aggressiv?

HELLER Ja! Ein Gehirnprotz sind Sie!

FARKAS *(zusammenfahrend)* Gehirnprotz?! Da! *(Er ohrfeigt ihn)*

HELLER *(hält sich die Wange)* Was? Das auch noch? Das wird Sie schweres Geld kosten! Meine ganze rechte Seite ist schon geschwollen!

FARKAS Nur die rechte Seite? *(Ohrfeigt ihn wieder)* Da!

HELLER *(entsetzt)* Was? Noch einmal?

FARKAS Ja. Einmal rechts – einmal links …

BEIDE *(gleichzeitig, aber mit verschiedenem Ausdruck)* Proporz

Zwei Rauchfangkehrer

Dekoration: Straße in der Silvesternacht, Laterne. Von verschiedenen Seiten kommen Berger und Schöberl als Rauchfangkehrer. Sie gehen aufeinander zu, vorerst ohne sich gegenseitig zu erkennen

BEIDE Ein glückliches Neujahr wünsch' ich, Herr –

BERGER *(plötzlich)* Ja – Schöberl!

SCHÖBERL *(ihn gleichfalls erkennend)* Berger!

BERGER *(erstaunt)* Seit wann sind Sie Rauchfangkehrer?

SCHÖBERL Seit heute abend zehn Uhr.

BERGER So was! Daß Sie in Ihrem Alter es noch unternehmen, andern Leuten aufs Dach zu steigen!

SCHÖBERL Wieso denn? Ich bin doch nur ein Proforma-Rauchfangkehrer –

BERGER Wie?

SCHÖBERL Ein Titular-Schornsteinfeger. Nur für heute, für die Silvesternacht. Aber wieso rennen Sie als Kaminfeger umeinander? Sie sind doch – wenn ich mich recht entsinne – nicht ganz schwindelfrei? Ich kann mich noch genau an den Prozeß erinnern, wo Sie –

BERGER *(hastig)* Genug! Bei mir ist das nur ein Hobby. Schon seit vielen Jahren gehe ich in der Silvesternacht immer als Rauchfangkehrer herum.

SCHÖBERL Ich tu' das heut' zum ersten Mal. Hobby hab' ich keins mehr, seit ich stier bin.

BERGER Wieso denn? Sind Sie nicht mehr bei der Firma Bausch & Bogen angestellt?

SCHÖBERL Nein. Die haben mich im Zeichen des Wiederaufbaus abgebaut.

BERGER *(erstaunt)* Jetzt, bei dem Personalmangel? Als was waren Sie denn bei der Firma tätig?

SCHÖBERL Ich hab' in der Korrespondenz gearbeitet. Aber nur mündlich.

BERGER Mündlich? Sie haben die Briefe diktiert?

SCHÖBERL Nein. Die Briefmarken abgeschleckt. Hie und da hab' ich auch den Rand der Kuverts befeuchten dürfen.

BERGER Und warum hat man Sie entlassen?

SCHÖBERL Der Chef hat gesagt, er kauft sich statt mir lieber einen Schwamm. Der ersetzt mich vollkommen und ist billiger. Er war sehr unwirsch zu mir, mein lieber Herr Chef.

BERGER Der Herr Bausch?

SCHÖBERL Nein – der Bogen. Der ist immer so überspannt. Und so bin ich im September von dort weg.

BERGER Und seither?

SCHÖBERL Seither bin ich erst einmal als Vertreter eingetreten beim städtischen Beerdigungs-Institut. Aber dort hab' ich auch keine lange Bleibe gehabt. Und dabei hab' ich mir solche Mühe gegeben mit der Werbung – ich bin von Haus zu Haus gegangen und habe jedem gesagt: »Wozu leben, wenn Sie gerade jetzt zu unserem billigsten Tarif beerdigt werden können? Nützen Sie die Gelegenheit aus!« Würden Sie glauben – nicht e i n e n Abschluß hab' ich machen können!

BERGER Und da sind Sie auch von dort weg?

SCHÖBERL Ja. Ich bin nämlich ein feinfühliger Mensch, und der Herr Direktor von dem Institut hat schon begonnen, Anspielungen darauf zu machen, daß meine Tätigkeit vielleicht keine ganz zufriedenstellende wäre.

BERGER So? Das hat er Ihnen gesagt?

SCHÖBERL Er hat gesagt, wenn ich es noch einmal wagen sollte, den Umkreis der Firma zu betreten, dann wirft er mich über alle Stiegen hinunter, und das Institut übernimmt gratis meine Bestattungskosten! Da habe ich seine Antipathie zu ahnen begonnen und hab' gedacht, es ist besser, wenn ich kündige. Denn, wie gesagt – ich bin ein feinfühliger Mensch. Und wenn man mich irgendwo hinauswirft, dann gehe ich lieber von selber …

BERGER Tja, mit Ihnen hat es eben jeder schwer, mein lieber Schöberl. Sie kommen mit einem unglaublich kleinen geistigen Existenzminimum aus. Schauen Sie m i c h an, ich weiß in allen Dingen Bescheid und gehe immer konsequent auf mein Ziel los.

SCHÖBERL *(verständnislos)* W i e gehen Sie los?

BERGER Konsequent!

SCHÖBERL Was ist das?

BERGER Na also! Da sieht man's wieder. Sie haben von gar nichts eine Ahnung. *(Erklärend)* »Konsequent« heißt: »Heute so und morgen so« – und nicht »Heute so und morgen so«.

SCHÖBERL Aha.

BERGER Verstehen Sie jetzt?

SCHÖBERL Nein. Aber Sie werden mir's ja gleich erklären …

BERGER *(aufbrausend)* Nichts werde ich Ihnen erklären! Ich hab' keine Lust, mich auch noch in der Silvesternacht Ihretwegen aufzuregen!

SCHÖBERL Aber nein – ich meine, Sie werden mir gleich erklären, warum Sie, wenn es Ihnen doch so gut geht, sich in der Silvesternacht als Rauchfangkehrer verkleiden müssen?

BERGER Ich muß nicht, ich tu' es freiwillig. Ich habe Ihnen schon gesagt, das ist mein Hobby. Ich kann dabei meine psychologischen Betrachtungen machen –

SCHÖBERL Was für Betrachtungen?

BERGER Sie! Ich bin nicht gewillt, mich bei jedem Fremdwort von Ihnen unterbrechen zu lassen! Ich meine – ich kann dabei den Charakter der von mir zwecks Spenden angesprochenen Personen zu ergründen suchen. Ich besitze nämlich die seltene Gabe, zu erraten, was man von mir denkt.

SCHÖBERL Das muß Ihnen oft unangenehm sein … Wenn Sie zum Beispiel mich fragen –

BERGER *(heftig)* Ich frage Sie nicht! Es macht mir eben Spaß. Und Spesen habe ich ja keine dabei. Das Kostüm borgt mir mein Cousin, er ist Rauchfangkehrermeister.

SCHÖBERL Ihr Cousin? Das wundert mich. Er war doch früher in der Textilbranche? Wieso hat er sich plötzlich dazu entschlossen, Rauchfangkehrer zu werden?

BERGER Seine Frau ist gestorben, und er hat kein Geld für die Trauerkleider gehabt.

SCHÖBERL *(ergriffen)* Seine Frau ist gestorben? Mein Beileid … *(Drückt Berger die Hand)*

BERGER *(entzieht sie ihm)* Aber das war doch schon vor drei Jahren.

SCHÖBERL Trotzdem. Im nachhinein.

BERGER Es war ein trister Ausnahmsfall. In der Regel leben ja die Frauen länger als die Männer.

SCHÖBERL Ja. Besonders die Witwen.

BERGER *(starrt ihn erst sprachlos an, ehe er sagt)* Wissen Sie, Schöberl – wenn man für die Blödheit Steuer zahlen müßte, kämen Sie das ganze Jahr nicht aus dem Finanzamt heraus …

SCHÖBERL Auf dem Finanzamt waren wir doch erst vor vier Wochen miteinander, anläßlich Ihrer letzten »Bilanz des Monats« – wie Sie mir die Budget-Debatte erklärt haben – erinnern Sie sich?

BERGER *(grimmig)* Und ob ich mich erinnere! *(Wendet sich hastig zum Gehen)* Adieu! Ich geh' jetzt meiner Wege –

SCHÖBERL Wohin?

BERGER Ich fahr' auf den Stephansplatz, um dort meine Tätigkeit zu beginnen.

SCHÖBERL Da komm' ich mit. Wir können zusammen fahren.

BERGER Ich bin schon zusammengefahren, wie ich Sie gesehen habe.

SCHÖBERL *(harmlos)* Warum, Herr Berger?

BERGER Warum? Also – ehrlich gesagt, Sie machen mich ziemlich nervös mit Ihrer Begriffsstützigkeit.

SCHÖBERL Aber, wieso denn? Ich bemühe mich doch nur, alles richtig zu verstehen. Ich bin eben nicht so oberflächlich wie die meisten Leute heutzutage. Meiner Ansicht nach soll man sich über alles gründlich informieren. Es gibt ohnehin zu viele blöde Menschen auf der Welt …

BERGER Ja. Und immer um einen mehr, als man selber glaubt. Warum wollen Sie sich ausgerechnet mir anschließen?

SCHÖBERL Schauen Sie, Sie haben doch schon eine Praxis als Silvesternacht-Rauchfangkehrer. Und da denk' ich mir, Sie könnten mir doch eine kleine Unterweisung geben, wie man da zu möglichst viel Verdienst kommt – einen sogenannten »Leitfaden der Jahreswechsel-Schnorrerei«?

BERGER *(mit Überwindung)* Also – meinetwegen. Ich werde wieder einmal versuchen, Ihnen etwas zu erklären. Das heißt – *(Er kramt in seinen Taschen)* Rauchen Sie?

SCHÖBERL Ja.

BERGER Dann haben Sie sicher Zigaretten?

SCHÖBERL *(verschmitzt)* Ach so? Sie fangen mit dem Schnorren schon jetzt an?

BERGER Nein. Ich hab' nur zufällig keine Zigaretten bei mir.

SCHÖBERL Sie haben zufällig nie Zigaretten bei sich. Aber bitte, ich bin nicht so … *(Bietet ihm sein Zigarettenetui an)*

BERGER *(bedient sich)* Danke. Ein nobles Zigarettenetui haben Sie!

SCHÖBERL Ja. Das ist ein Weihnachtsgeschenk von Lou …

BERGER Lou van Burg?

SCHÖBERL Aber, woher denn! Wo kann ich je die Sekunde einen Schilling ausgeben? Das ist ein Präsent von einer zärtlichen Lou …

BERGER Lou? Wie heißt die mit dem anderen Namen?

SCHÖBERL Weiß ich? Vielleicht Lou Mumba …

BERGER Was heißt das, »weiß ich«? Sie werden doch den Familiennamen kennen?

SCHÖBERL Keine Ahnung.

BERGER Wieso denn? Wer ist diese Lou?

SCHÖBERL Woher soll ich das wissen? Ich kenne sie doch gar nicht!

BERGER *(irritiert)* Woher wissen Sie dann, daß sie Lou heißt und zärtlich ist?

SCHÖBERL *(öffnet das Etui)* Da auf dem Deckel ist es eingraviert. »Fröhliche Weihnachten 1960 wünscht Dir Deine zärtliche Lou« …

BERGER *(hämisch)* Ach, so ist das? Sie sind ein feiner Vogel! Die Dose haben Sie einfach mitgehen lassen?

SCHÖBERL Aber, woher denn. Ich hab' sie gefunden.

BERGER Wo?

SCHÖBERL Im Büro von meinem Freund, wie er einen Moment hinausgegangen ist. Aber davon wollen wir jetzt nicht reden.

BERGER *(ironisch)* Das glaub' ich!

SCHÖBERL Ich möchte die Sache diskret behandelt wissen …

BERGER Seien Sie beruhigt. Ich werde nicht nur diskret sein, ich werde sogar darüber schweigen.

SCHÖBERL »Schweigen« und »Diskretion« ist doch ein und dasselbe?

BERGER Nein. Schweigen ist Gold, Diskretion nur Ehrensache …

SCHÖBERL *(lacht)* Das ist gelungen! Mit dieser Bemerkung haben Sie direkt den Nagel abgeschossen!

BERGER *(wie oben)* Sie könnten auch sagen: Ich habe den Vogel auf den Kopf getroffen. *(Wendet sich zum Gehen)* Also – adieu und Prosit –

SCHÖBERL *(hält ihn zurück)* Warum eilen Sie sich so? Es ist doch noch immer eine Stunde bis Mitternacht. Und Sie wollten mir ja Verhaltensmaßregeln geben für die Rauchfangkehrer-Tour?

BERGER Schauen Sie – es hat doch bei Ihnen keinen Sinn –

SCHÖBERL *(innig)* Bitte! Es wäre mein innigster Neujahrswunsch.

BERGER *(mit schwerem Entschluß)* Schön. Aber passen Sie gut auf – und vor allem dürfen Sie mich nicht unterbrechen, wie Sie das immer zu tun pflegen.

SCHÖBERL *(treuherzig)* Das stimmt nicht. Ich habe anläßlich des Jahreswechsels ein Gelübde abgelegt, daß ich Sie nie, nie wieder unterbrechen werde –

BERGER Dann ist's gut. Also: als Pseudo-Rauchfangkehrer –

SCHÖBERL *(einfallend)* – weil ich nämlich eingesehen habe, daß es ungezogen ist, wenn man jemandem in die Rede fällt.

BERGER Sehr richtig. *(Setzt von neuem an)* Also – als Pseudo-Rauchfangkehrer –

SCHÖBERL *(ergänzend)* Es zeugt nämlich nicht nur von schlechter Erziehung, sondern bringt den Betreffenden ja ganz aus dem Gedankengang heraus.

BERGER Eben. Das sollten Sie sich merken.

SCHÖBERL Stimmt. Wir sind ganz einer Meinung. *(Schüttelt Berger die Hand)*

BERGER Also, dann hören Sie jetzt zu: Das Prosit-Wünschen hat verschiedene Nuancen, die sich nach dem Typus der angesprochenen Personen richten. Einem Betrunkenen ruft man zu: »Prost!«, einem wohlbeleibten Wirtschaftskapitän wünscht man: »Profit Neujahr!« Will man eine Dame anstrudeln, dann muß man sich erst über den Charakter ihres Begleiters ins klare kommen –

SCHÖBERL Sehr richtig! Ich bin da vorher auf der Seilerstätte einer feschen Katz' um den Hals gefallen und hab' geschrien: »Prosit Neujahr!« – Hat ihr Begleiter mir sieben Ohrfeigen geben wollen!

BERGER Woher wissen Sie, daß er Ihnen ausgerechnet sieben Ohrfeigen geben wollte?

SCHÖBERL Na, wenn er nicht gewollt hätte – hätt' er sie mir ja nicht gegeben ... Das war mein Debüt als Rauchfangkehrer ...

BERGER Das sieht Ihnen ähnlich. Aber die Silvesternacht ist ja nicht das Hauptgeschäft bei unserer Gelegenheits-Branche. Der beste Job ist das Glückwünschen am Neujahrsmorgen, also morgen früh. Da geht man in die Häuser zu gutsituierten, höhergestellten Personen, sagt sein Sprücherl auf und kriegt was dafür. Ich fang' mit dem Wünschen gewöhnlich bei meinem Hausherrn an. Würde ich Ihnen auch empfehlen.

SCHÖBERL Ausgeschlossen. Wenn ich meinem Hausherrn sag', was ich ihm wünsch', schmeißt er mich sicher die Stiegen hinunter. Und er wohnt im vierten Stock! Nein, da möchte ich mir schon eine höhergestellte Persönlichkeit aussuchen.

BERGER Warum? Vierter Stock ist Ihnen zu wenig?

SCHÖBERL Aber ich meine doch Persönlichkeiten aus dem öffentlichen Leben! Ich könnte zum Beispiel zum Pittermann hingehen und ihm alles Gute wünschen. Gibt er mir bestimmt zehn Schilling.

BERGER Sie wollen zum Pittermann gehen? Als Rauchfangkehrer?

SCHÖBERL Warum nicht? Wenigstens einmal im Jahr soll ihm ein Schwarzer etwas Gutes wünschen! Zehn Schilling krieg' ich sicher auch von dem neuen Rundfunkdirektor, von dem

Herrn Scheidl, wenn ich zu ihm in die Argentinierstraße gehe und ihm sag': »Ich wünsche Ihnen von Herzen, daß Sie soviel Erfolg haben wie Ihr Vorgänger!«

BERGER Das ist alles, was Sie ihm wünschen?

SCHÖBERL No, für zehn Schilling ist das genug … Bei der Gelegenheit könnte ich auch gleich zur Fernsehdirektion gehen und ihr wünschen, daß sie mehr Waldbrunn-Sendungen ansetzen soll.

BERGER Noch mehr Waldbrunn-Sendungen? Sagen Sie – was haben Sie gegen das Fernsehen? Ich wende mich mit meiner Neujahrsgratulation an viel höhere Instanzen. Ich möchte zum Beispiel morgen früh den Kreisky angratulieren. Das heißt – wenn ich dazu komm' –

SCHÖBERL Wieso? Haben Sie so viel zu tun?

BERGER Ich nicht – aber er!

SCHÖBERL Er hat zu tun?

BERGER Das glaub' ich!

SCHÖBERL Das möchte mich interessieren. Was hat er zu tun?

BERGER Na, hören Sie? Er lenkt doch unsere Außenpolitik!

SCHÖBERL Er lenkt?

BERGER Natürlich! Lesen Sie denn keine Zeitungen?

SCHÖBERL Selbstverständlich. Das »Toto-Journal« und die »Kinderpost«.

BERGER *(starrt ihn an)* Herr Schöberl – wissen Sie eigentlich, daß Sie blöd sind?

SCHÖBERL Meine Frau sagt es mir öfter. Sie sagt, wenn ich so lang wäre als ich blöd bin, würde ich mit dem Kopf am Plafond anstoßen …

BERGER Und dabei schmeichelt Ihre Frau noch. Ich sage, wenn Sie so lang wären als Sie blöd sind, könnten Sie das Matzleinsdorfer Hochhaus als Stockerl benützen.

SCHÖBERL *(anerkennend)* Ist auch ein guter Vergleich.

BERGER Na, sehen Sie! Und wenn Sie mehr Zeitungen lesen würden, dann wüßten Sie, wie sich der Kreisky immer über unsere Politik äußert.

SCHÖBERL Er äußert sich?

BERGER Selbstredend. Er äußert sich fortwährend. Deshalb ist er ja auch Minister des Äußeren. In der Früh, gleich nach dem Aufstehen, äußert er sich sofort.

SCHÖBERL *(verständnisvoll)* Na ja, in der Früh …

BERGER Nicht nur in der Früh! Nachher geht er auf den Ballhausplatz, dort erwarten ihn die Journalisten zur Pressekonferenz, und da äußert er sich wieder – stundenlang!

SCHÖBERL *(bewundernd)* Stundenlang? Eine Ausdauer hat der Mann! Wo er nur das Material dazu hernimmt?

BERGER Er hat's eben.

SCHÖBERL Und – er äußert sich vor den Journalisten?

BERGER Für die Journalisten. Denn alles, was er äußert, kommt doch in die Zeitung.

SCHÖBERL *(wie oben)* Bewundernswert. Unsereinem kann das nicht passieren. Also – wenn Sie zu dem hingehen und wünschen ihm gute Äußerung, reibt er Ihnen sicher zehn Schilling!

BERGER Mindestens. Unsere Minister haben eine leichte Hand zum Geldausgeben.

SCHÖBERL Dann werde ich mir auch einen Minister zum Anstrudeln aussuchen. Vielleicht den Heilingsetzer? Wenn ich dem ein glückliches neues Budget wünsch', gibt er mir bestimmt sechs Schilling dreißig …

BERGER Warum nicht auch zehn Schilling?

SCHÖBERL Er zieht mir doch sicher die Einkommensteuer gleich ab. Ich werde mich also schon morgen früh im Finanzministerium einstellen und –

BERGER *(einfallend)* Wenn Sie ihn dort noch antreffen! Man munkelt nämlich bereits so allerhand, daß er sich da nicht wohl fühlt.

SCHÖBERL *(erschrocken)* Er fühlt sich nicht wohl? Was hat er?

BERGER Ein Defizit!

SCHÖBERL *(wie oben)* Um Himmels willen – wo hat er sich das geholt?

BERGER *(wütend)* Sie! Defizit ist doch keine Krankheit!

SCHÖBERL Warum sagen Sie dann, er hat es?

BERGER Weil's wahr ist! Defizit ist das, was einem fehlt!

SCHÖBERL *(aufgebracht)* Dann sagen Sie nicht, er hat es! Wie kann es ihm fehlen, wenn er es hat?

BERGER *(schreit)* Weil es ihm fehlt, hat er es doch!

SCHÖBERL *(mißtrauisch)* Mir scheint, Sie wollen mich blöd machen ...

BERGER Sie braucht einer erst blöd zu machen! *(Beginnt wieder)* Passen Sie auf: Defizit ist das, was man hat, wenn man nichts hat, respektive das, um das man weniger hat, als man gehabt hat, wie man nichts gehabt hat. Das ist doch klar!

SCHÖBERL *(der keine Ahnung hat)* Kinderleicht zu verstehen ...

BERGER *(zufrieden)* Na also.

SCHÖBERL Trotzdem möchte ich mir aber doch statt dem Heilingsetzer einen andern Minister zum Gratulieren aussuchen. Vielleicht den Graf –

BERGER Den Verteidigungsminister? Das können Sie versuchen. Er ist ja gottlob schon wieder gesund.

SCHÖBERL *(erschrickt sofort wieder)* War er krank? Was hat er gehabt? Auch Defizit?

BERGER *(sofort wieder wütend)* Sie, Schöberl – !

SCHÖBERL Bitte – regen Sie sich nicht künstlich auf. Ich werde ihm auf alle Fälle gute Gesundheit wünschen. Die kann ein Verteidigungsminister immer brauchen – in diesen kriegerischen Zeiten.

BERGER Für Österreich gibt's keine kriegerischen Zeiten. Wir sind doch neutral.

SCHÖBERL *(überlegen)* So? Warum schicken wir dann unsere Truppen in den Kongo? Und warum verkauft der Gerngroß Kriegsschiffe?

BERGER Was reden Sie da wieder zusammen? Der Gerngroß verkauft Kriegsschiffe?

SCHÖBERL *(triumphierend)* Gewiß! Ich habe in seiner Auslage ein Plakat gesehen: »Wir suchen einen Flotten-Verkäufer«!

BERGER *(starr)* Sie! Die suchen einen flotten – Abstand – Verkäufer.

SCHÖBERL *(hartnäckig)* Nein. Keinen Abstand-Verkäufer, sondern einen Flotten-Verkäufer! Und das deutet auf kriegerische Vorbereitungen hin. Sie sehen also –

BERGER *(fällt aufgebracht ein)* Ich sehe also – daß es eine Schmach ist, daß so was wie Sie normalen Menschen den Sauerstoff wegatmet! Merken Sie sich: Uns fehlen die Voraussetzungen für einen Krieg!

SCHÖBERL Wieso? Wie macht sich denn so ein Krieg?

BERGER Ein Krieg »macht sich« nicht. Ein Krieg entsteht, wenn zwei Staaten eine auf diplomatischem Weg nicht mehr auszugleichende Differenz haben. Dann brechen sie die Beziehungen ab und rüsten.

SCHÖBERL *(wiederholt)* Ab und rüsten? Aha. Das nennt man dann Abrüstung. Davon hab' ich schon gehört.

BERGER *(ironisch)* Endlich etwas, wovon Sie schon gehört haben! Und d a s ist falsch. *(Setzt neuerlich an)* Aber, passen Sie auf. Nennen Sie irgendein Land –

SCHÖBERL Liechtenstein.

BERGER Warum gerade Liechtenstein?

SCHÖBERL Weil es so schön ist. Und groß?

BERGER Liechtenstein ist doch nicht groß!

SCHÖBERL So? Ich habe eine Landkarte gesehen, da war überhaupt nur Liechtenstein drauf!

BERGER *(starr)* Ich begreife nicht, wie ein Mensch mit einem solchen Liliputaner-Hirn wie das Ihre überhaupt lebensfähig sein kann!

SCHÖBERL Aber, wieso denn, ich –

BERGER *(unterbricht, dezidiert)* Soll ich Ihnen jetzt den Krieg erklären? Ja oder nein?

SCHÖBERL Natürlich. Ich warte ja schon ungeduldig auf Ihre Kriegserklärung.

BERGER Dann unterbrechen Sie nicht fortwährend, sondern hören Sie: Für Liechtenstein müssen wir einen ebenbürtigen Zwergpartner finden – sagen wir, Monaco. Nehmen wir an – Liechtenstein hat eine Differenz mit Monaco –

SCHÖBERL Vielleicht wegen der Grace Kelly! Oder ein Liechtensteiner Minister hat dort im Casino verloren und kann nicht zahlen und so bleibt noch eine unbeglichene Differenz übrig –

BERGER *(einfallend)* Egal, was der Grund ist. Die Liechtensteiner mobilisieren ihr Heer und ziehen ihre Straße entlang –

SCHÖBERL Die Liechtensteinstraße –

BERGER *(aufgebracht)* Ruhe! *(Fährt fort)* – und die Monegassen ziehen –

SCHÖBERL Durch die Monegassen-Gassen –

BERGER *(wie oben)* Kein Wort mehr! *(Setzt fort)* Also: die Liechtensteiner ziehen nach Monaco. Dafür ziehen die Monegassen nach Liechtenstein.

SCHÖBERL Warum übersiedeln die?

BERGER *(explodiert)* Die übersiedeln nicht! Jeder vernichtet und zerstört im gegnerischen Land alles, was ihm im Wege steht!

SCHÖBERL Da könnte doch jeder zu Haus' bleiben und sich selber alles zerstören. Käme bedeutend billiger, denn da sparen beide die Reisespesen. Wenn sie auch nur zweiter Klasse fahren, so kostet das bei den erhöhten Bundesbahntarifen –

BERGER *(wütend)* Die fahren nicht zweiter Klasse! Die Truppen bewegen sich zu Land motorisiert oder sie fliegen mit Transportflugzeugen durch die Luft –

SCHÖBERL Zu Land oder durch die Luft?

BERGER Ja.

SCHÖBERL Nicht zu Wasser?

BERGER Zwischen Liechtenstein und Monaco gibt's kein Meer!

SCHÖBERL Kein Meer? *(Traurig)* Armer Gerngroß …

BERGER *(verblüfft)* Was soll das heißen?

SCHÖBERL Dann kann er doch seine Kriegsschiffe nicht anbringen …

BERGER *(außer sich)* Aus! Schluß! Ich habe keine Lust, mit geplatzter Galle ins neue Jahr zu gehen. Wir brechen die Unterhaltung ab und verschwinden von da.

SCHÖBERL Sang- und klanglos?

BERGER Natürlich nicht. Das Ronacher hat ja eine musikalische Vergangenheit. Also werden wir uns melodiös verabschieden …

(Musik setzt ein)

BEIDE *(singen)*
Bevor wir jetzt gehen uns're Wege,
Verehrteste Fernseherschar,
Entbiete ich und entbietet mein Kollege
Ein herzliches »Prosit Neujahr!«
Es wünschen Ihnen, liebe Hörer,
Von Herzen Glück durchs Mikrophon,
Die beiden Neujahrs-Rauchfangkehrer
Und uns're Fernsehdirektion …
Prosit!

Der Wiener Würfel

Dieter Gogg

Gemma Mörder schaun

Welcher Wiener kann es schon vergess'n,
daß ma einst a Wöltstadt war'n!
Auch an Kaiser haben wir besess'n
und san noch Fiaker g'fahr'n.
Und auch geg'n den Heurig'n von früher
is der Wein von heut a Most.
Doch hab'n die Leute
trotz allem noch heute
bei uns an ganz an klanan Trost:

Gemma Mörder schaun hinaus ins Graue Haus,
ins Graue Haus
und spann' ma aus,
weil a bißl a Romantik hab ma aa gern,
wo ma sowieso den ganz'n Tag barrabern!
Gemma Mörder schaun hinaus ins Graue Haus,
ins Graue Haus,
das zahlt si aus,
weil ka Kino, ka Theater uns das biet'n möcht:
Du brauchst ka Göld dafür erleg'n,
und die Mörder, die ma seg'n,
die san echt,
ganz echt!

Schon um Sechse halt' uns nix mehr in die Federn.
Wir mach'n an Kaffee dann,
für d' Jaus'n zwa, drei Brot',
und das Hunderl führ' ma noch ganz schnöll aufs Gasserl,
der Sittich kriagt sei Wasserl,
und dann heißt's »Pfiat di Gott« ...

... weil wir geh'n Mörder schaun hinaus ins Graue Haus,
ins Graue Haus,
wer bleibt da zhaus!
Und so steh'n ma in der Reih' und müass'n grins'n,
weil wir denk'n no ans Anstöll'n um die Lins'n.
Nur das Schlangensteh'n herausd beim Grauen Haus,
beim Grauen Haus
macht uns nix aus.
Für a Platzerl in der Nähe von der Mörderbank
können stundenlang heut' steh'n wir,
weil von dem Ereignis leb'n wir
noch sehr lang,
ganz lang!

Nur an Blick no auf das Messerl,
auf das Hackerl, das dem Reserl
in der Donau-Au aufs Kopferl is gefoll'n,
nur an Blick no auf das Muatterl
von dem Opfer und das Bruaderl,
und dann samma in der Stimmung, die ma woll'n!
Und dann schaut ma auf den Mörder
und wird immer mehr empörter,
und man fühlt es, daß man diesen Menschen haßt,
weil er erstens ein Falott is,
weil sein Opfer wirklich tot is
und ... weil er bei seiner Tat kann zuaschau'n laßt!

Drum gemma Mörder schaun hinaus ins Graue Haus,
ins Graue Haus,
da samma zhaus.

Ja, da kann ma jede Einzelheit so guat seg'n,
daß ma glaubt, ma kann vom Opfer no das Bluat seg'n … ja!
Gemma Mörder schaun hinaus ins Graue Haus,
ins Graue Haus,
das füllt uns aus.
Nur die G'schworenen, die müassn sich net anstöll'n da.
Nein, das sind doch lauter Es'l
und versitz'n uns die Sess'l,
das is klar,
ganz klar!

Ja, das sind halt unsre einzigen Vergnügen.
Beim Fuaßball müass ma siegen,
dann gibt's den Muttertag,
und dann halt' ma sich a Viech', wie sich's gehört, noch,
ein Lied im Wunschkonzert noch
und dann halt wie gesagt …

… nur noch das Mörderschaun herausd im Grauen Haus,
im Grauen Haus
laßt kana aus.
Und so steh'n ma in der Schlangan halt und wart'n hier.
Ja, so wird dann mit der Zeit des
Graue Haus noch unser zweites
Stammquartier …
ganz Tier …
ganz Tier …

Dieter Gogg

Das Erl

Wer kennt nicht den Mann, der bei Nacht und Wind
verlor sein ächzendes Kind?
Wer kennt nicht den Kidnapper, der 's entriß
Und der vulgo Erlkönig hieß?
Die Könige wurden vom Volk verbannt,
war drunter auch manch guter Kerl.
Ganz klar, daß der Erlkönig auch verschwand,
was blieb, war von ihm nur das ERL,
das Erl, das man überall findet,
das Erl, das es immer noch gibt,
das Erl, das die Herzen verbindet,
das Erl, das bei uns so beliebt …

Was is schon a Wein gegen jedes Weinderl?
Was is schon a Freund gegen jedes Freunderl?
Wer steigt in an Bus, wann er net grad halt muß,
Doch auf a Busserl steigt jeder gern ein!
Wannst schaust: Aus an Schacht wird sofort a Schachterl.
Wer gibt heut schon acht, draht sich's um a Achterl,
und wanns hie und da auch a böses Worterl gibt,
oder gar a Morderl gibt,
war das doch nur herzlich gemeint.
Ma denkt net an Gott, sondern an a Goderl
und wählt statt dem Tod liaba glei a Toderl
und tuat ohne Hirn – nur mit Hirnderl regier'n
ja im Hohen Häuserl vereint.

Gehts dir schlecht, bist bei uns halt der Pummerl,
sitzt am Bankerl und träumst von der Bank.
Mancher wird auch aus Kummer … a Kummerl,
nur die Schlankerln bei uns san net schlank!
Auch a Pack war noch niamals a Packerl,
und a Lackerl war niamals a Lack.
Siagst a Flascherl, dann nimmst dir a Frackerl,
siagst a Flaschn, dann is sie im Frack!

Einserl, zweierl, dreierl, viererl …

Was is schon a Kopf gegen jedes Köpferl?
Was is schon a Tropf gegen jedes Tröpferl?
Was heißt »Wabn, drah di«, und ihr is net recht,
doch a Drahdiwaberl war schon immer net schlecht!

Zwar: A Zech, die du machst, is net grad a Zecherl,
und a echts Weaner Kind nennt ma aa net Tschecherl,
nein, das is a klans Beiserl, wo man die Zeit verbringt,
wo ma sein Kaffetscherl,
sei Teetscherl,
sei Seiterl trinkt.
Es gibt zwar kann Buck, doch du machst a Buckerl
und deshalb beruflich a klanes Ruckerl.
A Ganserl,
a Pflanzerl,
a Tanzerl in Ehr'n
ist das höchste Spinaterl in Wean!
So kann man die Sprach ungemein verfeinern
und all's, was beliebt, nach Bedarf verkleinern.
Man halt' uns sogar jetzt mit unserm Staatsbudget
in an klaan Budgeterl-leer-leer-leer-leerlauf am Schmäh!
Drum meint mancher auch heutzutage: »Kinderln!
A frischerer Wind wär' ganz g'schickt!« –
Des liegt net am Wind, sondern an den Winderln,
in denen der Staat heut noch liegt!

's Herrgotterl

Jedermann im Land blickt,
weils doch auf der Hand liegt,
stolz auf unsere Sozialstruktur.
Jeder hat sein' Wagen,
füllt sich seinen Magen,
aber damit is no lang net gnua!
Auf Kredit
kauft man mit
kleinster Mühe ein, und gschieht
irgendwas, samma dabei.
Ja, mit an Wuat:
Es geht uns guat,
nur ans is uns net einerlei …

Solang wir in Wien noch a Herrgotterl habn,
a resches, a fesches Herrgotterl habn,
solang fallt der Himml von Wien no net zsamm,
solang fühlst di richtig dahaam!
Ja, wann ma beim Heurign literweis blast
und 's Herrgotterl dann aus der Weinflaschn laßt,
wannst alles versaufst, bis d' kann Schülling mehr hast,
dann kann das Gschäft und die Wirtschaft versau'n,
das Herrgotterl wird schon drauf schau'n!

Warum strapazier'n?
'S wird schon nix passier'n,
und sollt amol wirklich was g'schegn,
war halt der Herrgott und das Schicksal dagegn.
'S fallt uns do net ein,
daß an armen Schwein
wir vielleicht no hölfn tuan. Naa!
Dafür is statt uns doch das Herrgotterl da!
Laßts uns do chauffier'n,
wenn wir konsumier'n!

Was soll schon passier'n,
wenn ma denkt:
Der Mensch steigt ins Auto, gibt Gas ... und Gott lenkt!

Und führst du an zsamm, weilst die Bremsn net findst
wegn dem Trankerl,
war des Schlankerl
von an Herrgotterl grad außer Dienst!

Als echts Wiener Herrgotterl müsserts doch rein
Beamter, vielleicht auch a Schaffner gar sein.
Und wär' es auch nicht so, drauf kommt es net an,
weil unter d' Beamtn gnua Herrgotterl san!
Und föhln uns amol die paar Schülling fürn Wein,
und wennst deshalb anfangst, krawutisch zu schrei'n:
»Mir brauchn kann Herrgott, um selig zu sein!
Des is doch a Blödsinn! Das Göld machts allein!«,
wird 's Herrgotterl uns das verzeih'n!

Na, wir san net so fromm, daß in d' Kirchn wir gehn,
aber grad das Wort »Herrgotterl« klingt so vül schön.
Wird uns d'Arbeit zu vül,
gibts dann glei a Gebrüll.
Doch kaner is bös, wann der Herrgott net wüll!

Ja, gabats ka Herrgotterl, gabats kan Wein,
wem fallert bei uns schon a Wienerlied ein?
So singt ma vom Herrgotterl heut wie noch nie
als Gottesgeschenk für die Schmalzindustrie!
Und geht unser Wien amol ganz in die Blüa,
die Schuld dran hat 's Herrgotterl, aber net wir!
So hamma für all's, was den Herrgott an uns stiert,
a Herrgotterl fix engagiert!

Peter Lodynski

Friedensrede in deutscher Sprache

Vor dem Vorhang, in der Mitte der Bühne, wird ein Rednerpult aufgebaut, an dessen Vorderseite eine Tafel mit der Aufschrift »Friedensrede in deutscher Sprache« angebracht ist. – Ein alter Herr, mit Stock und schwarzem Monokel, erscheint auf der Bühnenseite, tritt an das Pult und läßt in einer leisen, ganz langsamen Rede folgende Worte im Munde zergehen:

»Friede« ist unser Schlachtruf! Den Frieden in Angriff zu nehmen, ist nicht nur todschick, sondern auch eine Bombensache! Jeder von uns sollte daher für den Frieden mit allen Geschützen auffahren und als Pazifist eine Kanone sein; Feuer und Flamme! Ein Schuß Herzlichkeit und eine Ladung Nächstenliebe genügen, um bis zur Vergasung, in hieb- und stichfesten Wortgefechten ein Feuerwerk von Knalleffekten loszulassen ... gegen den Krieg!

Was aber getan wird, ist ein Schrei! Es ist doch zum Schießen, daß es nur Blindgänger gibt, die kein Sterbenswörtchen verpulvern! Aber auch jene blutigen Anfänger, die nicht schlagfertig genug mit der hochexplosiven Materie des Friedens nur Lachsalven auslösen, die höchstens zum Totlachen sind, gehören abgeschossen!

So wünsche ich allen Friedenskämpfern, die das nötige Rüstzeug mitbringen, um für den Frieden über Leichen zu gehen, Bombenerfolge, Volltreffer und einen Mordsspaß!

Das Heimatmuseum

Was ist wirklich sehenswert auf unsrer Mutter Erde?
Was schreit, was brennt?
Wo stöhnt die Menge »ah!«
Wo steht man da mit dem Ergebnis
»Ein Erlebnis«?

Vor den Lorbeerkränzen in Verdun?
Im Zillertal vor einem Dorfkretin?
Beim Kannibalenmahl in der Wüstennacht?
Vor Sophia Lorens Büstenpracht?
Bei einer Fürstenhochzeit im Morgenland?
Vor einem Halbschuh, den man am Eiger fand?
Vor einem Kinderstar, der von Untreue singt?
Vor einem Neger, der über seinen Schatten springt?

All das ist zwar sehenswert,
Und dennoch ist es nichtig!
Ein Tand, ein Mist,
Es ist ganz einfach seicht,
Läppisch und leicht
Gegen das Ding,
Das ich besing:

Das Heimatmuseum von Utzen,
Das läßt kein Utze beschmutzen!
Am Portal da steht geschrieben:
»Du sollst Deine Heimat lieben
Und allen Nicht-Utzen trutzen!«

Da war vor Jahren ein Itze
Der riß die dreistesten Witze.
Er ging einst auf einen Utz zu
Mit dem Finger und schrie »Du Nixnutz du!«
So kamen – das hätt er nicht sollen –
Die Finger-Kriege ins Rollen (1511/12)

Alle Utzen wetzten Scheren,
Um die Itzen zu belehren.
Schnurstracks ging es gegen Itzen,
Da sah man die Schneiden blitzen,
Knorplknautsch und schwibblschwapp
Schnitt man Tausende Finger ab.
Da gabs kein Entrinnen und Wehren!

Im Museum, gleich rechts, gemahnt an den Krieg
Aus Fingern ein wandhohes Itzmosaik!

Einst sahen Utzen, daß im Atzenland
Auf Kirchtürmen das Wort »Atzgott« stand
Und fragten »Wie kann der Gott gut sein,
Der Atz heißt? Das kann nur ein Utz sein!«
Sie belehrten die heidnischen Fratzen
In den Kirchturmscharmützeln zu Atzen (1630/31)

Schnell segnete nach Kriegsbeschluß
Die Kanonen – na wer – der Kanonicus.
Weils für die gute Sache war,
Wurden Atzen von der Utzenschar
Klipp-klapp an die Wände genagelt,
Dreizehn Dörfer eingeäschert
Und die Kirchtürme abgesagelt.

Im Museum steckt auf einem Kirchturmspitzl
Noch heute der Kopf von ein' Atzen-Novizel!
Ambrosia von Wippesthal,
Die Landesmutter, schrieb es mal:
»Seyd hutsom, es könnten die Otzen
Durch ihr »O« unser Sprochgut verpotzen!«
Die Wippesthal-Handschrift führte bald
Zum Vokalmassaker im Otzenwald. (1788/89)

Unerkannt kam man nach Otzen,
Denn statt sich zu duzen tat man sich dozen.
Schlag acht hat man mit Eisendraht
Der Otzen Münder zugenaht.
Man spannte sie aufs Rad dazu,
Da schrien sie nicht mehr »Hohoho«,
Sondern weinten »Huhuhuhu!«

Im Museum hat in eine Kiste fest
Man drei lautverschobene Schreie gepreßt!

Dann verführte a Etzin ein' Utzen,
Das konnt man schon gar nicht verputzen,
Denn wenn Utz und Etzin sich paaren,
Dann gibt es sehr bald Ützenscharen!
So kam man aufs neue zu Siegen
In den ütz-prophylaktischen Kriegen (1803–1805)

Das ganze Heer der Utzen dreist
Trank Klosterfrau-Melissengeist!
Kein Wunder, daß das Etzenland
Sehr bald darauf in Fetzen stand.
Stramm auf Befehl vom Offizier
a) schändete man alle Frauen
b) teilte man sorgsam sie vier!

Das Museum zeigt in einer Schachtel
In memoriam heut noch ein Achtel!

Ja, im Heimatmuseum der Utzen,
Da ist alles aus gutem Holz.
In schwerer Arbeit und harten Tagen
Haben sie ihre Geschichte zusamm'getragen,
Stück für Stück, und darum sind sie stolz
Auf ihre: Nasenlöcher, Rassepudel,
Messerstecher, Apfelstrudel,
Eichensärge, Irranstalten,

Gartenzwerge, Gletscherspalten,
Bettvorleger, Schulvorsteher,
Hosenträger, Pillendreher,
Gassennamen, Abenddämmern,
Straßendamen, Buntspechthämmern.

Ob Kinder, ob Soldaten, einerlei,
Für die war stets der Eintritt frei,
Damit auch sie die Heimat ehren
Und das Kulturgut einst vermehren!

Anmerkungen

Kabarett zwischen 1945 und 1950

Rudolf Weys, Jurist und Kabarettautor; Mitbegründer der am 3. November 1933 eröffneten »Literatur am Naschmarkt« im Café Dobner, zu deren Ensemble Carl Merz, Hugo Gottschlich, Hilde Krahl, Heidemarie Hatheyer u. a., als Autoren etwa Hans Weigel, Rudolf Weys, Fritz Eckhardt, Kurt Nachmann, Lothar Metzl, Peter Hammerschlag, Jura Soyfer, Franz Paul oder Friedrich Torberg zählten. Die letzte Vorstellung im »Burgtheater der Kleinkunst« lief am 11. März 1938. Danach schrieb Weys für das »Wiener Werkel«, das am 20. Jänner 1939 im »Moulin Rouge« in der Liliengasse 3 eröffnet wurde. Nach Kriegsende war er für die »Literatur im Moulin Rouge«, den »Lieben Augustin« und für das von Rolf Olsen soeben gegründete »Kleine Brettl« in der Rotgasse tätig, wo die vorliegenden Texte aufgeführt wurden. (Vgl. Rudolf Weys, Cabaret und Kabarett in Wien. Wien–München 1970.)

DER ROSSKNÖDEL

Breitner-Steuer – Der Wiener Stadtrat Hugo Breitner führte, um die neuen Gemeindebauten zu finanzieren, eine Lustbarkeitssteuer ein, von der auch Nachtlokale und Kabaretts betroffen waren. Schon 1926 hatte Karl Farkas in gereimter Form satirisch auf Breitner-Steuer und Kabarettsterben verwiesen.

Otto – gemeint Otto von Habsburg.

das Lied vom Schinkenfleckerl – populärer Schlager, 1936 entstanden, Musik: Fritz Spielmann und Stephan Weiss, Text: Hanns Haller. Das Lied ist untrennbar mit seinem Interpreten Hermann Leopoldi verbunden, dem es oftmals fälschlicherweise zugeschrieben wird.

Hahnenschwanz, Kruckenkreuz – Symbole des Ständestaates, der 1934 *nach römischer Methode*, mit Hilfe des italienischen Diktators Mussolini, errichtet wurde.

Starhemberg – Ernst Rüdiger (Fürst) Starhemberg (1899–1956), 1934–1936 Bundesführer der »Vaterländischen Front« (VF) und Vizekanzler der Heimwehrregierung.

Seitz – Karl Seitz (1869–1950), sozialdemokratischer Politiker, 1923–1934 Bürgermeister von Wien.

Weil er nicht mehr – ans Fensterbretterl kam – Obwohl die Massen am 14. März 1938 vor dem Hotel Imperial stundenlang »Wir wollen unseren Führer sehen« intonierten, ließ sich Hitler nur kurz und zögernd am Fenster blicken.

die Herren Heerführer eingemauert – Anspielung auf die nach den ersten Bombardierungen Wiens mit Ziegel- und Betonmauern geschützten Denkmäler, wie die von Prinz Eugen und Erzherzog Carl am Heldenplatz.

dieser Perle hams a Fassung gebn! – Anspielung auf Hitlers Versprechen 1938, er werde dieser Perle (Wien) eine würdige Fassung verleihen.

Der Marschall Konjew, der Clark und der Mac Creery – drei alliierte Militär- bzw. Hochkommissare in Österreich.
Seipel – Ignaz Seipel (1876–1932), Priester und christlichsozialer Politiker, 1922–1924 und 1926–1929 Bundeskanzler, 1930 Außenminister.
(Texte aus: Rudolf Weys, Literatur – am Naschmarkt. Kulturgeschichte der Wiener Kleinkunst in Kostproben. Wien 1947.)

Franz Paul gründete im November 1945 in der Grazer Annenstraße 23 die Kleinkunstbühne *Der Igel – Das kleine Zeittheater*. In seinem Ensemble spielen bis zur Schließung 1948 in 14 Programmen etwa Henriette Ahlsen, Gretl Elb, Grita Kral, Hanns Obonya, Heinrich Trimbur, Sepp Trummer und Fritz Muliar. Die Texte IST DENN DAS GANZE LAND EIN AMT? (Titel vom Hrsg.) sowie DIE ÖSTERREICHISCHE FREIHEIT aus der Szenenfolge »Österreichisches Panoptikum« entstammen dem »Wunschprogramm«, Premiere: 21. 4. 1946; DIE TERMITEN wurden im Programm »Menschen und Masken«, Premiere: 22. 2. 1947, von Fritz Muliar und seiner damaligen Frau Gretl Doering gespielt. (Zum *Igel* vgl. Iris Fink, Von Travnicek bis Hinterholz 8. Kabarett in Österreich ab 1945 – von A bis Zugabe. Graz–Wien–Köln 2000; Texte aus: Franz Paul-Nachlass, Thomas Sessler Verlag, Wien.)
Gruber – gemeint Karl Gruber (1909–1995), Außenminister von 1945 bis 1953; unterzeichnete 1946 mit De Gasperi ein Abkommen zur Regelung der Südtirolfrage.

Der Rote Hund, Politisches Kabarett der Wiener Sozialistischen Studenten von 1946–1951. Gegründet von Robert Stern, Werner Mann, Oskar Hofmann und Kurt Mészáros. Zum harten Kern des Kollektivs zählte auch *Hugo Pepper*, der 1987 den Erinnerungsband »Lachen auf eigene Gefahr. Das Kabarett ‚Der Rote Hund'« herausgab. Die Szenen von Hugo Pepper DAS LOHN-PREIS-RINGELSPIEL und DER UNHEILIGE BÜROKRATIUS wurden dem im Buch wiedergegebenen Brettl-Bilderbogen »Sie lachen auf eigene Gefahr!« (1949) entnommen.

Maxi Böhm, »WAS, IN STOCKERAU GIBT'S SCHINKEN?«
Max(i) Böhm spielte nach Kriegsende in Linz im von Peter Hey gegründeten Kabarett »Eulenspiegel« mit und trat bereits ab Herbst 1945 als Rateonkel der Sendung »Versuche dein Glück« im Linzer US-Rundfunksender »Rot-Weiß-Rot« auf.
(Text aus: Maxi Böhm ruft Österreich! St. Johann–Salzburg 1948.)

Studentenbrettl des Grazer Hochschulstudios
1946 von Ulrich Baumgartner (späterer Wiener Festwochenintendant) gegründet. Gespielt wurde bis 1950, und die Texte stammen etwa von Emil Breisach (späterer ORF-Landesintendant Steiermark) oder Hellmuth Himmel (dem nachmaligen Ordinarius für Germanistik an der Universität Graz), die Musik schrieb Walter Koschatzky (nachmaliger Leiter der Albertina in Wien).
INTERNATIONALES QUODLIBET von Emil Breisach (1950).
In London tagte oft schon eine Konferenz – Anspielung auf die zahlreichen wie lange erfolglosen Verhandlungen über ein zweites Kontrollabkommen der alliierten Besatzung Österreichs zwischen 1947 und der 250. Sitzung im Mai 1950.
Marshall-Plan – US-Nachkriegskonzept eines gesamteuropäischen Wiederaufbaues. In Österreich, beginnend im Jahr 1947, beinhaltete er Währungssanierung, Wiederaufbau und Integration in den europäischen Markt.
Zistersdorf – Stadt im östlichen Weinviertel, im niederösterreichischen Erdölgebiet gelegen; von den Sowjets gefördert, wurde das Rohöl, wie 1955 vereinbart, noch weitere zehn Jahre als Reparationszahlung in die UdSSR geliefert.
(Text: Österreichisches Kabarettarchiv, Straden.)

Kabarett zwischen 1950 und 1960

Hugo Wiener – Chansons, vorgetragen von Cissy Kraner
ICH KANN DEN NOVOTNY NICHT LEIDEN – aus der *Simpl*-Revue »Rechts oder links«, Premiere: 22. 3. 1951.
WIR SAN BESETZT! – aus der *Simpl*-Revue »Butter am Kopf«, Premiere: 12. 12. 1952.
ICH WÜNSCH' MIR ZUM GEBURTSTAG EINEN VORDERZAHN – aus der *Simpl*-Revue »Wir sehen schwarz«, Premiere: 7. 9. 1954.
DER NOWAK LÄSST MICH NICHT VERKOMMEN – aus der *Simpl*-Revue »Wir sehen schwarz«, s. oben.
ACH, WIE SCHÖN WAR'S UNTER DEN SOLDATEN! – aus der *Simpl*-Revue »Kalt und warm«, Premiere: 9. 9. 1955.
Ich lebt' in Salzburg ideal – In der Stadt Salzburg, Sitz des Hauptquartiers der US-Streitkräfte in Österreich (USFA), waren die amerikanischen Soldaten eine Einnahmequelle, von der hunderte Nachtlokale u. a. lebten.
(Texte aus: Cissy Kraner, »Aber der Hugo ließ mich nicht verkommen«. Lieder und Erinnerungen. Aufgezeichnet von Georg Markus. Wien 1994.)

ALSO SPRACH KARL FARKAS – Aus: *Bilanz des Jahres* (1957/58), gesendet im Österreichischen Fernsehen am 30. 12. 1957. Findet sich auch in: *Bilanz des Monats* (April 1961, Februar 1963) und in: *Bilanz der Saison* (Winter 1963).
BILANZ DES MONATS – Die erste Fernsehreportage von Karl Farkas, ausgestrahlt am 30. 9. 1957 (gekürzt).
(Texte aus: Hans Veigl [Hrsg.], Karl Farkas, Ins eigene Nest. Wien 1988.)

Hugo Wiener, Doppelconférencen mit Karl Farkas und Ernst Waldbrunn
ZWEI GESCHEITE! – Aus der Revue »Geld oder Leben« von Karl Farkas und Hugo Wiener, Premiere: 28. 8. 1953 im *Simpl*.
ZWEI JAHRE SPÄTER – Doppelconférence aus der Revue »Kalt und warm« von Karl Farkas und Hugo Wiener, Premiere: 9. 9. 1955 im *Simpl*.
Ollenhauer – Erich Ollenhauer (1901–1963), westdeutscher SPD-Politiker, Partei- und Oppositionsführer seit 1952.
Faust im Nacken – Anspielung auf den 1955 erschienenen Roman von Budd Schulberg.
(Texte aus: Hans Veigl [Hrsg.], Gscheite & Blöde, Doppelconférencen. Wien 1993.)

Georg Kreisler, Die bösen Lieder
DER GUATE, ALTE FRANZ – vorliegende Fassung aus: Georg Kreisler, Der guate alte Franz und andere Lieder. Hrsg. v. Karl Otten. Zürich 1962; alle übrigen Texte aus: Georg Kreisler, Die alten bösen Lieder. Ein Erinnerungsbuch. Wien 1989.

Gerhard Bronner – Lieder fürs Leben
Die erste öffentliche Aufführung des G'SCHUPFTEN FERDLS fand im Herbst 1952 im großen Saal des Wiener Konzerthauses statt, vorgetragen und am Klavier begleitet von Gerhard Bronner. Bald übernahm Helmut Qualtinger die Nummer und trug sie über 150-mal im Programm »Brettl vorm Kopf« (Premiere: 12. 11. 1952) vor. Ein großer Erfolg wurde der G'SCHUPFTE FERDL danach vor allem dank der Schallplatte, die kurz vor Weihnachten 1952 auf den Markt kam und mit über 100000 verkauften Stück zum Beststeller wurde.
DER WILDE MIT SEINER MASCHIN' entstand 1956 als Halbstarkensatire in Zusammenhang mit dem Film »Der Wilde« mit Marlon Brando und wurde im Programm »Blattl vorm Mund« (Premiere: 3. 10. 1956) von Qualtinger vorgetragen.

WEIL MIR SO FAD IS' wurde für das Herbstprogramm 1957 »Glasl vorm Aug'« geschrieben. Qualtinger sang die Nummer in mehr als 150 Vorstellungen, und sie wurde ein Klassiker des Wiener Kabaretts.
DER PAPA WIRD'S SCHON RICHTEN, ausgestrahlt am 22. 10. 1958, wurde für die Fernsehprogramme »Spiegel vorm G'sicht« geschrieben. Gemeint waren der damalige Nationalratspräsident Felix Hurdes und dessen Sohn. Für den Rücktritt des Politikers war jedoch nicht das Kabarett, vielmehr Raabs Kabinettpolitik sowie die Nationalratswahl vom Mai 1959 ausschlaggebend.
CHESTERFIELD (*Ich rauch' immer Chesterfield, It's nice to visit Vienna*) wurde 1959 erstmals im Programm »Dachl überm Kopf« von Louise Martini im Neuen Theater am Kärntnertor mit großem Erfolg vorgetragen.
(Texte aus: Gerhard Bronner, Die goldene Zeit des Wiener Cabarets. St. Andrä-Wördern 1995, s. auch Louise Martini, Ein O für Louise. Wien in den 50er Jahren. Wien–München 1998; zu Felix Hurdes s. Iris Fink, Quasi im Kastl. Der Kabarettist Helmut Qualtinger auf der Bühne und im Fernsehen. In: Günter Krenn [Hrsg.], Helmut Qualtinger. Die Arbeiten für Film und Fernsehen. Wien 2003.)

Helmut Qualtinger
GESPENST AUF REISEN ODER DER WESTÖSTLICHE IWAN
Aus der Revue »Hackl vorm Kreuz« des Teams Bronner-Merz-Qualtinger mit Peter Wehle u. a., Premiere im Neuen Theater am Kärntnertor am 12. 10. 1960. Es spielten: Johann Sklenka (Fremdenführer), Helmut Qualtinger (Iwan), Louise Martini (Natascha) und Kurt Sobotka (Kellner).
Denkmal auf Stalinplatz – Siegesdenkmal der Roten Armee, wurde am 19. 8. 1945 enthüllt; am 12. 4. 1946 war der Schwarzenbergplatz in Stalinplatz umbenannt worden.
Scala hat man abgerissen – 1956 wurde das ehemalige Johann-Strauß-Theater im 4. Bezirk demoliert, ein Schicksal, das es damals mit einigen Wiener Bühnen teilen musste, doch schien dieser Abriss kurz nach Unterzeichnung des Staatsvertrages auch ein wenig politisch motiviert: Von 1948 bis 1956 beherbergte es das KPÖ-nahe Neue Theater in der Scala, in dem auch Bert Brecht inszeniert hatte.
Luftschutzkeller – gemeint die Opernpassage, die im November 1955 eröffnet wurde.
das Neue Österreich – am 23. 4. 1945 als gemeinsame Tageszeitung der damaligen drei politischen Kräfte gegründet, 1967 eingestellt.
Chruschtschow war bei uns – Nikita S. Chruschtschow (1894–1971), von 1953 bis zu seinem Sturz 1964 Erster Sekretär des ZK der KPdSU, hielt sich Ende Juni bis Anfang Juli 1960 zu einem Staatsbesuch in Österreich auf.
Hotel Imperial – das 1865 fertig gestellte Ringstraßenpalais, 1872/73 in ein Hotel umgewandelt, war ab April 1945 Sitz der sowjetischen Militärverwaltung.
Stalin ist nicht mehr – Stalin war 1953 gestorben, im darauf folgenden Machtkampf wurde *Malenkow* 1955 als Ministerpräsident abgelöst, Bulganin war bereits 1948 abgesetzt worden.
Hilbert – Egon Hilbert (1899–1968) war von 1946 bis 1953 Leiter der Bundestheaterverwaltung, von 1959 bis 1963 Intendant der Wiener Festwochen.
Koplenig – Johann Koplenig (1891–1968), Parteivorsitzender und von 1945 bis 1959 Nationalratsabgeordneter der KPÖ.
Fischer – gewollte Verwechslung des ehemaligen KPÖ-Abgeordneten Ernst Fischer mit dem Filmschauspieler O. W. Fischer.
Atomkommission – Die 1957 im Rahmen der UNO gegründete Internationale Atomenergie-Organisation (IAEO), war anfangs in der Wiener Hofburg untergebracht. (S. a. G. Bronner, *Der Papa wird's schon richten*).
(Text aus: Helmut Qualtinger, »Brettl vorm Kopf« und andere Texte fürs Kabarett. Werkausgabe, Bd. II, hrsg. v. Traugott Krischke. Wien 1996.)

Georg Kreisler
VIER PERSONEN SUCHEN EINEN AUTOR
Marietta-Bar – Wien, 1. Bezirk, Spiegelgasse 2, von Gerhard Bronner gepachtet. Eigenwerbung: »Das Nachtlokal, in das man mit seiner eigenen Frau gehen kann.«
»Bevor ich damals Wien verließ«, erinnerte sich Georg Kreisler, »schickte ich den Kollegen den folgenden kleinen Sketch. Ich glaube kaum, dass sie sehr darüber gelacht haben, aber ich war ohnehin schon persona non grata.« Das war Anfang 1959.
(Zitat u. Text aus: Georg Kreisler, Die alten bösen Lieder. Ein Erinnerungsbuch. Wien 1989.)

Carl Merz / Helmut Qualtinger, Der Travnicek
Die Travnicek-Szenen bildeten den Mittelpunkt der Fernseh-Kabarett-Programme »Spiegel vorm G'sicht«, die ab 22. 10. 1958 gesendet wurden, beginnend mit TRAVNICEK IM URLAUB, gefolgt von TRAVNICEK STUDIERT EIN PLAKAT (19. 11. 1958). Am 2. 3. 1959 dürfte TRAVNICEK UND DIE WIENER MESSE ausgestrahlt worden sein, am 6. 5. 1959 wurde TRAVNICEK UND DIE WAHL gesendet.
TRAVNICEK IM URLAUB (auch: *Travnicek am Mittelmeer*)
Stoß – damals beliebtes und verbotenes Glücksspiel.
J-Wagen – Die Straßenbahnlinie befuhr zu dieser Zeit die Strecke Ottakring–Opernring–Prater.
TRAVNICEK STUDIERT EIN PLAKAT
Denkt österreichisch beim Einkauf – Mit der Absicht, »das Selbstbewußtsein des Österreichers und sein Vertrauen zur Leistung seiner Wirtschaft weiter zu stärken und zu festigen«, wurde vom 26. bis 31. Oktober 1958 von der Handelskammer unter der Devise »Unsere Arbeit, unsere Zukunft – denk österreichisch bei jedem Einkauf« für inländische Erzeugnisse geworben.
Außenminister – Leopold Figl (1902–1965), von 1945 an Bundeskanzler, 1953–1959 österreichischer Außenminister.
Denkt St.-Pöltnerisch beim Einkauf – Anspielung auf den Vertreter und Hausfrauenmörder Max Gufler.
dirigiert von an armenischen Salzburger – gemeint ist der Dirigent mit griechischen Wurzeln Herbert von Karajan (1908–1989).
TRAVNICEK UND DIE WIENER MESSE
Mannesmann-Turm – 1953/54 errichteter Eisenturm am Ausstellungsgelände der seit 1921 in der Rotunde im Wiener Prater stattfindenden internationalen Messe.
Wunderteam – Am 16. 5. 1931 siegte die österreichische Fußball-Nationalmannschaft über das schottische Team mit 5:0 und leitete bis 1934 eine Serie von 14 Siegen, zwei Unentschieden und lediglich zwei Niederlagen ein.
Tabakregie – 1784 unter Kaiser Joseph II. als Staatsmonopol gegründet, 1997 über die Börse teilprivatisiert, 2001 unter Kanzler Wolfgang Schüssel an Gallaher Group Plc verkauft.
Die blaue Zone – nach Pariser Vorbild im Februar 1959 in der Wiener Innenstadt eingeführt.
Messememphis – anlässlich der Wiener Frühjahrsmesse im März 1959 zum 175-jährigen Jubiläum der Österreichischen Tabakregie als Neuheit propagiert, waren die Zigaretten allerdings bereits Monate zuvor in den Trafiken erhältlich gewesen.
TRAVNICEK UND DIE WAHL
Wahl – gemeint sind die Nationalratswahlen vom 10. 5. 1959.
Kanzler – Julius Raab (1891–1964), von 1953 bis1961 ÖVP-Bundeskanzler.
Vizekanzler – Bruno Pittermann (1905–1983), von 1957 bis 1966 SPÖ-Vizekanzler.

dieses Schifflein – Bezugnahme auf ein Wahlplakat, darstellend ein »Austria-Schiff«, umkreist von Haien, das durch die Mehrheit von ÖVP-Abgeordneten nach Ansicht der SPÖ ins Ungleichgewicht gebracht worden sei.
der Klaus – Josef Klaus, Reformpolitiker der ÖVP und ab 1966 Kanzler einer Alleinregierung, damals Landeshauptmann von Salzburg.
den Bundespräsidenten – 1957 bis zu seinem Tod 1965 war der SPÖ-Politiker Adolf Schärf Bundespräsident.
der Außenminister – Nach den Wahlen vom 10. 5. 1959 erlitt die ÖVP einen Verlust von drei Mandaten und musste das Amt des Außenministers an die SPÖ abgeben. Auf Leopold Figl folgte der bisherige Außenamts-Staatssekretär Bruno Kreisky, der das Ministeramt bis 1966 innehatte. Nationalratspräsident Hurdes verlor seinen Posten, der nunmehr von Leopold Figl eingenommen wurde. (Zu Felix Hurdes s. auch Anmerkung *Der Papa wird's schon richten*.)
Haselgruber – Johann Haselgruber war der Inhaber der Stahlwerke in Sankt Andrä, der weiterhin hohe Bankkredite erhielt, obwohl sein Unternehmen total verschuldet war, was der Koalitionspartner 1958 wieder auf Haselgrubers großzügige ÖVP-Parteifinanzierung zurückführte.
(Texte aus: Helmut Qualtinger, Werkausgabe Bd. 3 u. Bd. 4. Hrsg. v. Traugott Krischke. Wien 1996/1997.)

Carl Merz / Helmut Qualtinger, »Blattl vorm Mund«
Am 5. 3. 1955 startete die Tageszeitung Neuer Kurier eine Kolumne, die von da an die Bundesländerleser jeden Samstag und die Wiener an Sonntagen zehn Jahre hindurch erfreuen und manchen Politiker ärgern sollte. Erfunden hatte sie der damalige stellvertretende, ab 1958 als Chefredakteur tätige Hugo Portisch. (Vgl. Carl Merz und Helmut Qualtinger, Österreichs goldene 50er Jahre. Das Beste aus dem »Blattl vor'm Mund«. Ausgewählt von Brigitte Sinhuber-Erbacher. Wien–München 1984.)
BUNDESHEER NEIN – ODER NEIN, erschienen am 2. 7. 1955.
Ravag – von der Gründung im Herbst 1924 bis März 1938 Bezeichnung für den österreichischen Rundfunk, nach 1945 bis 1953 (anstelle der amtlichen Abkürzung Rava) erneut verwendet.
Kraulandser – Wortspiel mit Landser und Peter Krauland (1903–1985), ÖVP-Politiker, 1945–1949 Minister für Vermögenssicherung und Wirtschaftsplanung. 1949 aus der Bundesregierung nach Vorwürfen des Amtsmissbrauchs ausgeschieden und vorübergehend in Haft, gründete er anschließend eine Bank, mit der er in Konkurs ging.
Kamitz – Reinhard Kamitz (1907–1993), von 1952 bis1960 Finanzminister.
DAS HALBSTARKE GESCHLECHT, 12. 5. 1956.
Fladnitz – Ort in der Steiermark, durch mehrere Morde und wahllose Verhaftungen im Jahr 1950 über seine nähere Umgebung hinaus bekannt geworden.
APRÈS-SKI-WELTMEISTERSCHAFT, 15. 2. 1958.
Toni Sailer – Skirennläufer, errang bei den Olympischen Spielen 1956 drei Goldmedaillen, siegte am 11. Jänner 1958 beim Lauberhornrennen im Schweizer Wengen und gewann bei den Skiweltmeisterschaften in Badgastein (2.–9. Februar 1958) Gold in der Abfahrt und Kombination, Silber im Slalom. Nach 1959 spielte er in zahlreichen Filmen mit.
»... reitet für Deutschland« – deutscher Spielfilm (1941) mit Willy Birgel.
Rudolf Prack – (1902–1981), trat als Schauspieler in zahlreichen nostalgischen Produktionen des österreichischen Films auf (»Kronprinz Rudolfs letzte Liebe«, »Kaiserwalzer«).
Rudolf Lenz – wirkte in den fünfziger Jahren in zahlreichen Heimatfilmen mit (u. a. »Der Förster vom Silberwald«).
O. W. Fischer – bekannter österreichischer Film- und Theaterschauspieler in den fünfziger und sechziger Jahren.
(Texte aus: Carl Merz und Helmut Qualtinger, Österreichs goldene 50er Jahre. Das Beste aus dem »Blattl vor'm Mund«. Ausgewählt von Brigitte Sinhuber-Erbacher. Wien–München 1984.)

Carl Merz / Helmut Qualtinger
DIE AHNDLVERTILGUNG (original: *Der Großvater als Schädling des Landvolkes*; s. auch Quellennachweis)
Satire auf die beliebte Radiosendung »Der Landfunk«. Aus den Fernsehprogrammen »Spiegel vorm G'sicht« 1958/59, erstmals vorgetragen von Helmut Qualtinger am 22. 10. 1958. In leicht veränderter Form unter dem Titel »Der Großvater als Schädling des Landvolkes« im Neuen Kurier am 9. 5. 1959 erschienen.
Fladnitzer – s. oben.
DER FREMDE ALS ROHSTOFF UND DEVISENBRINGER (original: *Befremdlich-Verkehrtes*; s. auch Quellennachweis)
Aus dem Programm »Glasl vorm Aug'«, Premiere im »Intimen Theater« (Wien 1., Liliengasse 3), 3. 10. 1957, vorgetragen von Helmut Qualtinger. Als *Neuer Kurier*-Beitrag unter dem Titel »Befremdlich-Verkehrtes« am 30. 6. 1956 erschienen.
Ölkonflikt – Bundeskanzler Raab erreichte in zähen Verhandlungen mit der Sowjetunion eine Senkung der 1955 vertraglich festgelegten Rohöllieferungen.
1. April 2000 – ein 1952 von der Bundesregierung in Auftrag gegebener Film, der die Forderung nach dem Staatsvertrag mit etwas seichter Unterhaltung verband und für den zahlreiche Stars angeworben wurden; in der Nebenrolle eines russischen Besatzungssoldaten wirkte auch Helmut Qualtinger mit.
Lebedenko-Schenkung – gemeint die ab Sommer 1945 anlaufenden Demontagen in ostösterreichischen Industriebetrieben unter der Leitung des sowjetischen Wiener Stadtkommandanten von 1945 bis 1948, Generalleutnant H. F. Lebedenko.
LOB DER KOALITION
Conférence, vorgetragen von Carl Merz, aus den Fernsehprogrammen »Spiegel vorm G'sicht, 6. 5. 1959.
(Texte aus: Brigitte Erbacher [Hrsg.], Qualtingers beste Satiren. Von Travnicek zum Herrn Karl. Frankfurt/M. 1975.)

Pirron & Knapp
Obwohl sie in den fünfziger Jahren durch ihre Lieder und Schallplatten äußerst populär waren, ist vom Duo wenig bekannt. Bobby Pirron schrieb die Musik zu den Texten von Peppi Knapp (eigentl. Gnapp).
(Texte: Österreichisches Kabarettarchiv, Straden)

Ernst Waldbrunn
MECHTILDE oder DIE BESTIE AUS DER STEIERMARK
Telefon-Solo
MEIN FREUND TURL oder ÜBER DEN UNFUG DER REKLAME
Magrutsch – bekannte Wiener Wurst- und Fleischfabrik.
(Texte aus: Ernst Waldbrunn, Das hat kein Goethe g'schrieben. Melk–Wien 1958.)

Die Wiener Gruppe: literarisches cabaret
In einem Saal der Künstlervereinigung »Alte Welt« in der Windmühlgasse im 4. Wiener Gemeindebezirk fand am 6. Dezember 1958 das erste »literarische cabaret« der vom Dadaismus beeinflussten »Wiener Gruppe« um Friedrich Achleitner, Gerhard Rühm, Konrad Bayer, Oswald Wiener und anfangs H. C. Artmann statt. » ‚literarisch' hieß es«, erinnerte sich Oswald Wiener, »um uns eben von qualtingers crew zu distanzieren, denn sie betrachteten wir als mässig originelle truppe zur unterhaltung eines mässig anspruchsvollen publikums.« Wider Erwarten und entgegen den Intentionen der Künstler gefiel derartiges Treiben dem Publikum, und so veranstaltete die Gruppe am 15. April 1959 im Porr-Haus ein zweites »literarisches cabaret«.

(Zitat und Texte aus: Die Wiener Gruppe. Achleitner Artmann Bayer Rühm Wiener. Texte Gemeinschaftsarbeiten Aktionen. Hrsg. v. Gerhard Rühm. Erw. Neuausgabe. Reinbek b. Hamburg 1985.)

Gerhard Bronner, Ein- und Ausblicke
KRÜGEL VORM G'SICHT
Aus dem Programm »Hackl vorm Kreuz«, Premiere 12. 10. 1960. Mit Gerhard Bronner (Die Stimmungskanone) und Helmut Qualtinger (Der Feschak).
(Text aus: Gerhard Bronner, Meine Jahre mit Qualtinger. Anekdoten, Texte und Erinnerungen. Wien 2003.)

Carl Merz / Helmut Qualtinger
DIE GUTEN SECHZIGERJAHR', erschienen im *Neuen Kurier* am 24. 12. 1959.
der gute alte Kamitz – s. o.
Es gibt nur a Jonas-Stadt – Franz Jonas (1899–1974), der spätere Bundespräsident, war von 1951 bis1965 Bürgermeister von Wien.
Jonas-Grotte – gemeint die Opernpassage.
die Klassiker jener Epoche, Henz, Brunngraber und Schreyvogl – Rudolf Henz (1897–1987), katholischer Schriftsteller und Rundfunk- wie Fernsehprogrammdirektor; Rudolf Brunngraber (1901–1960), der Sozialdemokratie nahe stehender Romanautor (»Karl und das XX. Jahrhundert«, Mitautor des Films »1. April 2000«, s. o.); Friedrich Schreyvogl (1899–1976), Lyriker und Dramatiker, Chefdramaturg des Burgtheaters.
Salmhofer, Melichar, Marx – Franz Salmhofer (1900–1975), Komponist und 1945–1955 Direktor der Wiener Staatsoper; Alois Melichar (1896–1976) Komponist und Kritiker der »Neuen Musik«; Josef Marx (1882–1964), Komponist.
Kraus-Buben – gemeint sind der Sänger Peter Kraus und dessen Vater, der Regisseur und Produzent Fred Kraus, der als Kabarettist mit Peter Wehle, Gunther Philipp u.a. bei den »Kleinen Vier« mitwirkte.
Ironimus-Gedächtnis-Ausstellung – eine der ersten von zahlreich noch folgenden Karikaturausstellungen des Architekten und Zeichners Gustav Peichl (Ironimus).
Der Papa wird's scho richten – s. oben.
Polcar – Anspielung auf den ehemaligen ÖVP-Abgeordneten Fritz Polcar, der später wegen Betrugs und fahrlässiger Krida zu einem Jahr Kerker verurteilt wurde.
Liebitzky-Marsch – gemeint General Emil Liebitzky, von 1955 an Leiter des Amts für Landesverteidigung.
(Text aus: Carl Merz und Helmut Qualtinger, »Blattl vorm Mund«. Texte für den »Neuen Kurier«. Helmut Qualtinger, Werkausgabe, Bd. V. Hrsg. v. Traugott Krischke, Redaktion Ilse Walter. Wien 1997.)

Kabarett zwischen 1960 und 1965

Gerhard Bronner
UNSER GUTER KAISER KOMMT ZURÜCK (original: *Die Ottomanen*), mit Gerhard Bronner (Fürst Puntigam), Kurt Sobotka (Baron Gießhübel) und Helmut Qualtinger (Graf Hunyady-Janos); erstmals gespielt im Programm »Hackl vorm Kreuz am 12. 10. 1960 im Neuen Theater am Kärntnertor.
»Zum Zeitpunkt, da der nun folgende Text entstand«, erinnerte sich Gerhard Bronner, »war wieder einmal ein heftige Diskussion um die Rückkehr Otto Habsburgs im Gange. Die meisten ,Schwarzen' waren dafür, die meisten ,Roten' waren dagegen.« (Zitat und Text aus: Gerhard Bronner, Die goldene Zeit des Wiener Cabarets. St. Andrä-Wördern 1995.)

Carl Merz / Helmut Qualtinger
DER HERR KARL
Erstmals war der »Herr Karl« mit Helmut Qualtinger unter der Regie Erich Neubergs am 15. 11. 1961 im Österreichischen Fernsehen zu sehen. Ab 30. 11. 1961 wurde der Monolog im Kleinen Theater der Josefstadt im Konzerthaus aufgeführt, ab 28. 2. 1962 in den Kammerspielen. Gastspiele in deutschen Städten folgten.
Brand vom Justizpalast – Am 15. 7. 1927 steckten Demonstranten den Wiener Justizpalast in Brand, nachdem zuvor rechts gerichtete politische Attentäter, die zwei Schutzbündler erschossen hatten, freigesprochen worden waren. An diesem Tag gab es nach dem Schießbefehl der Wiener Polizei 89 Tote und mehr als 1000 Verletzte.
Vieradreißigerjahr – Anspielung auf die Februarkämpfe und die Niederschlagung der Sozialdemokratie durch Heimwehr, Polizei und Bundesheer im Auftrag von Kanzler Dollfuß.
der Hitler kommen – Nach Einmarsch deutscher Truppen am 12. 3. 1938 traf Hitler zwei Tage später in Wien ein, um am 15. 3. 1938 am *Heldenplatz* den »Anschluss« zu verkünden.
Bayerischer Hilfszug – motorisierte Verpflegungstruppe, die auf Befehl Hitlers am 18. 3. 1938 Gemüseeintopf an die Wiener Bevölkerung verteilte, eine Propagandamaßnahme, die erstmals die Begeisterung über den »Anschluss« dämpfen sollte.
Illegaler – Bezeichnung für ein österreichisches NSDAP-Mitglied in der Verbotszeit ab 1934.
NSV – »Nationalsozialistische Volkswohlfahrt«. Wie das *Winterhilfswerk* sollte es Bedürftige unterstützen; entwickelte sich dank öffentlichem Einsatz berühmter SchauspielerInnen bald zum Propagandainstrument der »Volksgemeinschaft«.
Währungsreform – gemeint ist die zweite vom 11. bis 24. 12. 1947.
Otto Friedländer – österreichischer Schriftsteller (1889–1963).
Rudolf Henz – s. oben.
(Text aus: Helmut Qualtinger, »Der Herr Karl« und andere Texte fürs Theater. Helmut Qualtinger Werkausgabe, Bd. I. Hrsg. v. Traugott Krischke. Wien 1996.)

Karl Farkas / Hugo Wiener, Doppelconférencen
DER PROPORZ
Fernsehfilmstreifen von Karl Farkas (Text aus: Hans Veigl [Hrsg.], Gscheite & Blöde. Doppelconférencen. Wien 1993.)
Proporz – Ämter- und Postenverteilungsvereinbarung zwischen den beiden Regierungsparteien ÖVP und SPÖ während der Jahre der Großen Koalition von 1945 bis1966.
ZWEI RAUCHFANGKEHRER von Hugo Wiener, aus: *Bilanz der Saison* (Silvesterprogramm 1960/61) mit Karl Farkas und Ernst Waldbrunn.
Vielleicht Lou Mumba – Anspielung auf den Fernsehmoderator Lou van Burg (»Jede Sekunde ein Schilling«) sowie Patrice Lumumba (1925–1961), 1960 Ministerpräsident der jungen Republik Kongo, 1961 ermordet.
Man munkelt nämlich … – Der ÖVP-Politiker Eduard *Heilingsetzer*, ab 1960 Finanzminister, trat tatsächlich 1961 von seinem Amt zurück.
Graf – Ferdinand Graf (1907–1969), ÖVP-Politiker, 1956–1961 Verteidigungsminister.
Truppen in den Kongo – Im Juli 1960 beschloss der Weltsicherheitsrat, UNO-Truppen, darunter österreichische Sanitätseinheiten, in den vom Bürgerkrieg zerstörten Kongo zu entsenden.
Grace Kelly – amerikanische Filmschauspielerin (1929–1982), heiratete 1956 Fürst Rainier III. von Monaco.

Ronacher – (Wien, 1. Bezirk, Seilerstätte 9), 1887/88 von den bekannten Theaterbaumeistern Fellner und Helmer errichtet; seit 1960 wurde das Gebäude vom Fernsehen benützt.
(Text aus: Hans Veigl [Hrsg.], Karl Farkas. Ins eigene Nest. Wien 1988.)

Der Wiener Würfel
Der *Würfel* war 1958 als Studentenkabarett von Dieter und Kurt Gogg, Kuno Knöbl, Helmut Knoll, Udo Simonitsch und Gerhard Steffen gegründet worden, später kam noch Peter Orthofer als Texter und Conférencier hinzu. In Graz spielte das Ensemble sieben Programme, ehe es nach Wien, an Gerhard Bronners Neues Theater am Kärntnertor (Walfischgasse 4) ging. Neben Bronner und Wehle, Eva Pilz, Miriam Dreifuß, Kuno Knöbl, Peter Orthofer u. a. stand nunmehr auch Peter Lodynski auf den Brettern des Kärntnertortheaters. Knöbl und Lodynski trennten sich jedoch bald vom Bronner-Team und eröffneten im Dezember 1963 ihren eigenen *Würfel* im Keller des Café Savoy in der Himmelpfortgasse 27. Im neuen Ensemble fanden sich neben den beiden jetzt auch Miriam Dreifuß, Dieter Gogg und Günter Tolar. Kurzzeitig traten hier auch Cissy Kraner, Hugo Wiener, Herwig Seeböck und Felix Dvorak auf.
GEMMA MÖRDER SCHAUN von Dieter Gogg
Ensemblenummer aus dem Programm »Arsen und Spitzelhäubchen«, Premiere: 23. 4. 1964. Gogg schrieb diese Nummer unter dem Eindruck des ungeheuren Andrangs zum »Opernmord-Prozess« gegen den angeklagten Josef Weinwurm im April 1964 im Grauen Haus.
DAS ERL von Dieter Gogg
Aus dem Programm »Verschlammt in alle Ewigkeit«, Premiere: 16. 11. 1965, vorgetragen von Günter Tolar.
'S HERRGOTTERL von Dieter Gogg
Aus dem Programm »Wer befreit uns wieder? Ein kabarettistischer Beitrag zur staatsbürgerlichen Erziehung«, Premiere: 1. 4. 1965. Von Günter Tolar als »Der Weaner« vorgetragen.
(Alle Daten: Iris Fink, Von Travnicek bis Hinterholz 8. Graz–Wien–Köln 2000; Texte: Österreichisches Kabarettarchiv, Straden.)
FRIEDENSREDE IN DEUTSCHER SPRACHE von Peter Lodynski
Aus dem Programm »Verschlammt in alle Ewigkeit«, vorgetragen von P. Lodynski als Bänkelsänger.
DAS HEIMATMUSEUM von Peter Lodynski
Aus dem Programm »Wer befreit uns wieder?«
(Texte aus: P. Lodynski, Im Idolgebirge. 50 Cabaretnummern, Privatsammlung P. L., Österreichisches Kabarettarchiv, Straden.)

Quellennachweis

Maxi Böhm
© Österreichischer Bühnenverlag Kaiser & Co, Wien: »Was, in Stockerau gibt's Schinken?«

Emil Breisach
© Emil Breisach, Graz: »Internationales Quodlibet«

Gerhard Bronner
© Metroton Musikverlag, Wien: »Weil mir so fad is'« (»Freizeit, die ich meine«); 1960
© Thomas Sessler Verlag, Wien: »Der g'schupfte Ferdl«
© Weltmusik Edition International, Wien: »Der Wilde mit seiner Maschin'«; 1958. »Der Papa wird's schon richten«; 1958. »Chersterfield-Girl« (»It's nice to visit Vienna«), im Buch: »Chesterfield«; 1959. »Ein Krügerl, ein Glaserl, ein Stamperl« (im Buch: »Krügel vorm G'sicht«); 1960. »Unser guter Kaiser« (im Buch: »Unser guter Kaiser kommt zurück«); 1960

Karl Farkas
© Thomas Sessler Verlag, Wien: »Also sprach Karl Farkas«. »Bilanz des Monats«. »Der Proporz«. »Zwei Rauchfangkehrer«

Georg Kreisler
© Thomas Sessler Verlag, Wien: »Der guate, alte Franz«. »Frühlingslied«. »Mütterlein«. »Vier Kabarettisten suchen einen Autor«

Carl Merz / Helmut Qualtinger
© Deuticke im Paul Zsolnay Verlag, Wien: »Travnicek im Urlaub«. »Travnicek studiert ein Plakat«. »Travnicek und die Wiener Messe«. »Travnicek und die Wahl« (Diese Texte aus: Carl Merz / Helmut Qualtinger, »Travniceks gesammelte Werke« und andere Texte für die Bühne. Band 3. Werkausgabe in fünf Bänden. Hrsg. von Traugott Krischke. Wien 1996). »Das halbstarke Geschlecht«. »Après-Ski-Weltmeisterschaft«. »Der Großvater als Schädling des Landvolks« (im Buch: »Die Ahndlvertilgung«). »Befremdlich-Verkehrtes« (im Buch: »Der Fremde als Rohstoff und Devisenbringer«). »Die guten Sechzigerjahr'«. (Diese Texte aus: Carl Merz / Helmut Qualtinger, »Blattl vorm Mund«. Texte für den »Neuen Kurier«. Band 5. Werkausgabe in fünf Bänden. Hrsg. von Traugott Krischke. Wien 1997). »Der Herr Karl« (Aus: Helmut Qualtinger, »Der Herr Karl« und andere Texte fürs Theater. Band 1. Werkausgabe in fünf Bänden. Hrsg. von Traugott Krischke. Wien 1995)
© Thomas Sessler Verlag, Wien: »Bundesheer nein – oder nein?«. »Lob der Koalition«

Franz Paul
© Thomas Sessler Verlag, Wien: »Ist denn das ganze Land ein Amt?«. »Die österreichische Freiheit«. »Die Termiten«

Hugo Pepper
© Prof. Hugo Pepper, Wien: »Das Lohn-Preis-Ringelspiel«. »Der unheilige Bürokratius«

Pirron & Knapp
© Fechter Management & Verlag GmbH, Wien: »Camping«. »Bella Venezia«. »Im Tröpferlbad«

Helmut Qualtinger
© Deuticke im Paul Zsolnay Verlag, Wien: »Gespenst auf Reisen oder Der westöstliche Iwan« (Aus: Carl Merz / Helmut Qualtinger, »Brettl vor dem Kopf« und andere Texte fürs Kabarett. Band 2. Werkausgabe in fünf Bänden. Hrsg. von Traugott Krischke. Wien 1996)

Ernst Waldbrunn
© Thomas Sessler Verlag, Wien: »Mechtilde oder Die Bestie aus der Steiermark«. »Mein Freund Turl oder Über den Unfug der Reklame«

Rudolf Weys
© Thomas Sessler Verlag, Wien: »Gluck und Sonnenfels«. »Die Hausvertrauensfrau«. »Der Roßknödel«

Hugo Wiener
© Langen Müller Verlag, München: »Ich kann den Novotny nicht leiden«. »Wir san besetzt!«. »Ich wünsch' mir zum Geburtstag einen Vorderzahn«. »Der Nowak läßt mich nicht verkommen«. »Ach, wie schön war's unter den Soldaten«
© Thomas Sessler Verlag, Wien: »Zwei Gescheite!«. »Zwei Jahre später«
Das Gesamtwerk Hugo Wieners erscheint im Amalthea Verlag, Wien.

Wiener Gruppe
© ÖBV/Klett-Cotta, Wien: »marie dein liebster wartet schon« (bayer). »glaubst i bin bleed« (bayer)
© T. Steiger: »abschied« (achleitner/bayer/rühm). »traurig steigt der lift empor« (rühm). »liebling du hast mich heute ausgelacht« (rühm). »ich juble dein soldatenlied« (rühm)

Wiener Würfel
© Helga Gogg, Graz: »Gemma Mörder schaun« (Gogg). »Das Erl« (Gogg). »'s Herrgotterl« (Gogg)
© Thomas Sessler Verlag, Wien: »Friedensrede in deutscher Sprache« (Lodynski). »Das Heimatmuseum« (Lodynski)

Hier endet vorläufig unsere Geschichte des Nachkriegskabaretts …

Vieles Weitere zur österreichischen Kleinkunst von der Jahrhundertwende bis zur Gegenwart finden Sie im

Österreichischen Kabarettarchiv (ÖKA)
mit Sitz in Straden

Das ÖKA bietet als erste, bundesweite Institution, inmitten sonniger Hügellandschaften und Weinberge des Thermengebietes im südoststeirischen Straden gelegen, zahlreiche Schätze für KabaretthistorikerInnen und Kabarett-Interessierte im In- und Ausland, so etwa

– eine Zeitungsdokumentation,
  in der Sie Kritiken und Presseberichte zu Kabarett und Unterhaltungskultur von 1900 bis heute finden können – zu Personen, Gruppen, Spielstätten und anderen Stichwörtern
– eine Audio- und Videothek
– eine Fachbibliothek
– Vor- und Nachlässe sowie
– Sammlungen von Texten, Autographen, Unikaten, Chansons, Noten, Programmheften, Fotos, Plakaten und vieles mehr

Das ÖKA ist auch bemüht, durch eigene Publikationen, Veranstaltungen und Ausstellungen im In- und Ausland weitere Interessenten für die österreichische Kleinkunst zu gewinnen.
In unseren Räumlichkeiten können Sie sich in die vielfältige Welt der Kleinkunst vertiefen. Die Präsenz-Bestände sind der interessierten Öffentlichkeit und der wissenschaftlichen Forschung zugänglich. Für Anfragen und Betreuung stehen wir auch per E-Mail zur Verfügung.

Sie erreichen uns unter:
Österreichisches Kabarettarchiv
A-8345 Straden 4
Tel + Fax: 0043 / 3473 / 20008
E-Mail: kabarettarchiv@aon.at
www.kabarettarchiv.at

ÖKA
Österreichisches Kabarettarchiv
mit Sitz in Straden